八大剑侠传·血滴子

民国武侠小说典藏文库·陆士谔卷

陆士谔◎著

中国文史出版社

海上奇才陆士谔（代序）

　　二十世纪初到四十年代，上海滩出现了一位奇才，他精通医道，医德高尚，曾被誉为上海十大名医之一；他著作等身，医学专著四十余种，各类小说一百余种，是当时享有盛誉的名作家。这位奇才就是陆士谔。

　　陆士谔，名守先，字云翔，号士谔，用过多个笔名：沁梅子、儒林医隐、珠溪渔隐、梦天天梦生、云间龙、云间天赘生、路滨生、龙公等。晚清光绪四年（1878年）生于江苏青浦珠街阁镇（今上海市青浦区朱家角镇）一个书香家庭。九岁起，跟随青浦名医唐纯斋学医，前后共五年。十四岁到上海一家当铺做学徒，不久辞退回家，在朱家角一边行医一边大量阅读医书和各种"闲书"。二十岁再到上海行医，因业务清淡，遂改业租书，购置一大批读者欢迎的小说，日间以低价出租，晚上潜心研读这些小说，不但能维持生计，而且渐渐悟出写作诀窍，先写些短篇，试着投稿报馆，竟获一再刊登。他写兴更浓，由短篇而中篇，由中篇而长篇，有些还印成单行本，风行一时。此时他认识了小说界前辈海上漱石生孙玉声，孙玉声知道他做过医生，对医道有研究，劝他重开诊所。他听从劝告，此后坚持一边行医，写医学专著和有关掌故，一边撰写小说，直到1944年因中风不治在上海家中逝世，享年六十六岁。

陆士谔一生整理、编注、创作医著和医文四十余种，对清代名医薛生白（1681—1770）、叶天士（1666—1745）的医案钻研极深，编注过《薛生白医案》《叶天士医案》《叶天士手集秘方》等重要著作，自著十余种，最重要的是《医学南针》初、二集，其业师唐纯斋为之作序，赞他"以预防为主医学，极深研几，每发前人所未发"，"以新说释古义，语透而理确"。他以所学理论行医，悉心诊治，常能妙手回春。1925年，一位广东富商请其出诊，为奄奄一息、众名医束手的妻子治病，经过半个月的诊治，病人霍然而愈。富商感激涕零，登报鸣谢一个月，陆士谔的医名由此大振。在沪行医期间，陆士谔以其精湛的医术、高尚的医德，被誉为上海十大名医之一。

陆士谔以医为业，业余还创作了百余种小说。为陆士谔研究付出过艰辛努力的田若虹教授给予高度评价："陆士谔的小说全面地反映了晚清民国时代的社会面貌、重大事件，笔触遍及政治、外交、文化、经济、军事等各个方面，展现了封建末世的一幅真实画图。""他以强烈的愤怒抒发了对社会官场魑魅魍魉的谴责与鞭笞，以感情充沛的笔锋表现了对反帝爱国志士的赞扬与尊敬，用热情洋溢的话语描述了其理想中的新中国。这一切憎爱分明的情感，铭记着时代的苦难痕迹，闪耀着陆士谔在十九世纪末、二十世纪初那个特定的历史阶段与时代同脉搏、与人民共呼吸的真挚情感。同时也热切地表达了其欲挣脱'衰世'腐败黑暗的社会及卑污风气，挣脱束缚、压抑之环境，追求美好自由新境界的愿望。他对现实的愤怒与对未来的追求融汇交织其中，感情激烈而奔放，语言辛辣而犀利，文风格调亦具有时代精神的特征。在封建制度大崩溃之前夕，陆士谔等近代小说家们的那些充满激情的篇章、声情沉烈的创作颇具现实意义。"①

陆士谔的小说不仅数量多，而且题材极为广泛，田若虹教授将其分为社会小说（52 种）、武侠小说（22 种）、历史小说（10 种）、医界小说（3 种）、笔记小说（18 种）、科幻小说（2 种）和纪实小说（即时事小品 110 则），共七类。正因为认识到陆士谔小说的社会价值，1988 年起，先后有十余家出版社重印了一般读者较难看到的陆士谔小说，如《新孽海花》《血泪黄花》《十尾龟》《荒唐世界》《社会官场秘密史》《最近上海秘密史》《商场现形记》《新水浒》《新三国》《新野叟曝言》《清史演义》《清代君臣演义》《清朝秘史》《八大剑侠传》《血滴子》等十余种，其中最著名的是《新上海》《新中国》和《八大剑侠传》《血滴子》。

撰于 1909 年的《新上海》深刻揭露了清末上海十里洋场种种光怪陆离的"嫖、赌、骗"丑恶现象，竭力描写，淋漓尽致。1997 年，上海古籍出版社将其与李伯元的《官场现形记》、吴趼人的《二十年目睹之怪现状》等一起列入"十大古典社会谴责小说"。1910 年，又撰《新中国》，小说以第一人称写作，以梦为载体，作者化身陆云翔，描述梦中所见：上海的租界早已收回，建成了浦江大铁桥、越江隧道和地铁……2009 年 12 月，为配合宣传 2010 年上海办世界博览会，有出版机构重印了这部小说，国内外媒体也纷纷报道，极大地提高了陆士谔的知名度。

陆士谔还以清初社会现实为背景，从 1914 年到 1929 年，十六年中写出二十余种武侠小说：《英雄得路》、《顾珏》（以上为文言短篇，分别载于《十日新》杂志和《申报·自由谈》）；《八

---

① 见田若虹：《陆士谔小说考论》，上海三联书店 2005 年 7 月初版。

大剑侠传》（原名《八大剑仙》）、《血滴子》（又名《清室暗杀团血滴子》）、《七剑八侠》、《七剑三奇》、《小剑侠》、《新剑侠》（以上后合编为《南派剑侠全书》），《红侠》、《黑侠》、《白侠》、《三剑客》（以上后合编为《北派剑侠全书》），《雍正游侠传》、《今古义侠奇观》、《江湖剑侠》、《八剑十六侠》、《剑声花影》（原名《侠女恩仇记》）、《飞行剑侠》、《古今百侠英雄传》、《新三国义侠》、《雍正剑侠奇案》、《新梁山英雄传》、《续小剑侠》（以上为白话长篇，多由上海时还书局出版）。

这些小说中的人物，出场最多的是康熙、雍正时的八大剑侠，即路民瞻、曹仁父、周浔、吕元、白泰官、吕四娘、甘凤池和了因和尚（俗家名吴天巍），他们是南明延平王郑成功部下，明亡后，存反清复明大志，在各地行侠仗义，扶危济困，名震天下。书中由正面转为反面的人物是年羹尧和云中燕（"血滴子"暗器发明者），起初也行侠惩恶，后来却创办血滴子暗杀团，帮胤禛夺得皇位，最后被雍正卸磨杀驴，下场悲惨。陆士谔笔下这两组人物故事当时吸引了无数读者，不仅小说一再重印（《八大剑侠传》《血滴子》竟印到 21 版），而且被改编成京剧连台本戏和电影《血滴子》，红极一时。受其影响，在陆士谔原著的基础上，稍后出道的民国武侠北派五大家之一的王度庐，1948 年写出《新血滴子》（又名《雍正和年羹尧》）。至 1950 年代，香港武侠名家梁羽生发表《江湖三女侠》，吕四娘、白泰官、甘凤池和了因的形象更为生动；台湾武侠名家成铁吾更写出 350 万字的巨著《年羹尧新传》，使原本笔法相对平实质朴的故事奏出了华彩乐章。

最后值得一提的是陆士谔 1915 年 3 月 19 日发表于《申报·自由谈》的文言笔记小说《冯婉贞》，记载了 1860 年英法联军火烧圆明园时，北京民女冯婉贞率领数十年轻村民痛击联军，杀死近百名敌军，成为近代民族英雄的杰出代表。此文1916年被徐珂略作修改后收入《清稗类钞》，二十世纪六十年代又被收入中学范文读本。

2014年起，中国文史出版社陆续推出了"民国武侠小说典藏文库"和"民国通俗小说典藏文库"两大系列丛书，先后整理、重印了还珠楼主、白羽、郑证因、朱贞木、平江不肖生、徐春羽、望素楼主、顾明道、李涵秋、刘云若、张恨水、冯玉奇、赵焕亭等作家的全部或大部分小说，深受读者欢迎，并获研究者的好评，此番又将重印陆士谔的大部分武侠小说，从《八大剑侠传》到《飞行剑侠》，共15种，真是功德无量！望文史社编辑诸君再接再厉，将建修两大文库的宏伟工程进行到底，使这份珍贵的文学遗产永久传存于世间！

林　雨

2018年12月于上海

目　录

八大剑侠传

血 滴 子

2

八大剑侠传

第一回

年总兵无意诞豪杰
知机子巨眼识英雄

话说中国拳技一学，共有两派。一是少林派，名叫外家；一是武当派，名叫内家。少林派是初祖菩提达摩大师（梁武帝时人）所创，武当派是洞玄真人张三丰（名玄素，元顺帝时人）先生所创。一佛一仙，留下这掣电轰雷、惊神泣鬼的拳法，无非为后世驱除豺虎，铲削不平。立意原是很义侠、很慈悲，无如继承的人，好歹不一，精粗各殊，以致渐传渐弱，愈弄愈错，失之毫厘，谬以千里。到了目今，要找两个略解内外两派门径的，已如凤毛麟角，不可多得了。且别提年湮代远，即如明朝永乐时候的国师姚广孝，在少林派里头也算得出群拔类的人才，却被武当派的完璞子（姓程名瑶，字光杓，新安人，征士抟霄之子）连辱三回，姚国师竟然低眉顺受，可知传久失真，后起为秀。到了清朝世宗时光，上距三丰创学之年，前后相去差不多已近四百载，枝派繁衍，不知化出了几多小宗。虽没有拳祖的神化莫测，倒也能够运气凝神，身剑合一。有的练剑为丸，藏在脑海里，有的练剑为芥，藏在指甲缝里，用的时候，疾如激电，矫若长虹，三五十步外，取人首级，倒也能够探囊取物。论到功夫的纯熟、剑锋的犀利，何止光纳日月，直堪气排斗牛，你道厉害不厉害？综记彼时剑侠，姓名可考、事迹可详的，共有八人，称为八大剑侠。清世宗那么英武，手下血滴子那么厉害，明察暗访，布设下天罗地网，闹得山摇岳撼，竟不能伤损八大剑侠一丝一毫。正是：

璞经匠斫真才见，水遇滩夷色更清。

这便是本书的缘起。缘起叙明，书归正传。

且说北京城里有一家簪缨世族，阀阅家声。主人姓年，名叫遐龄，官至一品，职居总兵。这年遐龄生性和平，为人忠厚。自归命以来，一径无荣无辱，朝中满汉各官，倒没一个不跟他要好。他老人家更有一桩出奇的本领，就是惧内。他那位夫人也真厉害不过，这位老爷在军营里统辖着千军万马，一般有威有武，不知怎么，一入夫人卧室，一瞧见夫人形影，一听得夫人声音，就吓得什么相似。所以年已四十，膝下无儿，纳妾两个字，气话儿也不敢出口。一日，年夫人娘家不知有了桩什么事，接了夫人家去。夫人房里有一个丫头，名叫春花的，生有几分姿色，年老爷平日早就看上了她，碍着夫人，不敢为非作歹。今儿夫人回了娘家去，便是天赐其便。年老爷宛如学里孩子，没了师父管束，还有什么顾忌？动手动脚，无所不至。春花见主子爱上自己，自然比众巴结。有意栽花花不发，无心插柳柳成荫，偏偏一索就得了孕。夫人回家，幸喜没有瞧出。怎奈肚子里的东西一天一天膨胀起来，春花怀着鬼胎，生恐夫人查问。亏得夫人事繁，没暇查究她，平平稳稳居然度过了七八个月。

一日，夫人为了一桩什么事使唤春花，冷不防瞧见了那大肚子，心里动疑，唤住了仔仔细细一打量，愈看愈疑，愈疑愈看。

盘问春花，初时不肯说，经不起夫人软哄硬吓，一阵哄吓骗诈，竟然骗得她和盘托出，说是"老爷要我服侍，没法儿只好顺从了，自知不合，恳求恕罪"等语。夫人大怒，喝令把春花吊起，皮鞭藤条狠狠抽了一顿。春花身上怀有七八个月的胎，如何经得起这么的催生药？腹痛腰酸，一连几个屏阵，呱呱产下一个孩子来。夫人见了，怒上加怒，喝令家人把孩子抱去丢掉。遂唤官媒，把春花领去变卖。年老爷虽然不忍，终是爱莫能助，眼睁睁瞧那春花婉转娇啼，被媒婆领了去。

且说家人年福见夫人盛怒之下，不敢违拗，抱了孩子向后门走去。后门口有几间破屋，一间是猪栅栏，畜着五七头猪，其余两间是堆放柴炭所在。年福才到猪栅栏口，忽然一道红光，直奔面门来。吓一大跳，不及拔闩启门，把孩子就向猪栅栏掷去。急急回到自己房里，心下还兀自跳个不住。年福家的瞧见她汉子这么形色仓皇，也吃了一惊，只道他干了什么亏心事，忙问什么什么。年福便把夫人怎么发怒，春花怎么受责，怎么生产，怎么叫官媒把春花领去，叫我把孩子丢掉，到了后门口，怎么瞧见红光扑面的话，细细说了一遍。

年福家的道："且住，这孩子是男是女？"

年福道："是男。"

年福家的道："你造这么的孽，真是该死。主子这么年纪，并无子嗣，幸喜留下这一点骨血，你倒又巴巴地去葬送掉。天就容你，年府的祖宗也不容你。我和你都是府中家奴世仆，一丝半粟都是主子恩典，没的报主，却倒绝起主子后嗣来。"

年福道："这个过我可不能任受，太太吩咐，我们做奴才的哪里敢驳回？"

年福家的道："太太叫你丢掉，你不会偷偷抱到家里来的么？

现在我妹子新产是头胎，乳最多不过，叫她抚育是很好的。"

年福听了，深自忏悔。过了三四日，这一天无意中走到后门口，忽听得小孩子啼声，仔细根寻，声音出自猪栏中。年福赶入一张，只见一只大母猪，护着一个小孩子，正在那里喂乳。那几头小猪挨着小孩争乳吃，所以小孩啼哭呢。年福认得这小孩就是前奉命丢掉的。见事隔多日，依然活泼泼的，不禁喜出望外。跨进猪栏，赶开母猪抱起瞧时，见孩子的两个小眼睛炯炯有神，乌溜溜地瞧着年福，啼声顷刻停住了，好似在前生认识过似的。

抱回房中，告诉年福家的，年福家的也笑逐颜开，向年福道："看来这位少爷有点来历，将来长大成人，说不定是个大官儿。咱们好好地抚养他起来，也不枉主子待我们的恩德。"

年福道："是呀，倘然是寻常孩子，母猪也不会喂他乳吃了。"

当下年福夫妇把这孩子当作自己儿子一般看待，保抱提携，十分周至。时光迅速，弹指六年，这孩子已经六岁了。论他的质地，果是聪明出众，论他的性子，却又顽劣异常，淘气起来，别说平人说他不听，劝他不住，就是父师的教训，他也不很在意。

这一年，京师来了一个星家名叫知机子，算命看相，断事如神，遨游公卿士夫间，公卿士夫无不倒屣相迎。这日，年遐龄接着寮友荐函，也请知机子来家推星看相。恰值这孩子在门前玩耍，知机子一瞧见这孩子，不禁暗暗喝彩。比及到了里面，相过年遐龄，知机子兜头一揖，道："并非晚生恭维，大人尊相，贵不可言，三山得配，五岳均匀，三十年之内，定然位极人臣。"

年遐龄大喜，知机子道："大人恕罪，晚生还有一句话要当面陈明。大人的功名，不是自己挣来的，是诰封功名。晚生斗胆，要请出公子来一相。"

年遐龄遂叫家人抱公子出来。原来年夫人自从逐掉春花之后，不上一年，也怀了孕。此刻少爷已经五岁了，取名希尧，生得粉妆玉琢，遐龄夫妇视同珍宝。一时抱出，知机子打足精神，端详了好一会儿，先相面，后相手，相毕，开言道："这位公子也是朝廷一品官，但是诰授的恩荣，这位公子还不足以当此。还有几位公子？请大人一并请出来，待晚生细相。"

年遐龄道："老夫年逾不惑，只此一子。先生之言，实是无从索解了。"

知机子道："这可奇了。晚生挟术半生，从没错误过，难道这一回会看失眼不成？"

沉吟半晌，忽作醒悟的样子道："是了，晚生方才在府门口瞧见一个孩子，举动活泼，瞻视非常，既然不是府上哥儿，却是谁家孩子？大人大概总知道。"

年遐龄道："这可不知道。"

知机子道："晚生见这孩子跑入府上门房去的，门房里那三位管家还跟他讲话的呢。"

年遐龄道："谁呢？呀，是了，这是他。这是咱们奴才的小子年小三。先生眼力果然不错，这小子我也说他将来定有出息，就可惜根基太薄，做了奴才的小子，凭他如何发迹煞也有限。要是生在咱们家里，那就不可限量了。"

知机子道："大人，这倒不能一笔抹煞。汉时大将军卫青，也是奴仆出身。既是府上的小管家，奴荣主不辱，也是大人阴德所致。可否传这小管家进来，赐晚生细细一相？"

年遐龄道："可以可以。"遂命人传年福，就叫他带了小三进来。

一时年福传进，见过主人，垂手侍立，听候示下。那年小三虽只有六岁，却生得虎头燕颔，猿臂狼腰，双眸炯炯，那一股精悍之气，再也藏敛不住。年福叫他向老爷请安，小三请过安，回头瞧见知机子，指着问道："这是谁?"发音异常洪亮。

知机子赞不绝口，遂向年遐龄道："并不是晚生敢在大人跟前唐突，依相论相，这位小管家的功名福泽、才气威权，远在公子之上。这位小管家端的了得，大人倒不可轻视了。"正是一笔如刀，劈破昆仑分玉石；双瞳似电，照清沧海辨鱼龙。年遐龄听了，很有几分不自在，正欲开言，忽见一人扑地跪倒面前，叩头如捣蒜，嘴里连称："奴才死罪，奴才该死。恳求老爷开恩。"年遐龄吃一大惊。

欲知跪者何人，所为何事，且听下回分解。

第二回

讲中庸塾师受窘
裁狂狷名士踵门

话说年遐龄正与知机子讲话，忽有一人扑地跪倒面前，叩头如捣蒜。年遐龄急忙瞧时，这跪倒的不是别人，正是府里世仆管门的年福。遐龄暗忖，这年福素来谨慎，怎么忽地请起罪来？遂道："年福，你有什么事、什么话，尽管回我，我总不罪你是了。"

年福未语之先，先叩了一个头，嘴里还说："谢老爷不罪之恩。"

遐龄道："快讲吧。"

年福指着小三道："这位小爷，实是老爷的血胤，奴才斗胆，冒他做儿子，已有六年之久，实是该死。"

遐龄愕然问故，年福就把当年的事依实从头说了一遍。知机子道："怪道呢！我原想老鸦窠里，哪里会出凤凰？原来有这么一回事故。照管家说来，这位公子实是有些来历。从前春秋时光，楚国的斗谷於菟斗子文，弃在山谷中，大虫衔去喂他乳吃，后来为楚国的贤相。公子将来怕不是国家柱石、朝廷栋梁？堪贺堪贺。"

年遐龄还未回答，早见一个家人出来道："太太请老爷。"

遐龄脸上顷刻变色，没奈何只得跟随入内。一会子喜滋滋出来道："太太听得这一回事，很欢喜，就叫我认了。年福，你这个人真是咱们家的大功臣。回过太太，还要重重地赏你呢。"当下就叫知机子择了个吉日，叫小三归宗。

到了这日，先祭祖宗，后参父母，归了宗。亲友闻知，都来称贺。遐龄替他取名叫作羲尧。羲尧、希尧弟兄相叙，年太太倒也并不偏爱，兄弟两个服御饮食都是一般看待。无奈两人性情差得太远，一个温文尔雅，一个桀骜不驯。年遐龄每怪他在奴才手里长大，究竟少了教养。

到了七岁这一年，年遐龄便叫他哥弟两个入学念书，请的师父是一位宿学老儒。两个念起书来，羲尧是一目十行，到口成诵，希尧虽也不钝，比了乃兄，真是赐也回也，相差远甚了。到了十一岁，羲尧《十三经》都已念完，希尧则除《四书》之外，堪堪念得《诗》《书》两经。先生见羲尧这么颖悟，便叫他听着讲书。无奈这位公子心地虽然灵通，性情却欠淳静，略有一知半解，就要搬驳先生，那先生往往被他问得个顿口无言。

一日，那先生开讲《中庸》，开卷便是"天命之谓性"一章，先生见了那没头没脑、辟空而来的十五个大字，正不知从哪里开口，才入得进"中庸"两个字去，只得先看了一遍高头讲章，照着那讲章往下敷衍半日。

才得讲完，羲尧便问道："先生讲的'天以阴阳五行，化生万物'，这句我是懂了，下面'于是人物之生，因各得其所赋之理，以为五常健顺之德'，难道那物也晓得五常仁义礼智信不成？"

先生瞪着眼睛向他道："物怎么不晓得五常？那羔跪乳，乌

10

反哺，岂不是仁？獬触邪，莺求友，岂不是义？獭祭鱼，雁成行，岂不是礼？狐听冰，鹊营巢，岂不是智？犬守夜，鸡司晨，岂不是信？怎的说得物不晓得五常？"

先生这一段话，本也误于朱注，讲得有些牵强。羹尧道："照先生这么讲来，那下文的'人物各得其性之自然'，直说到'则谓之教，若礼乐刑政之属是也'，难道那禽兽也晓得礼乐刑政不成？"

一句话把先生问急了，说道："依注讲解，只管胡缠。人为万物之灵，人与物一而二，二而一者也，有什么分别？"

他听了哈哈大笑，说："照这等讲起来，先生也是个人。假如我如今不叫你人，叫你个老物儿，你答应不答应？"

先生登时大怒，气得乱抖，大声喊道："岂有此理！将人比畜，放肆放肆。我要打了。"

拿起戒尺来，才要拿他的手，早被他一把夺过来，扔在当地，说道："什么？你敢打大爷？大爷可是你打得的？照你这样的先生，叫作通称本是教书匠，到处都能雇得来，打不成我，先教你吃我一脚吧。"照着那先生的腿凹子就是一脚，把先生踢了个大仰爬脚子，倒在当地。

年希尧见了，赶紧搀起先生来，一面劝阻哥休得无礼。只是他哪里肯依，还在那里顶撞先生。

先生道："反了反了，要辞馆了。"

正在闹得烟雾尘天，恰巧年遐龄送客出来听见，送客走后，连忙进书房来，问起缘由，才再三地与先生赔礼，又把儿子着实责了一顿，说："还求先生以不屑教诲教诲之。"

那先生摇手道："否，大人，我们宾东相处多年，君子绝交不出恶声，晚生也不愿是这等不欢而散。既蒙苦苦相留，只好单

11

教这二令郎，做我的个陈蔡及门。你这个大令郎，凭你另请高明。倘还叫他'由也升堂'起来，我只得不脱冕而行矣。"

年遐龄听说无法，便留年希尧一人课读，打算给年羹尧另请一位先生，叫他弟兄两个各从一师受业。但是为子择师，这桩事也非容易，更兼年遐龄每日上朝进署，不得在家，那夫人又身在内堂，照应不到外面的事。这个当儿，那年羹尧离开书房，一似溜了缰的野马，益发淘气得无法无天。年府又本是个巨族，只那些家人孩子，就有一二十个。他便把这班孩子都聚在一处，不是练着挥拳弄棒，便是学着打仗冲锋，大家玩耍。那时清初时候，大凡旗人家里，都还有几名家将，与如今使雇工家人的不同，那些家将也都会些摔跤打拳、马枪步箭、杆子单刀、跳高爬绳的本领，所以从前征噶尔丹的时候，曾经调过八旗大员家的库图扒兵，这项人便叫作家将。年府上的几个家将，里面有一名老师，见他家大爷好这些武艺，便逐件地指点起来，他听得越发高兴，就置办了许多杆子单刀之类，和那群孩子每日练习。用砖瓦一堆堆地做个五花阵、八卦阵。虽说是个玩意儿，也讲究个休生伤杜、景死惊开，以致怎的五行相生、八卦相错，怎的明增暗减、背孤击虚，教那些孩子们穿梭一般演习，倒也大有意思。他却搬张桌子，又放张椅子，坐在上面，腰悬宝剑，手里拿个旗儿，指挥调度。但有走错了的，他不是用棍打，便是用刀背打，因此那班孩子，怕得神出鬼没，没一个不听他的指使。

除了那些玩耍之外，第一是一味地爱马。他那爱马，也和人不同，不讲毛皮，不讲骨骼，不讲性情，专讲本领。年遐龄家里也有十来匹好马，他都说无用。便着人到市上拉了马来，看他那相马的法子也与人两道，先不骑不试，只用一个钱，扔在马肚子底下，他自己却向马肚子底下去，捡那个钱。要那马见了他不惊不动，他才问价。一连拉了许多名马来看，那马不是见了他先踢蹶咆哮地闪躲，便是吓得周身乱颤，甚至吓得撒出尿来。

这日羹尧偶自出门，看见拉盐车驾辕的一匹铁青马，那马生得来一身的卷毛，两个绕眼圈儿，并且是个白鼻梁子，更是浑身磨得纯泥稀烂。他失声道："这等一个骏物，埋没风尘。"也不管那车夫肯卖不肯，便唾手一百金，硬强强地买来。可煞作怪，那马凭他怎样地摸索，风丝儿不动。羹尧便每日亲自看着，刷洗喂养起来。哪消两三个月的工夫，早变成一匹神骏，他日后的军功，就全亏了这匹马，此是后话。

却说年遐龄好容易给他请着一位先生，就另收拾了一处书房，送他上学。不上一月，先生早已辞馆而去，落后一连换了十位先生，倒被他打跑了九个，那一个还是跑得快，才没挨打。因此上前三门外那些找馆的朋友，听说年府相请，便都望风而逃。年遐龄为了这事，很是烦闷。

恰好这日下朝回府，轿子才得到门，转正将要进门，忽见马台石边站着一个人，戴一顶雨缨凉帽，贯着个纯泥满锈的金顶，穿一件下过水的葛布短襟袍子，套一件磨了边儿的天青羽纱马褂子，脚下一双破靴，靠马台石还放着一个竹箱儿和小小的一卷铺盖、一个包袱。那人望着遐龄轿旁，拖地便是一躬。轿夫见有人参见，连忙打住杆杆。年遐龄那里正在工部侍郎任内，见了这人，只道他是解工料的微员，吩咐道："你想是个解官，我这私宅向来不收公事。有什么文批，衙门投递。"

那人道："晚生身列胶庠，不是解差。因仰慕大人的清名，特来瞻谒。倘大人不惜阶前盈尺之地，进而教之，幸甚。"

年遐龄素日最重读书人，听见他是个秀才，便命落平，就在门外下了轿，吩咐门上，给他看了行李，陪那秀才进来，让到书房待茶，分宾主坐下。因问道："先生何来？有甚见教？"

那秀才道："晚生姓顾名启，别号肯堂，浙江绍兴府会稽人氏。一向落魄江湖，无心进取。偶然游到帝都，听得十停人倒有九停人说，大人府上有位大公子，要延师课读。晚生也曾嘱人推荐，无奈那些朋友都说这个馆地是就不得的，为此晚生不揣鄙陋，竟学那毛遂自荐。倘大人看我可为公子之师，情愿附骥。自问也还不至于尸位素餐，误人子弟。"

年遐龄正在请不着先生，又见他虽是寒素，吐属不凡，心下早有几分愿意。便道："先生这等翩然而来，真是倜傥不群，足占抱负。只是我这豚犬虽然天资尚可造就，其顽劣殆不可以言语形容。先生果然肯成全他，便是大幸了。请问尊寓在哪里，待弟明日竭诚拜过，再订吉期，送关奉请。"

顾肯堂道："天下无不可化育的人才，只怕那为人师者，本无化育人才的本领，又把化育人才这桩事，看成个贸利的生涯，自然就难得功效了。如今既承大人青睐，多也不过三五年，晚生定要把这位公子送入清秘堂中，成就他一生事业。只是此后书房功课，大人休得过问。至于关聘，竟不消这形迹。便是此后的十筵两餐，也任尊便。只今日便是个黄道吉日，请大人吩咐一个小童，把我那半肩行李搬了进来，便可开馆，又何劳大人枉驾答拜？"

年遐龄听了大喜，一面吩咐家人打扫书房，安顿行李，收拾酒饭，预备贽仪，就着公服，便陪那先生到了书房，立刻叫年羹尧穿衣出来拜见。一时摆上酒席，遐龄先递了一杯酒，然后才叫儿子递上贽见拜师。顾先生不亢不卑，受了半礼，便道："大人请便，好让我与公子快谈。"

年遐龄又奉了一揖，说："此后弟一切不问，但凭循循善诱。"说罢辞了进去。

那年羹尧也不知从哪里就来了这等一个先生，又见他那偎蹇寒酸样子，更加可厌，方才只因在父亲面前，勉循规矩，不好奚落他，及至陪他吃了饭，便问道："先生，你可晓得以前那几个先生怎样走的？"

顾肯堂道："听说都是吃不起公子的打走的。"

年羹尧道："可又来！难道你是不怕打的么？"

顾肯堂道："我料公子绝不打我。他那些人，大约都是一班呆子，想他那讨打的缘故，不过为着书房的功课起见。此后公子欢喜到书房来，有我这等一个人，磨墨拂纸，做个伴读，也与公子无伤。不愿到书房来，我正得一觉好睡，从哪里讨你的打起呢？"

不知年羹尧如何回答，且听下回分解。

第三回

战礼闹春风得意
赋东征雨雪载途

话说年羹尧听了顾肯堂的话，笑道："倒莫看你这等一个人，竟知些进退。"说着，带了几个小厮，早走得不知去向。从此年羹尧虽不似往日的横闹，大约一月之间，也在书房坐上十天八天，但那一天之内，却在书房坐不得一时半刻。

这天正遇着中旬十五六，天气晴明，晚来绝好的一天月色。年羹尧便带了一群家丁，聚在箭道大空地里，拉了一匹划马，着个人拉着，都教那些小厮骗马作耍。有的从老远跑来，一纵身就过去的；有的打着踢级，转着纺车去的；有的两手扶定迎鞍，后胯竖起直柳来，翻身趐过去的。年羹尧看着大乐。

正在玩得高兴，忽然一阵风儿送过一片琵琶声音来，那琵琶弹得十分圆熟清脆。年羹尧听了道："谁听曲儿呢?"

一个小子见问，咕咚咚就撒脚跑了去打探。一时跑回来说："没有听曲儿，是新来的那位顾师爷，一个人在屋里弹琵琶呢。"

年羹尧道："他会弹琵琶? 走，咱们看看去。"说着，丢下这里，一窝蜂跑到书房。

顾肯堂见他进来，连忙放下琵琶让座。年羹尧道："先生，不想你竟会这个玩意儿，莫放下，弹来我听。"

那顾肯堂重新和了弦弹起来，弹得一时金戈铁马，破空而来，一时流水落花，悠然而去，把年羹尧乐得手舞足蹈，问道："先生，我学得会学不会？"

先生道："既要学，怎有个不会？"就把怎的拨弦，怎的按品，怎的以工尺上乙四合五六凡九字，分配宫商角徵羽五音，怎的以五音分配六吕六律，怎的推手向外为琵，合手向内为琶，怎的为挑为弄，为勾为拨，指使得他眼耳手口，随了一个心，不曾一刻少闲。哪消半月工夫，凡如《出塞》《卸甲》《浔阳夜月》，以至两音板儿，两音串儿，两音《月儿高》，两套令子，《松青》《海青》《阳关》《普庵咒》《舞名马》之类，按谱徵歌，都学得心手相应。

及至会了，却早厌了。又问先生还会什么技艺，先生便把丝弦、竹管、羯鼓、方响各样乐器一一地教他。他一窍通百窍通，会得更觉容易。渐次学到手谈、象戏、五木、双陆、弹棋，又渐次学到作画、宾戏、勾股、占验，甚至镌印章、调印色，凡是他问的，那先生无一不知，无一不能。他也每见必学，每学必会，每会必精，却是每精必厌。然虽如此，也有大半年不曾出那座书房门。

一日，师生两个正闲立空庭，望那钩新月，羹尧又道："这一向闷得紧，还得先生寻个什么新色解闷的营生才好。"

先生道："我那解闷的本领都被公子学去了，哪里再寻什么新色的去？我们教学相长，公子有什么本领，何不也指点我一两件？彼此玩起来，倒也解闷。"

年羹尧道："我的本领与这些玩意儿不同，这些玩意儿尽是些雕虫小技，不过解闷消闲，我讲得的长枪大戟，东荡西驰的本领，先生你哪里学得来？"

先生道："这些事我虽不能，也有志未遂。公子何不做一番我看，或者我见猎心喜，竟领会得一两年，也不见得。"

他听了道："先生既要学，更有趣了。但是今日天色已晚，那枪棒上却没眼睛，可不晓得什么叫作师生。伤着先生，不当稳便。明日却做来先生看。"

顾先生道："天晚何妨？难道将来公子做了大将军，遇着那强敌压境，也对了说今日天晚不当稳便不成？"

年羹尧听先生这等说，更加高兴，便同先生来到箭道，叫了许多家丁，把些兵器搬来，趁那新月微光，使了一回拳，又扎了一回杆子，再和那些家丁比试了一番，一个个都没有胜得他的。他便对了那先生得意扬扬，卖弄他那家本领。

顾先生说道："我也学着和公子交交手，玩回拳看。但我可是外行，公子不要见笑。"

年羹尧看着他那等拱肩缩背、摆摆摇摇的样子，不禁要笑，只因他再三要学，便和他各上了地步，自己先把左手向怀里一摆，右手向右一横，亮开架式，然后右脚一跺，抬左腿一转身，便向顾先生打去，说着"打"，及至转过身来，向前打去，早不见了顾先生，但觉一个东西贴在辫顶上，左闪右闪，那件东西摆脱不开。溜势的才拨转身来，那件东西却又随身转过去了。闹了半日，才觉出顾先生跟在身后，把个巴掌贴在自己脑后，再也躲闪不开，摆脱不动。怄得他想要翻转拳头，向后捣去，却又捣他不着。便回身一脚飞去，早见那先生倒退一步，把手往上一绰，正托住他的脚跟，说道："公子，我这一送，你可跌倒了。拳不是这等打法，倒是玩玩杆子吧。"

这要是个识窍的，就该罢手了，无奈年羹尧是一团少年盛气，哪里肯罢手？早向地下拿起他用惯的那杆两丈二长的白蜡杆子，使得怪蟒一般，望了顾先生道："来来来！"

顾先生笑了一笑，也拣了一根短些的，拿在手里，两下里杆梢点地。顾先生道："且住。颠倒你我两个没什么意思，你这些管家既都会使家伙，何不大家玩着热闹些？"

年羹尧听了，便挑了四个能使杆子的，分在左右，五个人哈了一声，一齐向顾先生使来。顾先生不慌不忙，把手里的杆子一抖，抖成一个大圆圈，早把那四个家丁的杆子拨在地下。那四人握了手，豁口只是叫疼。年羹尧看见，往后撤了一步，把杆子一拧，奔着顾先生的肩胛向上挑来。顾先生也不破他的杆子，只把右腿一撤，左腿一跧，前身一低，年羹尧那棍杆子早从他脊梁上面过去，使了个空。他就跟着那杆子底下，打了个进步，用自己手里的杆子向裆时只一搅，年羹尧一个站不牢，早翻筋斗跌倒在地。

顾先生连忙丢了杆子，扶起他来道："孟浪孟浪。"

年羹尧一骨碌爬起身来道："先生，你这才叫本事，我一向是瞎闹。没奈何，你须是尽情讲究讲究，指点与我。"

顾先生道："这里也不是讲究的所在，我们还是到书房去谈。"

说着来到书房，他早等不到明日，即便扯了那顾先生问长问短。

顾先生道："你切莫絮叨叨地问这些无足轻重的闲事，你岂不闻西楚霸王有云，'一人敌不足学，请学万人敌'这句话么？"

年羹尧道："那万人敌怎生轻易学得来？"

顾先生道："要学万人敌，却也易如拾芥。只是没第二条路，只有读书。"

年羹尧听了，皱眉道："我何尝不读，只是那些能说不能行的空谈，怎干得天下大事。"

顾先生正色道："公子此言差矣。圣贤大道，你怎生地看作空谈起来？离了圣道，怎生做得个伟人？做不得个伟人，怎生干得起大事？从古人才难得，我看你虎头燕颔，封侯万里，况又生在这等的望族，秉了这等的天分，你但有志读书，我自信为识途老马，那入金马，步玉堂，拥高牙，树大纛，尚不足道，此时却要学这些江湖卖艺营生何用？公子你切切不可乱了念头。"

书里交代过，年羹尧原是个有来历的人，一语点破他，果然从第二天起，潜心埋首，揣摩起来。次年乡试，便高中了孝廉。转年会试，又联捷了进士，历升了内阁学士。当他新点翰林之初，金马玉堂，人家瞧着果已异常清贵，羹尧心里却并未十分得意。请了几个月的假，跨上那匹从盐车上买来的铁青马，带了个老家人年福，欹斨出都门，渡过卢沟桥，向山东一带游历去了。

风尘肮脏，到处特色英雄。这日，行到直隶山东交界所在，年福道："爷，北风劲得很，光景要下雪了么？"

年羹尧道："我因贪瞧风景，不很觉着。被你一提，果然北风劲得很，身子有点儿当不住了。"

年福道："兜过这山冈，想来总有市镇。且到了那里，向酒家沽几角酒来挡寒吧。"

年羹尧一边答着年福的话，一边赏那途中风景。只见黄沙匝地，远远拥着一带雄山，峥嵘嵚岑，一峰峰雄奇挺拔，好似千军列阵，兀峙听令的一般，更从远处凑着一声两声的画角声。睹此茫荡山河，胸襟倍觉豪放，因慨然道："我年羹尧有朝身率精骑数千，出塞万里，建大将之旗鼓，虏强敌之名王，才堪为山河生色哩。"说罢，纵辔狂笑。

正狂笑间，天上已霏霏有些雪片儿撒下地来，年羹尧主仆背着北风，那雪花花一片正从马后打将来，主仆二人加鞭疾驰，满拟兜过山冈，找个酒家歇息。忽听得一声长嘶，蹄声响处，一匹纯黑驴迎着北风，飞也似的来。驴背上坐着个老者，拱肩缩背，瘦到不成个样儿。年羹尧纳罕道："这么一个人，一阵朔风也吹倒了，怎敢冲风冒雪，独个儿走路？"

此时两边走得都飞快，人影一晃，早相差了好多的路。年福呵了呵手，加上一鞭，马跑得愈快了。一时转过山冈，见是黑压压树木，那天气越发冷了。雪也一片大似一片，顷刻间就满林的零琼碎玉。背后望去，两个人差不多雪人似的。忽见树木里一声怪响，一支箭直奔面门而来。年羹尧是个惯家，知道强盗来了，亏得本领来得，并不躲闪，等候响箭来得切近，举手一绰，早绰在手中。树木里一声呼哨，跳出一二十梢长大汉，都执着朴刀。为首一人，手执连环棍，大喝："省事的，赶快下马受死。"

年羹尧大喜，笑答道："你家公子爷学成了本领，没有出过马，今日天赐其便，姑拿你这班狗强盗来试我的杆子。"

遂向年福手里接过那条用惯的水磨纯钢白蜡杆子的长枪来。年福原是府中家将，当下也执棍在手。那执连环棍的强盗，把棍分前后左右中五路打来，年羹尧一杆长枪，挑拨勾送，没半点儿破绽。众强盗见头领不能取胜，发一声喊，一齐拥上来。年羹尧一时性起，手起一枪，喝声道："着！"一个小强盗早被挑了十五六家门面。盗首吃了一惊，手里一暇怠，连环棍早被年羹尧接住。盗首见兵器被人吃住了，咬着牙，撒着腰，往后拼命地拽。年羹尧把棍略松了一松，盗首险些儿不曾坐个倒蹲儿，连忙地插住两脚，一挺腰，向上一挣。年羹尧趁势向上轻轻地一提，那盗首早被钓鱼似的钓了起来，就势擒住，横在马背之上。众强盗都不敢上来，有几个早逃回去叫救兵了。

年羹尧按住了那盗首笑问：“你知道了厉害不知道？”遂叫年福用绳捆了。年福因不曾带绳子，就从身上解下腰带，把盗首捆了个结实，丢在雪地里。

年羹尧笑向年福道：“第一回出马，就这么地得彩，可见顾师爷所授，真是不错哩。”

只见年福失声道：“爷，不好了！强盗大队来了！”

羹尧随他所指的地方望去，果见二三十个大汉，跨着牲口，冲风冒雪而来。年羹尧见来的人多，怕他们劫夺那被擒的盗首，遂绰枪在手，把两腿一夹，那匹铁青马乱踏着一行新雪，泼刺刺地迎将上去。正待厮杀，不意这班人行至切近，一个个滚鞍下骑，跪在雪地上叩头。那为首的两人哀求道：“好汉爷在上，我那兄弟不知好汉爷，误犯了虎威，原是死不足惜，但是我们三人当日神前结拜，约定同祸同福，同死同生。恳求好汉爷务请高抬贵手，饶过我那兄弟。我们甘愿执鞭随镫，伺候好汉爷一辈子，赴汤蹈火，万不敢辞。倘然不蒙原宥，我们兄弟三人甘愿死在一块儿，求好汉各赐一枪，免得生死两地。”说毕，叩头不已。

年羹尧是旷世英雄，自来英雄性情欺硬怕软，年羹尧自然也不能逃这个公例，当下就道：“你们要我放你那个兄弟，原也不值什么，只是你们须得先依我一件事，依得就放，依不得那是你们不好，可就不能怪我了。”

那两人道：“只要放我那兄弟，莫说一件，一百件都肯依。”

不知年羹尧说出什么来，且听下回分解。

第四回

年羹尧无心遇侠士
张乐天有意结英贤

话说年羹尧见盗众软求，遂道："你们要我饶他，须得先依我一件事。你们知道我是谁？"

一句话可把众盗问住了。众盗打量了羹尧一会子，遂道："你老人家有这么的本领，不是营中豪杰，定是镖局英雄。"

年羹尧笑道："说给你们，大概也未必相信。我是个文墨书生，翰林清客。姓年名羹尧的便是。你们以后，不论在何地何时，我要烦你们干什么，须得立刻就来。不管你们有什么要紧的事，忙得什么样子，接到我的命令，立马就来。要迟一时半刻，我就不能答应。你们肯依我，我就放他。"

为首两盗连声答应。年羹尧道："此地何名？你们三人叫什么名字？"

为首两盗齐声回道："这里地名黄叶冈。过冈就是枫树林。被老爷拿住的那个兄弟叫邓起龙，小人两人一叫张人龙，一叫吕翔龙。老爷要用我们时，只消派人来一问黄叶冈枫树林三龙就得了。"

年羹尧大喜，立命年福释去邓起龙之缚。三龙苦留年羹尧到枫树林庄上待酒，年羹尧道："不必，雪紧得很，我们要紧打尖了。"

三龙齐声道："老爷如肯赏脸，就要草庄住宿，那就是小人们无上之荣耀。"

年羹尧道："这里相近有镇口没有？"

吕翔龙道："离枫树林二里不到，就是枫林镇。"

年羹尧道："那么不劳费心，咱们再见吧。"说着，把缰一带，主仆两骑，拍踢拍踢，闯着雪，向枫林镇去了。

此时地下积雪已有两三寸深，主仆两骑宛似在琉璃世界似的。天上阴云四合，大风振林，树枝上积雪都被北风刮将下来。年福呵着手挥鞭，大有当不住冷的神气。年羹尧举鞭遥指道："树林尽头，炊烟起处，料是人家了。咱们赶几步吧。"

快马加鞭，一瞬间已过了那树林子，便瞧见了那枫林镇。早有店小二迎上来，笼住马道："客官，住店吧。"

年羹尧点点头，小二便帮同拉马，渐走入店门里。年羹尧一眼便瞧见一头纯黑驴子，拴在店门内马棚里，暗道："怪呀，那不是方才路上遇见那个拱肩缩背老者骑的么？怎么倒在这儿呢？"

想着时，已由店小二引到间屋子里解装，倒上脸水，泡上茶。年福服侍羹尧洗过脸，年羹尧道："我那匹铁青马须得监着他们喂去。"说着，跨出房门，亲到马棚，监视喂过了马，便背着手，慢慢地踱回房间来。走到廊下，见雪下得愈大了，不禁停了脚步，凭栏看雪。那雪好似为着年羹尧看着一般，特地地飘琼屑玉，像青女素衣，凌空曼舞，把个年羹尧挑逗得喝彩不止。正瞧得出神，忽然一阵阵暖烘烘的异香，从鼻子管里直钻进来，嗅着很似煨熟羊肉气味儿。回头瞧时，见右厢房窗棂上映着一痕炉火，里边微闻些敲杯举箸之声，不禁失口道："羊羔美酒，白雪

24

红炉，又何必觉家姬清谈锦帐呢？"

话犹未了，忽见厢房纸窗一起，一个天表亭亭的少年，笑着招呼道："既蒙欣赏，何不请进来同坐一谈？"

年羹尧未及答言，砉然一声，纸窗早闭上了，直从门里边迎出来道："咱们一见如故，不必学那女娘们扭扭捏捏。"说着，早走上几步，把年羹尧拉住道，"到屋子里去坐吧。"

年羹尧觉得这人一拉，手里很有些力量，举目打量，见此人身穿青绸狐皮袍子，内衬锦羊皮密纽小袄，茧绸衫裤，扣着丝带，外罩天青缎紫貂马褂。下面金黄缎套裤，青缎薄底挖如意快靴。头戴青缎小帽，正面钉豆瓣大小一块血红宝石，牟尼珠大小一颗东珠。八尺来长身子，廿五六岁年纪，雄奇英挺，双目炯然，知是一位英雄，连忙拱手致敬。

两人联袂进房，见炉火纯红，肉香扑鼻，那人向羹尧道："就这儿坐下吧。"

那人也只带得一个家人，见有客来，忙向炉边加了一个座位、一副杯箸。两个围炉坐下，烹羊对酌，攀谈起来，很是投机。那人拳经武艺、经史百家，以及吹弹歌唱、围棋双陆等大小各艺，无一不晓，无一不精。那人自称姓张名乐天，籍隶汉军，跟纳兰相国明珠是亲戚，因此打两句满洲语，十分纯熟，流利异常。两人谈谈这样，讲讲那样，简直是相见恨晚。

当下清谈对酌，都各干了三五十杯，羹尧已觉得有些酒意，便就发出石破天惊的议论来。举手干了一杯酒，向张乐天道："张兄，不是小弟酒后狂言，似这种翰林生涯，只可以羁勒凡才，像小弟虽不见得怎么出人头地，但不学班超投笔从戎，定做张骞凿通西域。要不然，我的心志终不得舒展呢。"

正在长谈，忽听得外面哗然大闹起来。张乐天道："什么？

咱们出去瞧瞧。"

年、张两人走出屋来，见院子中积雪已有五六寸深，一个打杂的披着件毡儿在院子中呵着手点灯。两人走到客堂，见黑压压围了一房的人。只听众人道："什么画儿这么的尊贵？就是唐伯虎、仇十洲的墨迹，也不用这许多银子。"

年羹尧眼快，一眼望见卖画的那个干瘪老儿，不是风雪中遇见那个骑黑驴的是谁呢？张乐天却精神贯注地瞧着画儿，年羹尧也跟着他眼光瞧去，见是一幅黑龙大画，画得烟云弥漫。那龙的一鳞一爪，都在烟云里隐隐露现，却腾拿翻舞，神采生动，气象万千，真同活的一般。年羹尧不禁连声喝彩。再看署款的却只"周浔谨绘"四个字，笔势龙飞凤舞，也异常遒劲。另有一条纸贴在旁边，上写"此画售银一百两"一行字，因此满屋的人都说他昂贵呢。

年羹尧也不跟人商议，连说："端的好画，一百两银子真不贵。"遂叫年福称准一百两银子，送给那老儿道："我问先生买这幅画儿。"

那老者把羹尧打量一会子，问道："客官贵姓尊名？府上何处？"

年羹尧通过姓名，回问那老者，那老者指着画道："小老儿就是这绘画的周浔。"

年羹尧大惊，赶忙重行施礼。周浔道："不必，年老爷，你道周浔果然短钱使，卖画度日不成？我不过遨游到此，偶尔动兴，要试试此间人眼光，到底有眼珠子没眼珠子。不意你年老爷果然是周浔风尘中知己，一举手就是一百两。既然这么识货，我就把这幅画儿赠予老爷，这百两银子，请年老爷依旧收回了。并不是周浔故为辞让，因我行李无多，这脏东西带着累赘，暂时寄存尊处，到要使的时候，再来领取。"

年羹尧见他这么说了，倒也不便推却，把银子收了回来，遂道："周先生，咱们结成个朋友吧。"

周浔道："那可不敢，你是雏鹰乳鸷，我是哀雁寒鸦，心志不同，境遇各异，如何能够并为一群呢？"说毕，回房去了。

年羹尧取了画轴，也就回到自己房里。张乐天跟入，同赏了一会子画，问道："年兄，你瞧这卖画的是什么人？"

年羹尧道："我看他落拓不羁，定是个老名士。"

张乐天道："此人古怪之至，很难皮相。"

说着时，店小二进来，问张爷的饭是开在一起么，年羹尧接口道："自然开在一起，终不然还各自吃各自？"

一时，小二送进饭来，二人吃过，张乐天在年羹尧房中谈天。谈到三鼓，才回房歇息。

次日，年羹尧一早起身，就去拜周浔。小二回说："周爷因有朋友候在前站，赶四鼓就动身了。"

年羹尧听了，对户咨嗟，心很怅然。忽闻背后有人道："年兄好早。"

回头见是张乐天，张乐天道："吾兄东游，小弟恰也要山东去，咱们就结伴同行如何？"

年羹尧大喜，当下各吃了早点，给了房饭钱，主仆四人跨马齐行。此时新雪初霁，一望皆白，差不多是银装世界。这日，二人说说谈谈，因为贪赏雪色山光，不觉错过了宿头。张乐天道："年兄，方才没有打得尖，又走了二十多里路，此刻天晚将下来了，前面没有村镇，退回去又已不及，如何是好？"

年羹尧用鞭一指道："望去塔影冲霄，听来松声满耳，那不是座庙宇么？咱们到处为家，就那里宿一宵，有何不可？"说着，催马前进。张乐天只得相从。

霎时行到，只见一座大庙，破败得不成个模样。山门闭着，年福执鞭拯门，年、张二人都下了骑，瞧那山门上匾额依稀，仿佛是"法华禅院"四个字。只听得哗啦一响，山门启处，早迎出一个五短身材、三十左右年纪的和尚来。向年、张两人打了个问讯，道："两位施主，里面请坐。"

二人跟随进庙，年羹尧把这和尚仔细打量，见他一脸横肉，两眼凶光，脑后青筋虬结，腮下须根惨惨，知道不是善辈，估量去自己还对付得下。到了大殿，先参拜了佛像，那和尚陪着到西禅堂待茶。但见窗明几净，收拾得很是洁净。案头设着瓶炉，壁间悬有屏对，瓶中供的那枝蜡梅，一阵阵香气，送到鼻中来。那和尚请教过了年、张两人，自通法名，名叫净修。谈论一会儿，小和尚报说："齐备好了，摆在哪里？"

净修道："摆东禅堂吧，那边宽畅些。二位的行李叫香伙也搬在那边炕上吧。两个管家，你叫师叔好生管待着。"小和尚应了一声自去。

年羹尧忽有所思，霍地起身道："大和尚，我要在宝刹随喜随喜，敢烦你引导，可以不可以？"

净修道："小僧自当遵命。无奈天已昏黑，施主明儿再随喜吧。"

张乐天也劝阻道："年兄鞍马劳顿了一日，咱们也该歇歇了。"

年羹尧道："歇歇也好。"

于是净修引着到西禅堂去，小和尚点上了一支蜡，年羹尧抬头忽见一只牛筋铁胎弹弓，约莫有三十多个力，高悬在壁上。心里暗忖，这和尚会用这一只弓，看来倒是个劲敌。遂道："大和尚想来必是善于打弹。"

净修道："小僧也不过学着玩罢了。施主问及，谅必精此，可否请教请教？"

年羹尧也不回答，就伸手向壁上取下那弓来，觉得很有些力量。自语道："倒也有几个力。"说时，将两手一扳，倒还配手，拿近灯下一瞧，笑道："大和尚，你这弓力量还可以，只可惜制法不善，只能打一个弹子。我行李中带的那只连珠藏弹弓，一打五出，比了迎门三不过镖还要厉害，信不信？咱们就可以比较比较。"说着，就连声呼年福："取我的弹弓来。"

净修见了这副情形，蓦地一惊。

欲知年羹尧如何比较，且听下回分解。

第五回

运气术唬倒郝老五
连珠弹收服净修僧

话说净修听说年羹尧有连珠弹弓，吃了一惊。此时年福已遵命把弓取来，递与羹尧。年羹尧道："大和尚，你瞧瞧我的弓比你那一只如何？"

净修接到手，觉着比自己那一只还沉重。向烛光下一瞧时，背是牛筋，中间夹着一条铁胎，足有锯子刀那般厚薄。细瞧那弦，果见中间有个窝儿，里头藏着五颗弹子。不禁敛手道："年施主这只弓端的是神品，小僧如何敢比较？"

年羹尧笑道："大和尚，我姑借着积雪余光，试打那塔角第四层的铜铃，不中时休笑话。"

说毕，接弓在手，踱出庭心，也不作势，随随便便地只一拉，只听得踢铃铃一阵连珠似的怪响，不是塔角铃声是什么？不过是第四层不是第四层，天已昏黑，看不很真切。但此塔半已倾圮，只第四、第七层还有三个铜铃悬着。净修、张乐天都不禁连声喝彩。

净修道："年施主，我佩服你，真佩服到死心塌地。"

年羹尧笑道："似这种弓马小技，算得什么本领？"

净修道："年施主，我今儿说一句心胆里的话，我原也是江湖好汉、山海英雄，五年前在绿林中也颇有些微名。直到此刻，提起弹弓郝五，京东一带怕都还知道呢。只因遇了一桩岔事，看破了红尘，削了头发，在这里法华禅院出家。虽然做了和尚，碰着上门买卖、慈悲勾当，依旧要干个一桩两桩。今儿二位进门，我原不怀好意，现在可就不敢再萌坏念了。山东河北，水岸两路英雄，没一个不与我交好，像施主这么的本领，却也不可多得。"

年羹尧听说，紧上一步，执住那和尚的手道："原来大和尚是绿林豪杰、出世英雄，失敬得很。我年羹尧虽是书生，却很愿结识几个英雄豪杰。"

净修大喜，当下斋饭已经搬出，净修瞧了一瞧，见几样菜都不过是豆腐、面筋、青菜之类，遂向小和尚道："快撤了去，取我的酒菜来。既已披肝沥胆，更不用闹这假惺惺了。"

小和尚应着，一会子便换出羊羔、牛脯、鸡鸭鱼肉等八碗菜来，净修执壶劝酒，三个人坐下吃喝。一夕畅谈，净修不禁感激起来，问道："年老爷，你能够在这里住几天么？"

年羹尧问他何事，净修道："过了明儿，后日就是小僧的贱辰，承江湖上几位朋友的情，每年到了这日，总要到这儿来叙叙。这一班人一个个都有飞空蹑壁之能、虎跳龙拿之技。年老爷如果没事，住在这儿，一来让他们见个世面，会会年老爷这么天神一般的人，二来也让小僧光荣光荣。小老儿这一点儿微忱，不知年老爷肯俯鉴不肯？"

年羹尧笑道："蒙你这么瞧得起我，再要走时，就是不中抬举了。"

净修大喜，于是洗盏更酌，月旦当世英雄。净修道："年老爷，你知道我弹弓郝五怎么会做和尚了呢，这件事提起来，已经过了五年了。我在河南地方，自十三岁出马，凭着一只弹弓、两柄钢刀，足足横行了十年，从没吃过一回亏，不意这一年可就碰大钉子了。一夜，我在朋友家喝了大醉回来，踉踉跄跄跟一个老头儿撞了个满怀。我就握拳大骂，那老头儿笑道：'你醉了，我不和你一般见识。我住在东首五里桃村，你要找我，等你在那里。'说着拂袖而去，其行如风。次日入市，又与他相值。我就用力挨肩排他，非但排他不动，自己反倒退却了十几步。市人都住了脚笑我，我哪里还忍耐得住，就指着那老儿破口大骂。那老儿笑道：'我难道又犯了你么？有本领过来斗几合。'我此时恼得什么相似，明知斗他不过，在稠人广众中，如何下得起这个台？就运足平生气力，直扑将去，双拳并进，给他再黑虎偷心。不意他才举手一挥，我就一个狗吃屎，颠扑了十几步远。羞愤欲死，奋起再扑，三扑三跌。彼时恼极了，不管他是敌手不是敌手，仍旧直前奋扑。这老头竟然不来睬我，徐行而去。我就起身追逐，那老儿冷然道：'怎么有这么不知进退的人？'恰巧经过一个短栅，老儿把我只一推，就推落在栅内。栅内是猪圈，跌了一身的猪粪，臭不可当。跳出猪圈瞧时，老儿已不知哪里去了。赶忙归家沐浴更衣，收拾了个洁净，愈思愈愤，于是背上弹弓，怀了双刀，到桃村去找他。行了五六里路，哪里有什么桃村，不过是一带桃林。新霜开气，林中花果全无，不过黄叶纷纷，积地逾寸。穿林而行，踏下地去簌簌有声。桃林尽处，忽见一座茅庵。我想桃村总离此不远，可以就庵探问。不意才从篱隙一窥，只见里面一个童子压着纸，一个老头儿正在那里振笔疾挥地绘画……"

年羹尧听到此，心里一动，忙问："这老儿可是大大眼睛、黑黑脸儿、拱肩缩背的瘪皮老儿？"

净修道："倒不十分瘪皮呢。"

年羹尧道："不十分瘪皮？奇了！画的什么东西？是否是龙？"

净修道："不是龙，是一只鹰。画毕，还题有'英雄得路'四个字呢。年老爷，你道这老儿是谁？正是推我入猪圈的那个。仇人相见，分外眼红，我彼时扣正了弹弓，窥得真切，啪地就是一下，不偏不倚，正中那老儿的脑袋……"

张乐天失声道："哎呀，这么一个英雄被你一个弹子，那不就结了么？"

净修道："结了就好了，谁料他依然没事人似的。"

年羹尧道："想来没有打中？"

净修道："窥得那么真切，如何会不中？我这一只弹弓发出去的弹子，着在上面不论你铜筋铁骨，不是伤就是个死。我彼时也疑惑没打中，再发一弹，瞧得倍觉真切，中在脑壳上。不意他依然故我，举动如常。我如果知道厉害，回了家也就没事了，偏偏不肯，伏在林间，等了个夜静更深，我就挟了双刀，施展夜行功夫，纵身上屋，跳进室中。见孤灯荧荧，摇曳欲灭，我急抽钢刀，向东壁一榻尽力就是一刀，寂无声响。揭衾一瞧，原来是只空榻。才欲退出，忽见雕鹗似的一个黑影，拂窗直入。知道是人来了，忙举刀迎窗斫去，不觉自己身子早跌倒了，两把钢刀也不知掷向哪里去了。抬头一看，就是日间压纸的童子。童子指着我喝道：'你是什么人？趁我师父不在，要干点子什么？'我假称是迷途乞火的，童子指着破衾道：'这是什么，快讲吧。'正说话间，老儿推门而入，瞧见了我，就叫童子放手。我吓极了，只得伏地请死。那老儿笑道：'何至于是，我不和你一般见识，去吧去吧。'我跪问他姓名，才知这老儿姓路，名叫路民瞻。年老爷，你想我从来没有出过岔的人，忽然碰了这么大一个大钉子，如何

33

还有脸见人？回到家里，愈想愈恼，遂把辫子一刀剪去，就在这儿当和尚了。于是神弹郝五就变了和尚净修了。"

年羹尧道："这几年来，遇见过不曾？"

净修道："没有。"

一时饮毕，净修就叫年、张二人安歇在炕上，一宵无话。

次日起身，张乐天道："年兄今日不走么？我在前站等你是了。"

年羹尧道："既然做了伴，自然同行同止。咱们又没什么事，不过是游历，何争在这一日两日呢？"

张乐天见说有理，也就住下了。当下先叫净修引着，在院中各处游了个遍，然后再到寺外赏览。只见群峰拥护，松柏森森，好个藏风避气所在。正在眺望，面前啪踢啪踢一阵蹄声响，两匹马风一般地来。马上的人瞧见张乐天，忙扣住缰，滚鞍下骑，齐声道："我的四爷，哪一处不找到，却在这儿乐。主子正念起你呢，我们十几个人，骑着快马，分四五起找你。快快回去。"

张乐天道："我在路上无意中遇见了这位年爷，倒很投机。做了伴，一块儿游玩。"

那两人紧上一步，附着张乐天的耳，不知说了两句什么话，张乐天道："哦，知道了。"回头向年羹尧道："我有要事，回京了。咱们京中再见吧。"

遂一同回到法华禅院，收拾了行李马匹，从荷包里取出四粒瓜子金，送与净修，作为香资，遂与净修、年羹尧作别。净修送到山门，年羹尧直送过树林子，瞧他主仆四人走远了，方才回寺。

这日，拜寿的英雄就来了两起，是南中水路英雄浪里钻、海里奔、白眼蛟、截江獭，还有黄叶冈枫树林三龙。净修一一介绍，年羹尧道："枫树林三龙，我是会过的了。"

净修问起，邓起龙就把当时相会的事说了一遍，净修也把连珠弹雪夜打塔角的话，告诉了众人，众人无不称奇。

此时天已昏黑，点上了蜡烛，摆上酒席，团团坐定。众人正在吃喝，忽闻窗外嗖的一声，如庭梧叶落，如飞燕从窗隙掠入，却是一个人，向众人道："路上遇了岔事，耽搁了半日，迟来一步，恕罪恕罪。"出其不意，众人都吃了一惊。

欲知来者何人，且听下回分解。

第六回

云中燕发明血滴子
众英雄祝祷法华庵

话说众人正在喝酒谈笑，忽见一人轻如飞燕，蓦地飞来，都吃了一惊。净修起身道："云中燕大哥来了。"

年羹尧才知此人叫云中燕，只见那云中燕背上背着一样奇异的东西，走进门就向净修道："郝五弟，我路上带了一件可玩的东西，来给你解闷。"

净修道："什么东西？拿出来大家瞧瞧。"

云中燕霍地把那件奇异的东西卸了下来，原来是一个有柄的皮囊。只见他把柄儿一拨，囊口就开了，向外一倒，骨碌碌滚出一个黑魆魆、毛茸茸的圆球来，向地上乱滚。

净修道："这是颗脑袋呀，谁的？"

张人龙道："老云又闯了祸了。"

云中燕道："这倒不是我闯的祸呢。"

原来这云中燕是山西大同府怀仁县锦屏山人氏，生性聪明，为人机巧，素有巧思，能造种种削器，能安种种消息。有几个在广东澳门跟着大西洋人专学削器的，回来跟他斗巧，从没有斗得他过的。他这云中燕可并不是绰号，却是真姓名。他姓云，原名

36

燕飞，为嫌燕飞两字不顺口，截掉个飞字，加上个中字，骤然听去，便似绰号似的。云中燕一身本领，使一柄神出鬼没的钢刀，五支百发百中的袖箭，还有腾空蹑壁，高去高来，都是他从堂哥哥云中雁教授的。云中燕家里守夜之犬、应门之童，都是削器做成的，至于照夜的烛奴、搬运的木牛流马，更不必说了。云中燕又嫌刀枪剑戟等十八般兵器，飞镖袖箭连弩弹弓等各种暗器都不适手，都不合用，遂自出心裁，独运巧思，造成一种刁钻狠毒的兵器。看去似一个革囊，囊口有柄，可以启闭。口的里面暗藏着四柄削铁无声、吹毛过刀、杀人不沾血的折铁缠钢刀。要用的时候，只消把柄向左一推，囊口就开了个畅，囊口开了满，四柄利刃也就交叉开足，向敌人头上一罩，将囊柄向右一拉，四柄利刃刀口和刀口对合了个紧缝，罩在革囊里的脑袋，早不知不觉割了下来，连血水都一滴没有滴下来。那被罩的人但觉眼前一黑，未及发声喊救，脑袋早被割下来了。要是从背后飞行去取，被杀的人连谁人杀他都没有知道，你想这东西迅捷不迅捷，歹毒不歹毒？云中燕既造了这千古未有的新兵器，便也题出个千古未有的新名儿，这名儿叫作"血滴子"。他那从堂哥哥云中雁、兄弟云中鹤，见了血滴子，都说太歹毒了，劝他不要用，他哪里肯听。

此番云中燕专诚来与净修祝寿，半月前就在锦屏山动身，一路行侠作义，不知除过几多残暴，救过几多良善。这日，经过一所树林子，天还黑早，忽见一个老头在那里正悬绳上吊呢。相去三五十步，解救势已不及，云中燕急极智生，一扬手，霍霍霍五支梅花袖箭连珠似的发出，不偏不倚都射在那根绳儿上，绳儿顿时射断，那老头儿就跌下了地去。

云中燕飞步赶上，扶了那老儿起来道："老丈，为什么寻短见？"

那老儿觑了云中燕一眼道："你这人真也多事，我上吊由我上吊是了，却要你无端来救我。现在反倒害了我了。"

云中燕道："老丈，你端的为甚事寻短见？怎么救了你反倒害你？你且把此中的缘由告诉我知道，或者我能够替你分忧解难，也说不定。"

那老儿含着两包眼泪，未语泪先流，抽抽咽咽，先哭将起来。云中燕焦急道："老丈，怎么这么婆子气？问你话不说，反倒哭呀？"

那老儿道："我因所遭的事悲苦不过，不能顾及尊客了。小老儿姓施名忠，今年五十四岁。老伴姚氏，小我两岁，生下一男一女，男已娶媳，女未字人，一家五口就在城中县衙前开着个纸马铺度日。今年新来了个县太爷，是汉军旗人，姓毛。这位毛太爷有个兄弟毛二太爷，我们一家好好的人家，就破在这毛二太爷身上。"

云中燕道："怎么破在这毛二太爷身上呢？"

那老儿道："这毛二太爷原是个色鬼，不知怎么瞧见了咱们家女孩子，就派人来关说，要咱们家女孩子做两头大。客人，你是知道的，两头大就是妾的别名。不要说小老儿通只一个女儿，良善人家，谁肯把亲生孩子给人家为婢作妾？因他是县二太爷，未便得罪，婉婉转转回复了来人。不意第二天，衙门里的胡头儿就约我到馆子里喝酒，狠狠劝我一番，叫我休没眼色，做了这门子亲，有的便宜呢。满城的人知道你是县太爷亲戚，谁敢不尊敬你？你要不答应，二太爷既是看上了眼，也不放你这么轻轻易易地回绝。俗语说穷不可与富斗，富不可与官斗，何况你我？我和你大家都是本地人，现在劝你，也无非为的是你。你自己裁度着行吧。我当时恼道：'我不答应，难道他敢强抢不成？'胡头儿

38

道：'强抢？怕比强抢厉害的事情还有呢。'不意次日就有三个差人，手持火签，到我店中来，不问情由，把小老儿父子一条铁链锁了就走。小老儿问他犯了什么案，他们回说，你自见官问去，我们只知道奉命办案。小老儿到了衙门，毛太爷劈头第一句，就问我为什么私通叛逆，谋为不轨。客人，小老儿可就吓昏了。不意这位毛太爷手段真也厉害，趁我发昏当儿，就说我情真罪确，顿口莫辩，把我父子都下在牢里，一面又派人来说亲。我此时拼了一死，索性不去理他。经不起他们到我家里去缠，我那女孩子听说一应这门亲事，父子两人立刻可以出牢，吾家依然无恙，我这孝顺孩子，于是逼着她妈，甘愿应这一门亲事，救阖家的性命。她妈逆她不过，只得向来人说了。这位毛太爷真也刁钻，真也厉害，先把我放了出牢，说候女孩子过了门，再放我那儿子。"

云中燕道："你姑娘竟甘心做妾不成？"

施忠道："哪里甘心？不过要救她父兄呢，所以一进毛二太爷门……"

他说到这里，止不住两泪双流。云中燕道："她就什么？"

施忠道："我这苦命孩子，她就寻了短见。一剪子剪断咽喉，玉碎香消，就没了命了！毛太爷迁怒到我们身上，把我那儿子问成军罪，充发黑龙江去了。老伴痛女思儿，思成一病，医药罔效，也丢下我去了。媳妇回了娘家去，人口星散，只剩我一个，还有甚趣味活着呢？"

云中燕道："原来如此。"随向身边一抄，抄出两锭银子，约莫百两左右，递给施忠道："施老丈，你且拿去过用着，日后父子总有团圆日子。我现在先替你报仇雪恨去也。"说着一跳，早已踪迹全无。施忠十分惊讶。

这夜，县衙忽然火起，等到扑灭了火，家人哗传县太爷身上短了一个脑袋，二太爷喉间多了一支袖箭。看官可明白，这就是云中燕干的事。云中燕用血滴子摘了毛太爷的脑袋，径奔法华禅院，就把这一节事向净修述说一回，回头道："人龙哥，不是云中燕闯的祸，你如今可明白了？"

净修道："云大哥快过来参拜了年老爷。"因指着羹尧道，"这位年老爷真是旷世。"

年羹尧早站起身来道："这位英雄是谁？使这异样的革囊，我年羹尧从未见过。"

净修替两人介绍了，然后再把血滴子的作用说明。年羹尧大喜，重与云中燕施礼。这夜，净修备齐客铺，请众宾分房住宿。年羹尧拖住云中燕，定要他同床共话。云中燕也爱年羹尧磊落，死心相结。

次日，各路英雄来得愈多，一个个都是躯干彪伟，武艺绝人。内中只有一个，名叫毕五的，短小精悍，为人很是机灵。年羹尧也特别另眼看待。那毕五道："少林宗法，现在分为三家，是洪家少林、孔家少林、俞家少林。洪家少林是刚派，孔家少林是柔派，只有俞家少林是刚中寓柔，柔中寓刚，最为了不得。"

年羹尧道："吾兄所学，是否即洪家刚派？"

毕五道："年老爷真好眼力，未见拳艺，已知宗派。"

年羹尧道："因见吾兄矫捷精悍，有类鹰鸷。大异孔、俞两家轻柔安详之道，以是知之。"

畅叙数日，众人于是与净修作别，分道扬镳，各自归各自去了。云中燕邀年羹尧山西一游，年羹尧原爱云中燕智巧，并也要赏览三晋风景，就一口应允了，两人并辔偕行。羹尧见云中燕虽朴僿不通文墨，技艺便捷轻柔，气度从容安雅，心中便觉敬爱。

一日，同客村舍，年羹尧一时兴至，要与云中燕比较武艺，云中燕笑道："年老爷是翰院贵人，云中燕乃山野草民，何敢轻于比试？现在这么着吧，向村舍人家借一个大号木桶来，我站在桶中，年老爷尽管拿刀斫我，要是一刀斫死，那是自己本领不济，绝不敢丝毫怨及年老爷。"

说罢，向村人借了一口放米的米桶来，放在当地。云中燕跳入桶中，笑道："年老爷，请斫吧。"

此时瞧热闹的人早站了一圈，年羹尧执刀在手，心下踌躇道："我拿刀斫他，万一斫着了，可不是玩的。不如拿刀背斫吧。"想毕，遂道："云大哥，小弟刀来了。"

云中燕笑道："尽管请斫。"

年羹尧觑得真切，挥刃而前，听斫得呼的一声，刀过如风。

欲知云中燕性命如何，且听下回分解。

第七回

殡山魈幸仗奇人
聆师言悔失交臂

　　话说年羹尧尽力一挥，呼的一声，刀过如风。瞧云中燕时，早已敛身入桶，一点子都没有损伤。连斫三回，三回都是如此。村舍人家见了，无不瞠目结舌。

　　云中燕道："咱们再换个法儿玩玩。"

　　年羹尧道："怎么玩法？"

　　云中燕道："请年老爷把我手中捆缚了，悬在空中，我自有本领会下来呢。"

　　年羹尧很不相信，问村中要了几根绳子，遂道："正缚还是反缚？"

　　云中燕笑道："悉随尊便。"

　　年羹尧笑了一笑，就把云中燕捆缚起来，先反缚了两手，然后再捆双足。手足总缚了数十道的绳，再有一条总绳一收，收成个馄饨样子，提到杨树下，飞身上树，把他只一吊，高高地吊在树上。只见他奋身一跃，跃起数丈，那缚他的绳子早已断成一寸寸了。年羹尧叹服道："云大哥，你这本领从哪里学来的？我佩服你，真佩到五体投地。"

云中燕道："孔家少林，造诣至极，都能如此。云中燕何足道哉？"年羹尧愈益叹服。

两个好汉都有飞空蹑壁之能、伏虎擒龙之技，所以爬山越岭，露宿夜行，昼不避虎狼，宵不畏鬼魅。年福跟着这么英雄主子，水涨船高，胆气也自会加人一等。

一日，错过了宿头，主仆三人就住在山中破庙里，时当夜半，月明如昼，忽闻远远两声怪啸，哀如巫峡之猿，惨类寡妇之泣，渐啸渐近。忽然阴风惨惨，昏雾漫漫，通明的月色骤然暗淡。年福不禁毛发森竖，急叫道："爷，鬼怪来了。"

年羹尧道："别怕，有咱们在呢。"

云中燕霍地站起身，顾羹尧道："不必睡了，年老爷。"

年羹尧坐起身来，正这当儿，怪啸之声忽然住了，山门之外忽有女子叩门。不去理她，不意转瞬间这女子已经站立阶前。三个人都很诧异，瞧那女子，装束态度，居然是个人。明眸皓齿，雾鬓风鬟，柳腰莲步，举止很是袅娜。见了年云二人，慌欲下拜。

年羹尧正色道："有话速讲，不必下拜。"

那女子听了，低头弄带，很露出不得已的样子，半晌，觑着二人道："小女子是前村童养媳，为了遭翁姑虐待……"

云中燕笑道："不必说了，我都已知道。你不是遭虐待逃出的么？逃出来要跟从咱们么？你知道天下英雄有一个云中燕么？你不安分守己，住在墟墓里，倒要以色魅人。你道云中燕也可蛊惑的么？快走快走，不要试我的钢刀。"

那女子听了大惊，倒退了数步，退至山门，重复转身回来道："两位爷都是正人君子，既已窥破下情，何妨直言告禀。小女子也不甘干这无耻勾当，为妖魅所逼迫，也叫无可奈何。现在我去了，妖魅必然亲自前来。只有东北一书生家里可以躲避，两位爷快走吧。"说罢，翳着月影，影影绰绰，及墙阴而没。才一转瞬，怪啸之声又起，渐啸渐远，月色重又通明。

年、云二人摩挲刀剑，静候妖魅到来。年福已经吓得面无人色，力劝主人离掉这里。云中燕道："既是管家这么胆怯，咱们就陪他一行。"

年羹尧道："也好。"

年福见主人允了，忙把行李收拾好了，拉出铁青马，问主人骑不骑。年羹尧道："不骑了。"年福就把行李装在马背上，自己也不敢坐骑，开出山门，拉着两匹马。云中燕、年羹尧各执兵器在手，三人照着那女子的话，向东北角行去。

走不到一里，果见几间草舍，隐隐射出灯光来。行到草舍，推门入内，见一个书生正在那里展卷朗诵，瞧见三人到来，并不起身为礼，只指指旁边的竹榻，叫他们坐下。年福见没有马槽，把马牵向舍后树上拴了，将行李搬了进来，执鞭侍立。年、云两人就竹榻坐下，堪堪坐定，迅风暴起，走石飞沙。那碎石细沙打在屋壁上，淅淅有声。一个一丈多高的妖怪，狞目豹齿，口如巨畚，站在门外窥伺。瞧那书生依然朗声念书，宛如没事人一般。只见妖怪忽地奋然一跃，直扑进来，云中燕再也忍耐不住，飞身起迎。那书生忙把书一拂，云中燕还仆榻上。忽闻门外大声轰然，不异山崩岳陷，瞧妖怪时，已不知哪里去了。此时晨鸡远唱，天色已经大明。

未几日上，走出舍外一瞧，见满地都是血迹。年、云二人辞别书生欲行，那书生笑向云中燕道："老哥本领果是不错，可惜功夫还没有到，怎么这么地轻敌？"

年羹尧问："那妖怪呢？"

那书生道："早已除掉了。"

年羹尧大惊，忙问姓名，书生自言姓曹名仁父，避乱来此，已有数年，不复出山矣。因评两人武艺之优劣，并举其瑕隙，无不中窍。二人大为叹服，告别起行。

一路无话，不满一日，早来到锦屏山云家庄。云中燕陪入庄院，殷勤款待。这云家庄共有好多座庄院，都是云中燕伯叔兄弟，别院分居，已历两代。当下云中燕都引来与年羹尧相见。云中雁、云中鹤、云中凤、云中鸾，都是英雄意气，豪杰性情，自然一见如故。云中燕问云中雁："郝老五生辰，二哥哥为什么不到？"

云中雁道："嵩山毕五，郝老五那里到么？"

云中燕道："会见的。"

云中雁道："他问起过我没有？"

云中燕道："不曾。二哥哥敢是与毕五有点子意见么？"

云中雁道："此番我在路上遇见一宗买卖，堪堪做到手，毕五随后就到，说这一宗买卖是他从河南跟下来的，叫我得了巧宗儿，坏了江湖规矩。我就驳他，从河南跟下来，路径很不对。就算你是真的，好好情商，我还肯让你一步。照你这一个样子，咱们倒要见一个高下再谈。可笑他不知轻重，果然跟我撩起拳来。被我捉住一个破绽，踢了他一跤筋斗。他爬起身，羞惭满面地向我说了句后会有期，就去了。事后追思，我也深自懊悔，不该跟他一般见识。咱们孔家派与他洪家派宗派虽是不同，却同出少林一祖呢。"

云中燕道："毕五说后会有期这句话，我看大有道理，也许在外面寻师访艺。现在咱们孔派，只有俞派的罗汉拳堪称劲敌，也许他在学习俞派呢。"

云中雁道："俞派拳会的人很少，现在只有江南宿州张兴德，号为俞派专家，江湖上称他为双刀张。那也很容易的事，只消费点子跋涉，到江南去一瞧就明白了。"

云中燕道："很可不必。咱们跟双刀张究竟是闻名不曾见面，这是一桩；二来他收徒弟不收徒弟，咱们也未便干涉。"

年羹尧听在耳里，记在心头，知道江南宿州有这么一个英雄，待当有暇，便专骑前往拜谒。

住得十多日，山西一带著名英雄，差不多交结了个遍。这一日，年羹尧忽萌归念，起别云中燕并云氏弟兄，豪杰行径，自没儿女辈归歧反袂的俗态，一声珍重，自奔前程去了。临别，云中燕、云中雁兄弟约定，一过夏季，便来北京瞧年羹尧。

那年羹尧出游时光，堪堪是冬至前后，现在陌上花开，已经早春天气了。主仆两人骑不卸鞍，马不停蹄，不过半月工夫，早回到了北京年府。此时顾肯堂师爷还在年府里，因为年遐龄、年羹尧父子感激他教育深恩，再三不肯放他走，供养在府中，朝夕请教。

当下年羹尧见过父母后，便来参谒师父，爷儿两个就坐下谈起心来。年羹尧便把途中所见的风景、所遇的人物，一一说给师父知道，又把那幅墨龙大画亲手打开，请师父赏鉴。顾肯堂也赞不绝口，再笑问年羹尧道："老弟台，你知道这周浔是谁？"

年羹尧道："没有知道。"

顾肯堂道："南中有八大剑侠，论起他本领来，便是天上闲云、人间野鹤，清便清到个绝人，侠便侠到个极顶。这周浔就是八大剑侠中一人呢。"

年羹尧跌足道："我真糊涂，这么的大侠，竟会交臂失之。"

顾肯堂道："老弟台不必可惜，这一班人多半是天子不得而臣，诸侯不得而友。他要避你，招之不会来；他要就你，挥之不会去。倒是老弟台以后行事，对于这一班剑侠，不能不谨慎点子。"

年羹尧道："他们的本领这么高超，咱们也学得到么？"

顾肯堂摇头道："不能不能，咱们的技艺，是少林宗。内中虽有刚派、柔派和派之分，终究比不上武当宗，他们都是武当宗呢。武当称为内家，少林称为外家，从初祖创世时，已经显有轻重，何况如今？"

年羹尧听了，不胜羡慕，遂问这八大剑侠姓名，师父大概总知道的。顾肯堂道："一个姓曹名仁父，峨眉枪法最是无敌，也会凑几句诗文。"

年羹尧道："哎哟，这曹仁父我也会见的。"遂把山中遇魅一桩事，备细说了一遍。

顾肯堂接道："一个姓路，叫民瞻，一个姓周，名浔，都会几笔画儿。周浔善画墨龙，民瞻副的鹰，都题有'英雄得路'四个字。一个姓吕名元，一个姓白名泰官，一个姓甘名凤池，都有出神入化的本领。还有两个更要厉害，一个是和尚，法名了因，一个是女孩子，姓吕叫吕四娘，就是浙江吕晚村先生的小姐。"

年羹尧正在凝神静听，忽见家人送进一个帖子来，回道："大爷，这个客来过有六七回了，每次回他大爷没有回来，不在家，他总要徘徊一会子才走的。"

年羹尧接来一瞧，不禁失声道："哎呀，是他来了么？"

欲知来者何人，且听下回分解。

第八回

禛贝勒广制血滴子
年羹尧组织暗杀团

话说年羹尧接来一瞧，见帖子上写着"世教弟张乐天顿首拜"，喜出望外，慌忙迎接出来。才到二门，见张乐天已经龙行虎步地走进来了。年羹尧紧行一步，两人携着手，相视而笑。

年羹尧道："想不到张兄此刻会来。"

张乐天道："年兄，想煞小弟了。连候了你六七次，问问还没有回京，小弟焦躁得什么似的。"

年羹尧道："承蒙眷注，小弟今儿才到呢，巧极了。"

说着，早迎入书室。值书房童儿献上了茶，二人坐下，密切谈心。张乐天道："年兄今番会见的英雄，谅必不少。"

年羹尧道："虽然认识几个，特出的人才很是不多。"遂把别后的事，一字不遗，说了个畅快。这日谈得入港，就留张乐天在家便饭。张乐天也不客气，从此之后，张乐天几乎无日不来，两人万分要好。只是年羹尧要回拜他，张乐天总竭力阻挡，问他住址，也含糊不说。年羹尧见他行踪这么诡秘，心下很是动疑。

一日，张乐天来家谈心，谈到民意儿，忽地发念要与年羹尧拜把子。年羹尧道："咱们两个总算情投意合，既是情投意合，自应露胆披肝，现在极寻常的住址犹且含糊不说，哪里论得到肝胆两个字。既然论不到肝胆两个字，又何必拜这无谓的把子？"

张乐天道："年兄，并不是我藏头露尾瞒着你，因为告诉了你，于你我的交情就要大有关碍。好在缓掉一两日，你自会知道，现在咱们且端正拜把子。"

年羹尧驳他不过，只得应允了。于是择定吉日，拜过把子，叙起次序来，张乐天为兄，年羹尧为弟。

张乐天道："大弟，我在家排行居四，你只称我四哥，我就称你大弟，更不必提名叫姓。"

年羹尧道："谨遵四哥台命。只是咱们既做了弟兄，四哥的住址可要告诉我了。"

张乐天道："这个容易，今儿就带你家去。只是有一句话先要交代你，咱们拜了把子，称呼已经定了，无论如何，不能更易。"

年羹尧道："那个自然。"

当下套上了车，哥弟两个各跨上车，嘚嘚而行。一时行到紫禁城口，年羹尧慌忙扣骡下车，瞧张乐天时，竟然驱车直入。年羹尧大惊，喊他不住，只得跟随入城。走了好半天，只见一所插霄干云的大宅第，中门紧闭，只开着东西角门，门上竖头额，琢着"敕建多罗贝勒府"七个字。张乐天到此下车，拖住年羹尧只往里让。门上的家人都垂手侍立，排列得雁翅一般。年羹尧瞧见这副势派，心里早明白了。

到了里面，见所有屏联匾额，都写有贝勒四爷字样，年羹尧忙着请安道："原来四哥是贝勒爷，金枝玉叶，小弟谨遵四哥之命，不改称呼了。"

张乐天大笑道："大弟，你真是可儿。"

看官，你道这张乐天是谁？原来就是当今天子康熙皇帝的第四位皇子，名叫胤禛，封为多罗贝勒，人家多称他作禛贝勒。这位禛贝勒诞生之夕，祥光煜爚，经久弗散。其母孝恭皇后，梦月入怀，华彩四照，才受的孕，所以都说他有点子来历。又生得天表奇伟，隆准颀身，双耳丰垂，目光炯炯，吐音洪亮。加之天亶聪明，大智夙成，宏才肆应，有识者都知道禛贝勒必非久居臣下的。这位禛贝勒偏也好学，不论是儒书释典、战策兵书，以及诸子百家、拳经剑术，没一样不学，没一样不精。并且纡尊降贵，并不以贝勒自尊，遨游各处，物色英雄，收罗豪杰。见年羹尧家世清华，性情豪爽，遂倾心结纳起来。年羹尧既知张乐天是当今皇四子禛贝勒，自然格外地敬爱。禛贝勒面嘱年羹尧，叫他严守秘密，在人前只称自己是张乐天，所以年府中人没一个知道张乐天是四皇子的。

禛贝勒与年羹尧商议组织血滴暗杀党，铲削强暴，诛戮奸凶。年羹尧道："人倒够了，直隶、河南、山东、山西一带英雄好汉，能听我号令，供我驱策的，约有百十来个。只是血滴子这东西，只有云中燕一个会做，怕有点儿费事呢。"

禛贝勒道："最好差人去问云中燕一声，这东西造起来究竟费事不费事。"

年羹尧道："云中燕兄弟约定，一俟秋高气爽，就要进京来呢。"

禛贝勒道："那么只好等他了。"

时光迅速，转瞬八月中秋。过了中秋，忽一日有两个鲜衣怒马的人，到年府来拜羹尧。年羹尧出迎，会见了，执手道故，欢声如雷。原来这两个正是禛贝勒日夜盼望的云中燕兄弟。当下年羹尧亲去报禛贝勒，禛贝勒正欲吃饭，一得此信，饭都不及吃，披衣跨马，与年羹尧并辔而来。一进门就问："谁是云中燕兄？小弟渴慕久了。"

云中燕起身招呼，禛贝勒殷勤接待，谈吐之间，异常恳挚。云中燕不觉感激，于是就商量制造血滴子的事。云中燕道："大难大难，此事不易着手。血滴子里面的四刀，都是纯钢折铁倭刀，请问向哪里去找这许多宝刀？只消有了宝刀，别的事都容易办。"

禛贝勒笑道："那么不难，我家中现藏有一二百柄倭刀呢，取出来瞧瞧，不知配用不配用。"

云中燕道："只要是倭刀，再没有不配用的。"

禛贝勒大喜，次日取倭刀来一瞧，云中燕连声夸赞。于是画出图样，注明尺寸，叫皮匠、铁匠分头接图制造。不到一个月，都已造齐。云中燕亲自动手装配，一总造成一百零七个血滴子。禛贝勒就把训练血滴子的事，交手了年羹尧。年羹尧点出了几个名氏，派人分头去请。如黄叶冈枫树林三龙、法华禅院净修、嵩山毕五等都在其内。不到一月，差去的人都已回来，报称各路英雄都说遵命，只有嵩山毕五，他家里人说已有三五个月没有回来，各处探听也杳无消息。看官，你道嵩山毕五到了哪里去？果然不出云中雁所料，隐姓埋名，投师习艺去了。

且说年羹尧家里，从那日之后，每天总有异服异言的人，望门投止，指名拜谒。年羹尧殷勤接待，不一日，人数早已到齐。年羹尧就把血滴子党训练起来，二十个人一队，共分五大队，前后左右中，每队各置队长一人，共计一百零五人。监军一人，专司侦查队众的勤惰，记录队众的功过。监器一人，专司修理兵械的损坏。统领一人，指挥全党队众，主持一切党务，赏功罚罪，进贤退不肖等种种要政，均由统领一人主裁。年羹尧自己做了统领，云中燕做了监器，净修做了监军，枫树林三龙并云中雁、云中鹤做了队长，从此血滴子飞行天下，干那骇目惊心的事。民间没缘没故丢掉脑袋的，不知凡几。有时两人并肩同行，才一转瞬，一个人已经横尸在道。因此民间把血滴子鬼神般畏惧，妖魅般防备。

一日，中路血滴子队长张人龙飞骑护送一人到客店，扶进房中，揭去蒙的被，众党员围住瞧时，见血淋淋两足齐胫截掉。众党员大惊失色，齐问这是何人。张人龙道："监器云中燕快到了，他到了，你们自会明白。"

说着时，窗外有声飒然，如梧桐叶落般飞进一个人来，正是云中燕。云中燕笑向张人龙道："万金良药，幸喜办到手了。"

张人龙道："快给他敷上吧。"

于是大众帮同，先把那人扶上床去，云中燕亲手替他敷伤口，一面叫煎参汤给他灌下。灌上三五匙，那人一口气回了过来，张开眼道："哎哟，这是什么地方？"

云中燕道："毕五哥，你醒过来了？"

毕五道："那不是云大弟么？我怎么会在这里呢？"

原来这嵩山毕五自受了云中雁一拳之亏，发愤力学，隐姓埋名，跨上一头健箐骡，走向江南而来。一日行至徐州地界，遇着一个少年，姓邓名叫锦章，言谈很是投机。毕五留心细看，见邓锦章行动举止，确是俞家学派，心中不觉暗喜，遂竭力跟他亲近。一是有心，一是无意，自然交结得异常惬洽。

这夜，两人就住在一个店里，剪烛谈心。邓锦章自称奉了师父之命，从山东办事回来。毕五就问尊师是谁，邓锦章道："咱们师父南北各省颇颇有名，姓张名兴德，一手俞派拳棒，祖传两柄双刀，神出鬼没，江湖上都称他作双刀张。"

毕五听了，故意做出钦慕的样子道："可惜我汤龙不早遇见我兄，不然咱们早做了同学三五年了。"

邓锦章道："汤兄愿意从学，小弟愿为引进。"

毕五道："那是求之不得之事，小弟实是感激。"

原来这汤龙就是毕五的假姓名，当下假汤龙随了邓锦章到了宿州，叩见张兴德。锦章替他竭力说项，张兴德道："老夫也不过仗着虚名儿，混一口饭吃，谁有真实本领呢？汤兄千里远来，恐怕有负你的来意，我看还是另请高明的好。"

邓锦章跪下苦求，张兴德碍不过情面，才答应了。假汤龙立刻备上赞仪香烛，参谒师父、师母，又与众同学一一相见。这双刀张门下从学的足有一二十人，论到就学之勤，事师之敬，与同学之和气，要算这末学新进汤龙为第一。偏偏这位师父不很瞧得他起，待他很是落寞。汤龙毫不在意，还时时拿酒食来孝敬师父，并分馈各同学。张兴德间一受而已，邓锦章很是不平。

欲知后事如何，且听下回分解。

第九回

隐姓名偷学罗汉拳
矜艺术陡遭刖足祸

话说邓锦章很是不平，常借事探问师父所以疏远汤龙的缘故，张兴德终不肯说。汤龙于各种拳术进步非常迅速，屡屡请益，张兴德颇难对付。汤龙对于邓锦章却非常要好，邓学技时有未至，汤龙时时从旁指点，因此邓锦章十分感激汤龙。

一夕，汤龙与邓锦章谈论技击，汤龙道："闻得俞派以罗汉拳为最精，是不是？"

邓锦章道："怎么不是？咱们师父最精的就是罗汉拳。"

汤龙道："此技第八解第十一手，做何形式，烦你代为探问。我于这一解颇为疑惑，师父尊严，又不敢擅问。"

邓锦章道："这是很容易的事，我就去问师父是了。"说着起身欲去。

汤龙拖住道："快休如此，师父多疑，你这么询问，定然要穷行根究，必不会告诉你。"

邓锦章道："那么怎样探问呢？"

汤龙道："后日是师父生日，咱们醵金为寿，俟他老人家饮酒微酣时，你就有意无意地问他，只说外间人议论，这一解失传已久，现在没有会的人，此语确否？师父倘然见告，必然留心静听，不必多问，启他的疑心。你听到了，就转告我知道。"邓锦章应诺。

到了这日众门生醵金为寿，张兴德异常高兴，喝了八九壶的酒。邓锦章乘间询问，张兴德时已半醉，不觉侈口回答。邓锦章告知汤龙，汤龙喜极，再三称谢。

次日晨起，汤龙忽失所在，众门生告知师父，张兴德顿足道："果然我疑不错，你们快瞧瞧马棚里我那一头骡在不在？要紧要紧。"

原来张兴德有一头健骡，日行五百里，是关外一个商人赠的。当下邓锦章奔到马棚一瞧，哪里有骡的影子？回报张兴德，张兴德道："锦章你昨晚为什么替强盗做侦探？"

邓锦章道："徒弟实不知情，求师父恕罪。"

张兴德道："不知情也还罢了。他进来时光，我心里就疑惑。因欲徐观其变，没有说破他，不意被鼠辈先觉。此人必曾为孔家手法所困，他知道此技只有俞家能够破掉，必是学得没有完全，所以辗转窃取。这一节情有可原，偷我的骡，明明心怀不良，有意相陷了。幸喜这一着我早已料到，锦章你赶快到州去报案。"

众门生道："骡行迅疾，怕州里捕役追不及呢。"

张兴德道："不必多讲，快去快去，迟了怕有祸呢。"

邓锦章遵命，到州衙进状。过了两天，没有消息，张兴德又亲自诣官，请为追比。衙门中人都笑张兴德做了镖师，家里遇盗还不瞒着人，大张晓谕地闹开来。不意歇掉月余，本州州衙忽接着一角缉捕公文，是河南归德县来的，内称有贵官南归，遇盗被戕，贵重物品尽被劫掉。该盗遗有一骡，骡身烙印，有的认识的说是张某之物等语。州官检查张兴德控追状纸，移知归德，才得没事。

张兴德闻知此事，立即具金入署，请赎原骡。一面遣散门徒，告别乡里，奋然道："我在江湖上走了二十多年，从不曾失手过，不意今回败在鼠辈手里。我此去跨骡寻仇，不管山南海北，地远天高，找不着这小子，誓不回来。"妻子牵衣哭阻，哪里阻挡得住。一日，骡子解到，张兴德便跨着去了。

却说假汤龙赚到了罗汉拳第八解第十一手，即忙离掉宿州，恢复他的嵩山毕五本来面目。行到归德地界，遇见一起南旋的贵官，心中一动，暗忖张兴德那么古怪，何不先陷他一陷，然后再想法子救他？当下就动起手来，虽有几个保镖的，哪里够他一挥发？一时财也掳了，人也杀了，临走还遗下一头骡子，种下这么一个祸根子，总算是报答师恩。

把赃运回家里，单人匹马欲投锦屏山云家庄，与云中雁一较上下。不意在中遇见了几个老伙伴，谈起别后情形，毕五就把找云中雁较量的话说了一遍。伙伴道："咱们同去走走，如果到了闹不清的地方，也好解劝解劝。"于是结伴同行。

行了两日，忽然遇见一乘骡车，车中一男一女，女的是个姑娘，男的是个老头儿，瞧模样仿佛是父女。看他去迹来尘，知道行囊中金银不少。毕五不禁馋涎欲滴，向伙伴打了个暗号，跟着车走。一时打尖，见父女两人下车，行李无多，只有两个铜瓮，铜色金黄闪烁，光可鉴人。每遇打尖，总是亲自提携，瞧光景很是郑重。这夜在客店里，忽然又来一个美少年，意气豪华，举动阔绰，跟老儿父女相聚甚欢。次日，老儿命具了花烛，叫那姑娘与美少年就客店中举行合卺礼，老头儿赠嫁，就只两个铜瓮。这姑娘做了新娘，明珰翠羽，金钿玉钗，美丽宛似天人。这许多装饰品都非仓促办得到的，见他一件件都从瓮中取出，铜瓮并不甚大，怎么能够取之不竭，用之无穷？到了夜里，新人卸装，依然一件件置放瓮中。那老儿自从女儿女婿合卺之后，早匆匆地跨着马去了。

毕五此时再忍耐不住，所谓艺高人胆大，带了两个伙伴，拨门而入。见室内灯火微明，静悄悄声息俱无。毕五放出夜行功夫，鹭伏鹤行，行近床前，揭开罗帐一瞧，见一对新夫妇跏趺对坐，合目养神。毕五手举钢刀，尽力斫去。斫到那两人身上，软如棉絮，柔若无骨。

那少年也不惊慌，也不恼怒，徐问道："你们要钱财么？在床下瓮中，拿了去就是了。"

毕五极力提掇，可也作怪，这小小两个铜瓮，竟然不能移动分毫。心中暗诧，平时三五百斤重的东西，常常提掇，怎么今儿这么不济？知道必是异人，忙欲退出。两个伙伴早挥刀而前，连床劈下。美少年恼得性起，跳下床，只把衣袖一拂，两个伙伴都跌向窗外去了。美少年笑顾毕五道："你是否是盗魁？"

毕五知道逃已不及，只得应了一声是。美少年道："蒙你光顾，想必是要我这两瓮了。"随向床下提出两瓮，轻如无物，放在地中，指道："你拿了去吧。"

毕五用力提掇，重若万钧，依然丝毫不动。少年笑道："这么娇怯，如何还做强盗？去吧去吧。"

毕五吓得极汗满身，逃了出来，回到房中，一夜不曾合眼。

次日，少年夫妇驱车东行，毕五好奇心胜，暗暗跟随，要瞧一个究竟。遥尾了二十余里，少年忽地回转头来，喝道："你不要活命么？"瞋目一叱，电光从眼睛里直射出来，相隔十多丈，已绕到毕五身上。毕五的双足才被这电光绕了一绕，其凉如水，早已昏厥过去了。两个伙伴追上瞧时，见毕五两脚都已齐胫刖去，吓得魂不附体，顾不得毕五，各自逃命去了。恰好云中燕、张人龙等一众血滴子队经过，见了这么一个刖足血人，都哗噪起来。

云中燕眼快，叫道："这不是毕老五么？怎么这个样子？"

张人龙道："哎呀，这是被神剑斩的。离此七十里，有一个神拳王瑞伯，家有良药，可以医神剑伤痕。"

云中燕道："王瑞伯是浙江宁波人，我也认识。既是这么，药我去取，你们快扶他店里去。"

张人龙道："好好。"于是分道扬镳，云中燕自向王瑞伯家取药去，张人龙便扶毕五上马，平卧妥帖，鞭马飞行。行到夕照衔山，才抵客店。突如其来，因此众人都不很明白。

当下用药替他敷上创口，用参汤把他灌醒。毕五张开眼道："云大弟，我怎么会在这儿呢？"

云中燕就把路过相救的话说了一遍，随问："毕五哥，你受了谁的捉弄，狼狈到这个样子？"

毕五叹了口气道："从今后我可不敢气傲了。泰山虽高，泰山之上有青天；江海虽大，江海之外有大洋。这一回的事，说出来又是惭愧又是惊骇。"

云中燕道："怎么？毕五哥也会惊骇呢？"

毕五先把受了云中雁一拳之亏，立志寻师习艺，隐姓埋名，在江南地方巧遇了个邓锦章，如何同到宿州，如何参谒双刀张，双刀张如何不肯收留说了一遍。云中燕道："此公巨眼，一见即知真伪，真是名不虚传。"

毕五又把邓锦章如何苦求，双刀张如何应允，自己如何笼络同学，如何密偷拳艺，窃骤宵遁讲出，云中燕道："毕老五，你这一着棋子太歹毒了。"

毕五道："一来怕他追来，二来引他到了一条路上，可以多一个帮手。"遂把到了河南如何作案，如何遇见父女两杰，如何动手，如何受亏的话，说了个仔细。云中燕道："毕老五，你这祸闯的真不小，双刀张的能耐你总知道，他受了你这么捉弄，难道肯善罢干休不成？我怕他这时光早到河南来找你了。"

毕五听了，顿时踌躇起来，停了半晌，道："云大弟，你真料事如见。此事如何料理，还得你想一个法子。"

云中燕道："此事且慢着，现在还有一桩很要紧的事。"

毕五道："还有何事？"

云中燕道："就是你的利害切身之事。你自己瞧瞧，现在双足被刖，寸步难移，那不是最要紧的事么？"

毕五道："云大弟一句话提醒了我，双足被刖，不能复生，如何想法呢？"

张人龙道："云兄最有巧思，此事还是求求云兄吧。"

毕五听了，果然哀恳云中燕。云中燕道："法子不难想，只是问你，今后还与云家作对不作对？"

毕五道："那原是我一时之错误，再不作对了。"

欲知云中燕如何回答，且听下回分解。

第十回

年羹尧巡抚蜀省
陈美娘卖艺南京

话说云中燕见毕五这么说了，笑道："我不过跟你玩呢，要不肯救你时，也不扶你这儿来了。"当下取了材具，就动手制造起木脚来。不过一天工夫，早已制造成就，穿上鞋袜，直与真的一般无二。云中燕又教他扎缚之法，扎上了虽不能够步履如飞，倒也可以行走自若。

云中燕陪到北京，见过年羹尧，年羹尧叹息道："从此毕五兄只能长枪大戟，在战场中见本领了。"

此时年羹尧因大考翰詹，考了个一等第二，已经开坊为大翰林。禛贝勒跟他愈益亲密，无日不会，无天不来。禛贝勒来的时候，总是不带从人，一个儿直入卧室，年府中上上下下，没一个知道他是多罗贝勒的，只晓得是大爷的好友张乐天。只有年福，为是羹尧心腹，略有四五分明白。羹尧也暗地嘱他，不准泄露与人，因此愈没人知道真相了。

那班血滴子满布天下，飞行探听，因此内而宫廷，外而督抚，一举一动，瞬息皆知。禛贝勒有时有特别事故，要血滴子侦探，或是亲到年府交代，或是亲笔写字条来知照。那血滴子的月俸，亦由禛贝勒按月送来，经年羹尧匀派支付。各联血滴子，各听各路头领命令，各路头领，都听候年羹尧指挥。年羹尧做了大翰林，有专折奏事之权。既有这许多血滴子的耳目，或是条陈国事，或是动折弹劾，比众的灵捷，比众的锋利。上头见他言皆有据，事尽可征，自然格外地相信。上头一相信，官运就来了，屡蒙宸赏，不次超迁。到这年年底，居然升到了内阁学士。那年羹尧在内阁学士任上，大展经纶，替禛贝勒不知立下几许奇功异绩。就以外面现露的几桩瞧去，如皇太子忽遭罪废，皇十四子忽被远遣，鄂尔泰、张廷玉、隆科多等一班大臣忽暗与禛贝勒交好等，已经功侔开疆、劳等建国了。众大臣见年羹尧强干精明，材堪大用，便不约而同地特折保奏，朝廷降旨，放了他四川巡抚。

那年羹尧一生受了那顾先生的好处，和他寸步不离，便要请他一同赴任，顾先生也无所可否。这日，年羹尧陛辞下来，便约定了顾肯堂先生，第二日午刻一同动身。次日才得起来，便见门上家人传进一个柬帖和一本书来，回道："顾师爷今日五鼓，觅了一辆小车儿，说道先走一程，前途相候。留下这两件东西，请老爷看。"

年羹尧听了，便有些诧异，接过那封书一看，只见信上写着"留别大将军钧启"，心下怙慌道："顾先生断不至于这等不通，我才做了个抚院，怎的便称为大将军起来？"又见那本收封得密密层层，面上贴了个空白红签，不着一字。忙忙地拆开那封信看，只见上写道：

友生顾繁留书，拜上大将军贤友麾下：

仆与足下，十年相聚，自信识途老马，底君于成，今且建牙开府矣。此去拥十万貔貅，坐西南半壁，建大业，爵上公，炳旗常，铭钟鼎，振铄千秋，都不足虑，所虑者，足下天资过高，人欲过重，才有余而学不足以养之，所望刻自惕厉，进为纯臣，退为孝子。自兹二十年后，足下年造不吉，时至当早图返辔收帆，移忠作孝。倘有危急，仆当在天台雁荡间与君相会也，切记切记。

仆闲云野鹤，不欲偕赴军站。昔日翻然而来，今日翻然而去，此会非偶，足下幸留意焉。秘书一本，当于无字处求之，其勿视为河汉。

顾絷拜首

他看了这封柬帖，默默无言，心下却十分凛惧。晓得这位顾先生大大地有些道理，料想着人追赶，也是无益。连那本秘书也不敢在人面前拆看，收了起来。到了吉时，拜别宗祠父母，就赴四川而去。

年羹尧外放之后，血滴子总头领便由禛贝勒亲自充当，因此内外消息倒没有先时的灵捷。不过禛贝勒有什么疑难事情，要与年羹尧商议，京蜀相去虽遥，依然可以朝发夕至。年羹尧在抚院任上三年，把四川治到个路不拾遗，山无盗贼。恰值川陕总督出缺，朝旨就叫他护理，由护理改为署任，由署任改授实缺，真照了顾先生的话，拥十万貔貅，坐西南半壁了。

一言交代，暂行按下，如今且表那剑创毕五的一对新婚夫妇。这美少年姓甘，名凤池，殿居八大剑侠末座。这八大剑侠都是残明孤忠国姓延平王的余党，延平嗣王自从东宁失守，国基残破之后，雄兵星散，猛将云沉，独这八个大剑侠，心存故国，志切同仇，耿耿孤忠，百死不变。在各处地方，做那行侠作义的

62

事，路见不平，拔刀相助。

甘凤池一日行到南京地方，遇见一个卖解老翁陈四，并陈四的女孩子陈美娘。陈美娘奉了陈四之命，卖艺招亲，谁要胜了，就配给谁为妻。已经卖过两日，没有对手，这日已经是第三日了。满城中茶坊酒肆，都是纠纠桓桓之士，一半是好胜，一半是好奇，还有几个是真心要老婆的。甘凤池到处都听人夸说这姑娘怎么标致、怎么漂亮，手脚怎么活泼、怎么灵捷，谁胜了她，娶得这么一个老婆，真不枉人生一世。凤池听了，不很明白，因走入一家酒楼，沽了两角酒，喝着遣闷。

只见邻座两人在那里喝酒讲话，一个道："卖解的父女两个，要真有点儿本领，只要瞧场中那两个铜瓮，瞧去不很大，不知怎么，重得了不得。有水牛般力的人，休想移动它分毫。他父女两个，却移东移西，轻如无物。因此有入场较艺的人，他们必先叫他搬移这两个铜瓮，一百个人里，难有一两个移得动。移得动铜瓮，才准他交手较艺。这两个铜瓮差不多是武场中报名挂号。"

那一个道："我初意也要显显手段，后来见师父师兄许多人兴冲冲来了，连铜瓮都移不动，白出丑，所以也死了这一个心。"

凤池心想，既是这么传说，这卖解的父女本领想必不错，我倒不妨去瞧瞧。正想着时，有两人走进酒店来，一见凤池，笑道："小凤也在这儿么？咱们早知道你，所以结伴儿吃你喜酒来了。"

凤池抬头，见是白泰官、吕元，遂起身欢迎出来，一手执住白泰官，一手执住吕元，笑道："再想到咱们会在这儿会面的。两伯伯几时到此？寓在哪？"遂喊小二添上杯筷，换上酒菜，请白、吕两人坐下，细问行踪。

吕元道："去秋在厦门分袂时，你师父路民瞻不是约我们同游天台雁荡么？彼时你也在座。咱们都是实心人，说一是一，说二是二的，不意你师父竟会哄人的。咱们两人在天台山候了他半个月，不见影踪。到绍兴吕晚村先生家住了几天。"

凤池道："四娘在家没有？"

吕元道："在家。"

白泰官插口道："这吕四娘虽只有十二岁，已出挑得美人儿一般了。"

吕元指着凤池道："即如他，说是十五岁，有谁相信？"遂问凤池："你师父为甚这么失信？"

甘凤池道："了因禅师邀师父画鹰，就此住下了。我师父脾气就是这么不好，一味的随意，要是高兴，一住下，一年半载再不想走；要是不高兴，一刻也不肯停留。"

白泰官道："那也是各人的脾气呢。小凤，你知道咱们在这里是什么意思？"

甘凤池道："小侄没有知道。"

白泰官道："都为的是你。"

凤池愕然不解，白泰官道："现在可不用咱们操心了。"

凤池道："白伯伯愈说愈玄，小侄愈不懂了。"

白泰官道："这有什么难解之处？凤侄，你年纪也不小了，理应办一个侄媳妇。我与吕兄两个，背地里不知商量了几多回，要给你做媒。凤侄，像你这么英雄气概、儿女心肠，须得要有隐娘红线之能、西子南威之色，才配得上。你想吧，我这侄媳妇难找不难找？到吕晚村家里，原要与你提亲，无奈这老头儿实是难说话，所以我们两人都没有开口。前儿到这里，无意中遇见陈美娘招亲这桩事，这陈美娘虽是卖解人家孩子，言谈举止很是不俗，模样也不错，本领也不弱，和你真是好一对儿。不意你也早

64

来了，不用我们操心了。"

甘凤池道："承蒙伯伯抬举，不知小侄有福命没有呢？听说人家有两个什么铜瓮，重得了不得，好多英雄好汉都移它不动。"

吕元道："他们外功自然要出丑了，你我又何必说客气话呢？"

白泰官望了望日影道："时光还不晚，咱们吃了饭，同去瞧瞧。"于是催饭来吃了，要水洗了脸，会过钞，三人走出店门。

甘凤池跟白、吕两位，抹角转弯走了好一会子，闻得人声如潮，知道离拳场已经不远。一时走到，就见人山人海，彩声如雷。三个人排众直入，只见一个和尚正在那里搬移铜瓮呢。

白泰官道："怎么出家人也到这儿扰来了？终不然和尚也想娶老婆不成？"

甘凤池道："想来也无非要显点子本领呢。"

甘凤池口里虽和白泰官讲话，那一副眼光早注到陈美娘身上。只见她头上罩一方大青绉绸包头，从脑后燕尾边兜向前来，拧成双股儿，在额上系一个蝴蝶扣儿。上身穿一件大青绉绸箭袖小袄，腰间系一条大青绉绸重穗子汗巾，里面穿一件大青绉绸甩裆中衣，脚下蹬着一双青牛皮平底小靴子，那靴尖上亮晶晶仿佛是铁片儿。芙蓉脸上挂一层威凛凛的严霜，杨柳腰间带一团冷森森的杀气，一言不发站在那里，那双凤目，不转睛地注着和尚。凤池回眸瞧那和尚时，只见他手举两个铜瓮，运动如飞。只见场主陈四站出身来，向和尚拱手道："大师父，你的本领我已经知道，咱们结一个朋友，再不必较量了。"

欲知这和尚如何回答，且听下回分解。

第十一回

鸳鸯拐扫除恶煞
双鲤鱼订就良缘

话说那和尚听了陈四一番话，斜睐着那双色眼，不住打量美娘，停了好一会儿，才笑吟吟地道："四老爷，咱们江湖上可以不讲信义的么？你既然说过比武招亲，我既然上来了，自然比赛比赛，比赛输了不必说，倘然天可怜见，赢了你千金小姐，自然做你的祖腹东床。"

陈四怒道："你说点子什么？"

和尚道："目下大清世界，喇嘛僧原可以有老婆的，你不过要招一个女婿，管什么僧呀俗呀。"

陈四怒道："秃驴安敢无礼！"就伸手奔了过去。

那和尚早预备了，笑道："陈四老爷，说一句不怕你恼的话，我此番上来，原要与我新夫人见一个高下，现在新夫人没有来，你老丈人倒先找上我来了。纵然胜了你，又不能拿你当作老婆。"

陈四大怒，喝问道："你这秃驴叫甚名字？你陈四爷拳下不打无名之辈。"

和尚道："你少大师父法名慈云，乃南中八大剑侠了因大师父徒弟，做你的女婿，可也不曾辱没你门楣。"

66

当下各自站了地步，彼此把手一拱，先道一个请字。和尚把左手拢着右拳，让陈四先打进来，自己再破出去。陈四也丢个门户，一个进步便到了那和尚跟前，举起双拳，先在他面门前一晃，这一记拳经上有名的，叫作开门见山，却是个花着儿。破这个架式，是用右胳膊横着一搪，封住了面门，顺着用右手往下一抹，拿住他的左腕子一拧，将他身子拧转，却用右手从他脖子右边反插将去，把下巴一掏，这名儿叫作黄莺搠膝。和尚见陈四的双拳到来，就照式样一搪，不想陈四把拳头虚晃了一晃，趄回身去就走。和尚一见，知道他变了样儿，一个进步跟下去，举手向陈四的后心就要下手。这一招拳经上名儿叫作黑虎偷心。陈四一闪身，和尚早打了一个空，身子往前一扑，陈四趁势一脚踢将去。和尚真也了得，托地一跳，避过了。旋转身，紧叠中食两指，运足气，照定陈四耳根后插来，这一下拳经上名儿叫作蜜蜂进洞，厉害无比，打着了肛门突出三寸而死。陈四大怒，放出看家本领，回身闪过来拳，甩开左脚一回向，嘡的一声，正踢在慈云和尚右肋上。慈云哼了一声，才待还手，陈四收回左脚，把脚跟向地下一碾，抡起右腿，甩了一个旋风脚，啪，慈云左肩胛上早着了一脚，站脚不住，咕咚跌了个狗吃屎。这一脚叫作连环进步鸳鸯拐，是陈四的绝技。后来陈四传给何副戎，副戎传给他女公子何玉凤，所以后来《儿女英雄传》上十三妹大破能仁寺，也是这个手法。当下慈云和尚羞惭满面，爬起身向陈四拱手道："后会有期，停三年咱们再见。"跳出场子，向人丛里一挤，早影踪都没有了。瞧热闹的人，早轰雷似的拍手称快。

白泰官、吕元就撺掇凤池道："小凤，你可以上场献技了。"

凤池笑应一声，喇，纵身入场，抱拳拱手道："小子甘凤池，方才瞧见老丈拳脚灵捷活泼，巧妙神化，十分钦佩，不觉一时技痒。小子自揣身份，万不敢与老丈较长论短，倘蒙宥我不恭，就女公子手里赐教一二，小子受赐多矣。至于先运铜瓮，自当遵例举行。"说毕，捋起衣袖，趸过去提起两个铜瓮，玩球似的玩。场下一片彩声，早轰雷似的哄起来。

陈美娘瞧见甘凤池剑眉星眼，猿臂狼腰，站在人前，宛似一株临风玉树，真是个好男子、美丈夫，先有几分合意。也不等老子命令，走出场，笑向陈四道："爹，孩儿就与这位较量几手吧。"

甘凤池大喜，卸了长衣，各立了门户，就此较起手来。棋逢敌手，将遇良材，斗有半个时辰，把场上场下的人都看呆了。美娘一时性起，飞起左脚，啪地踢去，那靴尖儿险些勾着凤池眼珠子。凤池忙用口儿衔住靴尖，美娘一笑，跌倒在地。陈四忙过来扶起，凤池作揖道："小子一时鲁莽，尚恳老丈恕罪。"

陈四道："小女输了。"

甘凤池道："此乃女公子自己跌下，不干拳技之事。"

吕元、白泰官排众而入，与陈四相见。陈四问凤池道："这二位是谁?"

甘凤池道："都是小子的前辈。"

——介绍毕，陈四道："八大剑侠中著名的白泰官、吕元就是两兄么?"

二人应了声是，陈四喜道："我久慕八侠大名，一径要会，一径没有会到。不意今儿在这里一朝而遇三侠，何幸如之?"

白泰官道："陈四兄，我有一句话，先要请教。"

陈四道："我兄有甚见教，尽说不妨。"

白泰官道："我兄此番比武招亲，不是说过谁要胜了女公子，就招谁为佳婿么?"

陈四道："这是有的。大丈夫一言既出，绝无翻悔。就请两公为执柯如何？"

吕、白二人大喜，遂回身向甘凤池道："恭喜恭喜。"

陈四道："这里不是讲话之所，请三位到小寓中一坐如何？"当下收了场子，男女五人同向寓中来。

陈四的寓在三山街尽头，一时行到，陈四让进寓中，叫美娘与吕、白两位见礼，美娘腼腆福了两个万福，回身走入里间去了。陈四道："兄弟有志遨游天下名山大川，就为这个赔钱货累人，举动不得自由。现在她有了着落，我也可以脱然无累了。"

当时陈四问凤池要定礼，凤池就把身上佩的那个白玉双鲤鱼解下，递给白泰官。白泰官接来，双手转递与陈四。吕元叫凤池叩见岳丈，凤池便恭恭敬敬叩头见礼。陈四不卑不亢，答了半礼。陈四道："结了骨肉，便是一家人了。贤婿，我有句肺腑的话跟你讲。咱们美娘长你一岁，论到男婚女嫁，却也不算过早。今年凉秋风起，我就要瞻嵩岳，渡黄河，越秦岭，叩函关，西游陇上，一览周秦汉唐遗迹。然后由陇入蜀，遍历剑阁栈道诸险，浮长江而下，东至浙江，登会稽，探禹穴，一穷天台雁荡之胜。我这游兴，万万不可为你所误。你须赶快预备，准立秋前娶了去。"

甘凤池道："岳父尊命，自当敬从。只是小媒受过舅舅养育深恩，离家五载，未曾归省。这婚娶大事，似宜禀过舅舅，才能举行。此刻回去，备办起来，立秋前怕已不及，这一层倒要先行禀明，恳求岳父原谅。"

陈四道："这是孝义的正当，谁好阻止你呢？只要你见了令母舅，禀明之后，立刻赶来就是了。"

吕元道："咱们几个人都是行云流水似的，今儿在这里，明儿在那里，浪迹萍踪，再没个定所，要找也没处找。我看不如趁我们两位大媒都在，就今月今日举办了婚礼，让我们也喝一杯现成喜酒，陈四兄你看如何？"

陈四道："倒也爽快。"

甘凤池道："这个断断不敢遵命，我甘凤池身负奇冤，家遭惨祸，孑然一身，倘没有舅舅收留，姓甘的早没有种子了。舅恩似父，见舅如娘，婚娶大事，如何好不禀明？这是一层。再者我自十一岁上，与师父相遇，学艺五年，这五年中音问不通，没一时没一刻不想到舅舅。只因遵着师父教训，不敢私自回家。现在舅家离此咫尺，一苇可航，倒有背着舅舅先娶老婆之理？"

白、吕二人齐道："正是你有奇冤惨祸，我也听你师父说过，一径要问你，一径没有问得，你到底遭的是何等冤祸？"

甘凤池道："此刻不便讲，且待报过大仇之后，再行告禀。"

陈四翁婿关切，也再三地盘问。甘凤池道："实不相瞒，遭难时光小婿才及周岁，经奶妈子抱出，逃至舅家，内中情节须得问舅舅才明白呢。"

众人听得这么说，只得罢了。谈了一会儿闲话，凤池与白、吕二人起身作别，陈四道："二位兄台，小弟还有一句话。咱们做事，总以爽气为主，不必拘定俗例，小女于归时，二位倘然无暇，断乎不敢起动。"又向凤池道："过了立秋，我们便在河南地方候你。"约明暗号而别。

当下吕白二人邀凤池到寓中住了一宵，次日各问前程。凤池说要镇江去瞧舅舅，吕、白二人说要到北京去见见血滴子到底怎么的厉害。三个人行到歧路，一声珍重，伯劳东去雁西飞，各奔前程而去。

却说甘凤池行到江边，恰好江船要解缆，凤池跳上船，船主点篙开行。这夜，月明如昼，又兼着顺风，船主拽起风篷，一叶扁舟，冲着滚滚江涛，箭一般地驶。满江月色，映着江流，宛似万道金蛇，一片雪练，挑逗得甘凤池不住口地喝彩。正在赏览江景，忽地风篷落下，船不动了。船主兄弟两人从艄棚底取出两柄雪亮的镔铁板刀来，各执一柄，一个守住了船艄，一个便恶狠狠地走向船头来。镔铁板刀映着月色，越发耀眼生光。众乘客见了，都打一个寒噤。那船主走到船头，向舱里一站，大喝道："省事的赶快脱下衣服，免得老爷动手。"

众人瞧他时，这船主足有四十来岁年纪，眼露凶光，眉现杀气，掠着镔铁刀，大有逢人便杀之势。满船中乘客二三十人瞧见这个凶势，都不禁瑟瑟地抖将起来。

欲知甘凤池等性命如何，且听下回分解。

第十二回

谢品山追述灭门祸
甘凤池立志报前仇

话说甘凤池见两个水贼装模作样地恫喝乘客，心里不禁暗笑，忖道："这种狗一般的人，诛掉他徒污我宝剑，很不值得，放他在此又为行旅之害。"眉头一皱，忽地生出个计较来，叠了食、中二指，向船头那个轻轻只一点，那水贼早似中了电气似的，麻木住了。擎着板刀，呆立在那里。凤池又把船艄上那个也点住了，遂问众人道："咱们乘客里有会使船的么？"

早有四五个人应声说会，甘凤池道："有会的最好，咱们同舟共济，大家辛苦点子，渡到了镇江再说。"

四五个乘客才待动手，瞧见两个水贼凶恶的样子，早又吓住了。甘凤池道："别怕别怕，早吃我点住了穴，不中用的了。"说了两遍，众人才胆大了，拽起风篷，依然使风而行。

行了一日一夜，已抵镇江码头。江上江下的人瞧见两水贼怒目持刀，都各诧骇。凤池知道他们不能为恶，于是用手法把他们点醒。不意在官人役，早已持链下船，把两水贼一股脑儿锁了去。自然官法如炉，还他个恶人恶报，我也没暇去写他。

如今单表甘凤池到了镇江，便向离城五里之谢村来，久客乍归，听到两岸乡音，心中倍觉欣喜。行至村口，只见舅舅谢品山策杖而来，态度虽然如故，面貌却苍老了许多。甘凤池抢步上前，叫声舅舅，行下礼去。谢品山出其不意，猛吃一惊，急问："台驾是谁？敢是认错了人么？"

甘凤池道："舅舅不认识我了？外甥甘凤池，乳名玉儿的便是。"

谢品山怔了半天道："玉儿？你我又在梦里不成？"

甘凤池道："外甥真个回来了，舅舅。"

谢品山瞧了瞧天，瞧了瞧凤池，又把自己腿上的肉拧了一把，觉着有些痛，知道这一回不是梦了，方才大喜，携住凤池的手，说道："咱们家去讲吧。你这孩子几乎不曾把舅舅想疯了呢！这几年你在哪里？怎么音息全无？"

说着时，已到家中。凤池道："舅母是康健的？表兄表嫂都好？"

谢品山道："都好。"

甘凤池道："外甥先要到舅母跟前请一个安，然后再出来长谈吧。"

谢品山陪入，见过舅母沈氏，问起表兄，知道因事入城去了。这夜，谢品山宿在书房里，跟凤池两个谈心。

看官，要知甘凤池家所遭的冤祸，须得先把他家世来历叙明。这甘姓原也是世代将家，凤池之祖名叫甘辉的，在赐姓延平王部下，官为中军提督，爵封崇明伯。永历末年，死于金陵之役。凤池的老子甘英，在嗣王郑经部下，当一个中军守备。谢品山是个文官，职为王府典礼官。就为甘国公没于王事，东宁自藩主以下，待于甘氏子孙无不另眼看待。康熙二十二年，清兵入台湾，甘英跟随刘国轩出屯牛心湾。清兵前锋蓝理、曾诚、吴启

73

爵、张胜、许英、阮钦为、赵邦试等七船抢进湾来，甘英驾舟突浪而前，纵火焚烧敌船，风发潮涌，清前锋七船簸荡漂散。清水师提督施琅亲督大船，冲围赴援。甘英与刘国轩分为两翼夹击，甘英一箭射中施琅右目，无奈施琅是个劲敌，分兵三路，拼命杀来。不列大阵，用五艘攻一艘的新战斗法。甘英随着刘国轩猛发火箭喷筒，毒焰涨天，清兵至死不退。甘英力战身亡，大小战舰三百余艘，悉被焚毁。刘国轩由吼门逸去，清兵乘胜入台湾，到处淫掠。

甘国公父子都得殉了国难，所存一门细弱，何堪御侮？清兵逼近邻右，谢夫人就把凤池交给奶妈子，叫她逃向舅老爷家去，嘱咐道："甘氏两世，唯此而已。"奶妈才抱凤池出后门，前门清兵早进来了。见人杀人，见物抢物，谢夫人怕受辱，投井而死。甘国公两个姨太太也都悬梁自尽。众婢仆杀的杀，掳的掳，逃的逃，转瞬间风流云散。甘英的妹子苕华，年已十五，为一卒所得强欲污辱，苕华抵死不从。正撑拒间，一少年将军乘马入，喝退小卒，救出苕华，并为殡殓阖门尸体。甘苕华一因感激恩德，二因无家可归，遂委身于少年，成为夫妇。

这少年姓秦，名德辉，原是谢品山家家奴，为犯了奸淫的事，谢品山要把他处死，太夫人不忍，暗地纵他逃去。德辉航海到内地，投奔在施提督麾下。此番随征到此，因素艳甘苕华姿色，遣兵一队，先来掳掠，他自己乘间示德，果然哄骗到手。苕华是个不出绣阁的贵女，谢姓家奴况已逃走多年，叫她如何认识？不然，如何会吃他骗上手呢？

嗣王朱克塽等捧印投降，都做了清国俘囚。谢品山就一叶扁舟，泛宅浮家，归隐去了。后来见镇江城外之谢村境地清幽，好在村中三十几家人，都是姓谢，遂觅地卜宅，做了个江南寓公。

甘凤池家的人亡家破惨祸奇冤，凤池自己却不很明白。到十岁上，遇着个大侠路民瞻，来镇江卖画。民瞻见凤池骨相非凡，心地纯厚，发愿收他为徒，于是引诱他出谢村，领到山深林密之所，悉心教练。面壁二载，练剑三年，堪堪造成个剑侠，才准他入世行道。

看官，这剑侠非比寻常拳术，须要有三个资格，才能够升堂入室。第一要心地纯厚，第二要体魄坚强，第三要智慧绝人。这三项资格里，心地一项尤为要紧。因为侠家的练剑，差不多道家的炼丹，心地不良再也不得好果。宝剑未成以前，须先面壁练气，宝剑既成之后，便能剑气合一，运行自如。水断蛟龙，陆斩虎豹，飞击鹰鹫，无不如意。到了这么的程度，剑侠已经是毕业了，由此入世行道，攘除奸凶，铲除强暴，最要紧的是六不。什么叫作六不？是不慕荣华，不贪贿赂，不近声色，不避权贵，不轻然诺，不尚意气。勤行不怠，到一二十年之后，功行圆满，那时节，精气神剑合而为一，便能超凡入圣，离掉侠界，升入仙界了。

甘凤池此时才造到个剑气合一的剑侠，拜别师父时，师父嘱咐路过金陵，须小作勾留，那边当有奇遇。凤池疑信参半，不意果然遇着陈美娘这段奇缘。

甘凤池回到谢村，见了舅舅，舅甥两个坐下谈心，甘凤池就把这五年中如何从师、如何练剑、如何运气，倾筐倒箧说了个尽净。谢品山道："我的儿，你有这么一日，做舅舅的听了也欢喜。你知道么？你原是将门将种，并且身负奇冤。现在这么，不但箕裘可绍，大仇也可以报复了。"

甘凤池道："舅舅，我正要请教你，到底我这一身负什么奇辱大耻，师父也曾提过，只是不肯细说。"

谢品山道："我的儿，自从你会吃饭时，这个仇就结下了。"就把秦德辉掳去甘苕华，杀死甘姓一门之事说了一遍。

甘凤池听了，顿时怒发冲冠，问道："舅舅，你知道这姓秦的现在哪里？甥儿就要去找他，快告诉我知道。"

谢品山道："就要报仇雪耻，也不在这一时半刻，十多年都过了。"

甘凤池道："不曾知道呢，十多年不异一时半刻，易过得很；如今知道了仇人，一时半刻，差不多就是十多年，很难过很难过。"

谢品山赞叹道："难得你这么有志气，令祖为不死矣。但是这个仇，怕你一时半刻不易报复呢。此奴近来很蒙恩眷，由游击升为副将，现在方署登州镇总兵呢。"

甘凤池大喜，站起身来道："谨谢舅舅指示，感激得很。甥儿就此告辞了。"

谢品山道："你到哪里去？"

甘凤池道："登州去找秦德辉。"

谢品山道："登州远在山东，一时何能够到？"

甘凤池道："早走一日，早到一天。山东虽远，究竟不是万水千山，甥儿去志已决。"

谢品山道："玉儿，你知道登州的路径，从哪里走近？"

甘凤池道："不曾知道。"

谢品山道："登州地系滨海，陆路不如水程。坐了海船，顺风扬帆，三四天便到了。有时风利，只消一二日呢。"

甘凤池大喜道："舅舅，我真感激不尽你老人家。"

谢品山道："玉儿，你出去了五年才回来，回到家里，住得一宵又要去报仇。报仇原是大事，我也不好阻止你。只是舅舅有了年纪，已经是风中残烛，总算抚养了你一场。这一世里，不知能会多少回的面，既然回来了，又何妨住个三五天哩。"

甘凤池见舅舅这么说，只得住下，一过四天，凤池又要起行。谢品山道："玉儿，我望你一路顺风，大仇报复之日，早早回来，免得人家挂念。再者你那泰山约你秋风起，嵩山相候，也须早早地赶去。"

凤池一一应诺，端整了行李，拜别了舅氏，下落海船。这海船不比江艇湖舫，全恃风力驶行。在长江里风还顺，一出海口，恰恰风平浪静，于是下碇候风，候了一整天，海面上才有些微风，使着帆横海而行。偏偏的风头不顺，走了七八天，才抵登州码头。

此时甘凤池已经闷慌了，跳上岸就赶进城去。下了客店，问明镇台衙门所在，急忙忙赶去，想先探视一回。不意行到那里，只见左右两角门开着，镇标兵弁乱哄哄地出入，好似衙门内出了什么大事似的。凤池心下诧怪，打听旁人都说不知道。后来问到一个标兵，那标兵道："咱们大人出了事了。"

甘凤池道："是不是镇台大人出缺了？"

那标兵道："是的。"

甘凤池失声道："哎哟，我白来了一回了。"

那标兵听了，只道他投奔镇台谋缺的，笑道："你老哥不必懊悔，咱们大人从来不肯照应乡亲。往年投奔来的，别说差缺，连钱都借不到半个呢。"

甘凤池道："我倒不是为差缺，我要请问，镇台大人几时殁的？"

那标兵道："才咽气，昨儿还下校场看操的。"

甘凤池道："谅是急病身死?"

那标兵道："是急病身死倒好了，是被刺身死。"

凤池听了吃一大惊，忙问谁刺死他的。

欲知那标兵如何回答，且听下回分解。

第十三回

甘夫人手刃仇雠
甘凤池就婚宛洛

话说那标兵道："谁是刺客此刻还不很明白，光景就是镇台夫人呢。"

甘凤池听了，又吃一惊，忙问镇台夫人为甚行刺镇台。那标兵回说不知道。这一来真出于甘凤池意料之外，怔了半天，那标兵早不知哪里去了，只得且回客店。

举步徐行，才转得一个弯，打锣开道，却是本县知县镇台衙门验尸去，轿后瞧热闹的人跟了不知多少。甘凤池转念，不如跟他们去瞧瞧，到底刺死了哪里。不意跟到镇台衙门，把守角门的兵弁只放了知县轿子并衙役等进去，瞧热闹的人依然拦在角门之外。此时沿照墙直到辕门，万头攒动，都是人。望去黑压压，宛似鸦群蚁阵。候了好半天，不见动静。甘凤池不耐烦，先回客店来了。

回到客店，才洗过脸，喝得一口茶，忽听得隔壁房里有人放声大哭，那哭声异常悲惨，又似有人在解劝。甘凤池再也耐不住，霍地起身，走出房到隔壁那间门口，见房门开着，门帘垂着，掀帘入内，房内两个人，一个四十左右年纪，一个才只十六七岁，痛哭流涕的就是这十六七岁的少年。甘凤池一见，心下很是不高兴，暗道，男子汉大丈夫，凭着少年的志气、少年的精力，什么事情不好干，却学着婆娘们呜呜咽咽哭泣，终不然天下事哭泣一会子就会好的么？遂拱手问那四十左右年纪的道："长者，你们二位是什么称呼？"

那人道："是愚父子。"

甘凤池道："原来是贤父子。那么这位少爷为甚这么伤心呢？"

那人道："他为一桩极好的好事将要成功，忽地遭了意外，失望极了，所以伤心。"

甘凤池道："什么事？难道不能够挽回么？"

那人摇头道："不能够，不能够。"

甘凤池生就的侠心义胆，就探一句："你们自己不能够，也许旁人倒能够出力。可将情节说给我听听。"

那人道："你听见也没中用。我这儿子为了婚姻的事，悉索敝赋，千里就姻，不意咱们才到这里，他岳家就出了件极大的乱子，看来婚事已成画饼，台驾有什么法子呢？"

甘凤池道："他岳家姓什么？做什么的？"

那人道："姓秦，做这里镇台的。"

甘凤池又是一惊，暗忖这秦德辉是我之仇雠，却是他之婚姻。我才快意，他又伤心，感触不同，怀想遂异。既而转念，我正要探听秦德辉家庭，他们既是亲戚，想来必定知道，何不就向他探听呢？遂问他道："秦镇台有几位少爷、几位小姐？想来长者总都知道。"

那人道："秦镇台并无子嗣，娶了三五位姨太，都没有生育。只有正室甘夫人生一位小姐，闺名叫肖华，姿容绝世，聪慧过人。镇台夫妇爱如珍宝，就许配我这小儿。"

甘凤池道："长者贵姓台甫，少君雅篆，都不曾请教。"

那人道了姓氏，原来此人姓陈名晋，字子刚，是扬州一个老学宿儒。那少年号律和，本宗姓江，原是子刚的外甥，因子刚无后，才过继做儿子的。这陈子刚七年前应秦总兵之聘，来署教授肖华，律和随父侍读，两小无猜，异常友爱。律和诚挚，肖华聪慧，切磋琢磨，十分的有益。律和长肖华两岁，肖华称之为兄。去年，秦德辉在协台任上，肖华忽感一病，凶险得很。起初请几个不相干的医生，服下药去毫不见效。后来请到一个名医，识准她是相思病，告知秦德辉。德辉叫夫人辗转探察，察出真情，知道肖华与律和虽无肌肤之亲，却有精神之爱，于是挽出标下两个兵弁，担任作伐。陈子刚不敢执拗，应允了这门亲事。师生变为翁媳，同学化为夫妇，如何再好在一处诵读呢？陈子刚辞了馆，带子回家。秦约他明年成婚，来衙招赘。言明每年里男女家住半载，生下孩子分顶两姓香火。到今年奉到恩旨，升署登州镇台。秦家就选定吉日，转函通知陈子刚，叫他送子完姻。陈子刚父子自然欢喜，收拾行装，水岸兼程地赶来。赶到登州，借了客店，刚衣冠齐楚，到镇署拜会了秦德辉，约定次日即由镇署打轿来接娇客。到了这日，不见轿子打来，赶到镇台衙门，见不像喜事模样，衙门里乱得一团糟，都说镇台被刺身死，刺客就是镇台夫人。律和吓昏了，所以一味地哭泣。当下陈子刚就把始末缘由说了一遍，甘凤池听了，依旧不得要领。

过了一宵，外面纷纷传说，事关大员被刺，所以嫌疑各犯已由本县亲自押解进省去了。甘凤池暗想，此事很是奇怪，须得暗地跟随，细细侦查他一番。随即算清了账，离了客店，径向济南一路追去。只走了半日，早已追着。只见一行车轿，正在一个镇集上打尖。甘凤池也打了个尖，与差役们讲话，乘间探听消息，依然不得要领。

忽见里头大乱，一个当差的形色仓皇出来，连喊"传地方"。遂见里面奔出一个汉子来，光着头，满头上暴起青筋，双眼如铃，极汗交流，见了人正跺脚，嘴里连称："不得了，不得了，那不是要了我的命么？"说着，又连跺其脚道："要命，要命！"

差役们见了他，满堂地站起来，甘凤池才知道这就是知县老爷。众差役见老爷这个样子，没作道理处。一个差头上前打千儿，听候示下。只见老爷道："死了人了，你们知道么？"

差头道："谁死了，老爷？"

那老爷道："镇台太太，是此案的要犯，她死了，我老爷也活不成了。"

差头道："镇台太太怎么会死的呢？"

老爷道："你们进来瞧，现在死定了呢。"

差头跟随进内，只见镇台夫人横尸在地上，淌了一地的血，脖子左旁撂着一柄剪刀，正是：

揉碎桃花红满地，玉山倾倒再难扶。

差头暗忖，老爷这个干系可真不小。说着时，地方也已传到，见了知县。知县问了几句话，知道还没有出境，急忙飞报府衙，请委邻封来此相验。那差头道："老爷检验过么？镇台太太有没有别的缘故？"

一句话提醒了那知县，赶忙入内搜寻，不多时搜着一纸冤书，从头细看，才知道甘夫人为整理女公子妆奁，开了镇台体己箱子，瞧见了几件甘家的传家至宝，查问起来，镇台酒后忘情，失口道："那是台湾一富家，被我杀掉，抄掠来的。"甘夫再三根究，镇台忽然醒悟，乘着酒意，大喝道："你来了吾家十五年，肖华已经十四岁了，还怕你变心么？"甘夫人才知秦镇台是甘家的仇雠，当下满脸笑容，不作他语，殷勤劝酒，把秦镇台灌了个稀泥烂醉，一刀刺死。因恐当官受辱，所以半途自尽，请毋干累解官等语。那知县瞧了，一块石头落地。

差役们传说出来，甘凤池听了，不胜感慨。暗忖大仇已报，我还留在这里做什么。星夜回镇江见舅舅，报知一切，谢品山也很慨然。凤池在家住了一月有余，便禀明品山，到河南去娶亲。品山要替他捧场一切，凤池力辞不要。品山没法，只替他铺设了一间卧房，床帐衾枕，置办得十分精美。

凤池单骑就道，在路一月有余，在河南地方，与陈四父女碰见了，就在客店中成了花烛，新婚之后，不意就遇着这煞风景的嵩山毕五。凤池见他死不肯退，便运剑削掉他两足，夫妇两个驾着骡车，没事人似的，一路车尘马迹，向江南大道去了。

陈美娘道："这狗强盗倒也有点儿本领，亏得是你我，若是等闲的人，早吃那厮坏掉了。"

甘凤池道："就为怜他一身好功夫，练成很是不易，才斩了他双足。不然，早斫去他脑袋了。"

陈美娘道："这厮还有命么？"

甘凤池道："有良药可以不死，只是留得性命，做贼总也不能够了。"

在路无话，这日行到江边，离镇江只有一江之隔。凤池嘱咐陈美娘且在滨江客店里打了尖，先过江去关照舅舅。舅舅听得咱们回来，总万分的欢喜。陈美娘允诺。当下甘凤池渡过长江，径投谢村见舅舅。

进门见表兄谢良甫正与家人们讲话，凤池叫了声表兄，良甫一见，欢喜道："咦，表弟回来了！表弟妇在哪里？"

凤池道："舅舅在家么？"

良甫道："在邻村喝酒，去得没有几时。"

凤池道："怎地不巧，表弟妇已到。"

良甫道："在哪里？"

凤池道："在过江江边客店里，禀过了舅舅，才敢领她进门。"

良甫道："偏是表弟这么多礼，我就替你去喊他老人家来。"说毕，便飞也似出门去了。

才只半刻，就见舅舅谢品山、表兄良甫一先一后地走进门来。凤池见了舅舅，磕下头去，谢品山双手扶起道："玉儿，你风尘劳苦，这个礼免了吧。外甥媳妇为什么不一同领了来，我急欲一见呢。"遂向良甫道："你进去回你母亲，叫你媳妇带了两名仆妇，坐轿到码头接去。另外备一乘空轿子，你同表弟带两名庄客，过江接去。"一面又吩咐厨下办酒，预备接风。良甫应了两个是，入内去了。

甘凤池见舅舅这么恳挚，心下异常感激。一会子表兄、表嫂带领仆男仆妇，船轿双备，水陆兼程，长江中一帆风顺，一转瞬就过了江。凤池引着，到客店一瞧，不觉又出一桩惊人岔事，把众人都吓得面如土色。

欲知所遭何事，且听下回分解。

第十四回

美娘失踪事出意外
存亡莫必卜占牙牌

话说甘凤池同了表兄谢良甫并两个庄客渡过长江，到滨江客店里，扑了个空，陈美娘影踪都没有了。问店主时，说客人过江之后，就有一只小船傍岸停泊，上来两人，口称镇江谢村姓甘的差来，迎接他新奶奶舅老爷家去。这位奶奶盘问了几句话，就搬运行李下船，解缆扬帆，过江去了。

甘凤池听了，宛如晴空起霹雳，顶门上轰去魂魄，怔了大半天，才说出话来道："怪事，咱们回去瞧瞧。敢是舅舅先派人接了么？"

谢良甫道："回去瞧瞧再计议。"

不意渡过长江，表嫂暨仆妇还候在码头上，两乘空轿歇在那里。良甫知道不妙，问他妻子道："没有遇见么？"

他妻子道："遇见谁？"

良甫道："丢了人了！"

他妻子道："谁丢了？"

良甫就把丢了表弟媳的话说了一遍。他妻子也着了忙，忙问："怎么处理？"

甘凤池愤然道："表兄，我不回去了。表嫂既然在这里，想必舅舅必不派人接来了。我就找她去了。"

良甫道："无论如何且回家去，从长计较。"

甘凤池不肯，良甫道："我想着歹人要是果真哄表弟妇上船，那是他死日到了。表弟妇那么能干，那么本领，哪里会受他暗算？"

甘凤池道："表兄，长江中贼子有能耐的有几个，表兄大概总有点儿知道。"

谢良甫道："这个我老人家或者有些影踪，我却一些不知。"

甘凤池于是同了良甫等回到谢村，谢品山已经倚闾而望。凤池道："舅舅，闹了大乱子了。"遂把以上的事说了一遍。

谢品山也愁锁双眉，毫无良策，停了好一会儿，才道："玉儿，我这里牙牌神数最是灵验，待我虔心替你占一课看。"

遂点上三炷香，默祝了一会儿，倒出三十二张牙牌，洗了一回，照着歌诀排将起来。那歌诀是：

> 全副牙牌一字排，中间看有几多开。
> 连排三次分明记，上下中平内取裁。

照法排过三次，第一次是一个马军，一个正快。马军三开，正快一开，共是四开，四开是下下。第二次是一个五子，一个合巧，两个对子，一个正快。五子五开，合巧四开，对子三开，正快一开，共十六开。十二开以上为上上。第三次是一个不同，一个分相，两个正快。不同六开，分相三开，正快一开，共十一开。十开十一开为上中。课是下下上上上中，翻出课书一瞧，上面写的是：

厄运苦侵寻，虔修事有灵。

三星齐拱照，灾退获康宁。

解曰：空空空，空里得成功。根本栽培厚，哪怕雪和风。

断曰：事在百年，所争一刻。月盈则亏，日中则昃。何以立命，急起修德。

下面还有几个字注道："铁杵磨针，功到自成。"

谢品山瞧毕，向甘凤池道："玉儿，你这件事终究团圆的，不过眼前遭点子厄运。"

甘凤池道："舅舅，外甥立志入地升天地找寻。找寻不着，誓不回家。只是此番出去，顺利不顺利？"

谢品山道："待我还替你占一课看。"

占下却是中下下下上上，其断语是：

若履虎尾，转忧成喜。不入虎穴，焉得虎子。

遂道："跟上一课差不多意思。"

甘凤池道："舅舅，甥儿就此告别了。"

谢品山道："酒已备好，外甥喝了一杯去。"

甘凤池道："甥儿心头有事，虽玉液金波，如何咽得下？"

谢品山再三不许，甘凤池道："既承舅舅厚意，也不必设看摆菜，就舅舅手里赐饮一杯，甥儿立刻就要赶路，万望舅舅恕罪。"

谢品山无奈，只得斟上一杯酒，给凤池喝了，又封出纹银百两，经他做盘川，嘱咐道："玉儿，你此去找着了最好，就是找不着，也望你早早回来，从长计较。"

凤池不忍推却，只得领受，拜别了舅舅、表兄，走至江边，雇了一只江船，讲明价钱，叫他开向瓜洲去。

这船上是父子两个，父名阿海，四旬左右年纪，子名狗儿，才只二十余岁。凤池坐下中舱，船户撑篙开船，摇了一程，凤池自语道："呆鸟，白坐在舱中，如何会探听得出消息？"遂开了后舱门，与阿海、狗儿有一句没一句地谈天。先讲了几句生意经，渐渐引到江面上行路的话。甘凤池道："近来江面上太平么？我听得长江一带，水贼甚多，你们行船倒不怕么？"

阿海道："小爷你小小年纪，怎么也知道江湖勾当？这长江中事情真是怕得很，有好多单身客人，尸骨都没有回去呢。"

甘凤池道："这帮赶水路上营生的，共有几多人呢？"

阿海道："这个哪里有数？上下两江，六七个省份，按段分流，大帮百余人，小帮数十人，一总数十帮，怕也有几千人呢。"

甘凤池道："近这里一带的，共有几帮？大概你总知道。"

阿海道："也不很清晰。小爷，你打听他们做什么？"

甘凤池道："实不相瞒，我也要投帮呢。"

阿海道："小爷，我有几句话，你先别恼。我看你小小年纪，什么事不好干，却要干这个？这哪是正经事情？走私偷税，害命图财，都是暗伤天理，明犯王章。我看你一表人才，很是犯不着。"

甘凤池道："我也是出于万不得已，你可以不必劝我，只告诉我这里共有几帮，头领叫甚名字就是了。"

狗儿道："爹，你老人家就告诉了他吧。"

阿海道："小爷，你要知道长江中英雄，渡到瓜洲，沿江滩三里多，芦苇丛杂所在，有三五十人家一个村庄，名叫菱花村，那里也有几家村店，一般有酒有饭。你到那里去探听，自会明白。那班人都在那里聚会呢。"

甘凤池大喜，一时瓜洲已到，上了岸，照着舟子所言，沿江滩向左行去。果然芦苇杂丛，一望无际，兜着风瑟瑟作响，形势十分险恶。行了好一会儿，果见芦苇丛中，隐隐露出些竹篱茅舍，一条羊肠曲径，曲曲弯弯，从芦苇丛里盘入去。走到里头，豁然开朗，另一天地。一般的茂林修竹，鸡犬桑麻，几家村店，挑着布招儿，想是卖酒的。甘凤池顺步走入一家，随便拣副座头坐下。店中椅桌柜凳，都是白柳木的，配着瓦瓶竹筷，一色乡村风味。

早有小二哥过来询问："客官要酒要茶？"

凤池抬头，见那小二哥浓眉大眼，眼露凶光，眉现杀气，知道不是善良之辈，遂道："你且泡一壶茶来，我要问你话呢。"

小二泡了茶来，凤池道："小二哥，你且坐下，我和你打听一件事。"

小二忙问何事，凤池道："我听得这里菱花村是长江中英雄聚会之所，外人轻易不得入来，请问长江中英雄，谁是首领？谁最著名？"

小二哥听了，把甘凤池直上直下打量了好一会儿，问道："你打听长江英雄做什么？"

甘凤池道："我欲投帮入伙，苦于不得其门，辗转探问，才探到这里来。"

小二道："这里也只有三五帮的头领，浪里钻孙大头是专管扬镇一带的，混江龙金毛毛是专管下关一带的，分水蛟朱阿虎是专管大通一带的，这里瓜洲一带，却是陈占五的辖地。这几位头领，时常在这里聚会。小客人既要入帮时，待我报知掌柜的亲来接洽是了。"

甘凤池拱手道："费心得很。"

小二哥进去之后，遂出来一个汉子，暴眼阔腮，三十左右年纪。小二哥跟在后面，向甘凤池道："这就是咱们掌柜。"

甘凤池起身相见，那掌柜请问甘凤池姓名，凤池不肯通报真姓名，只说姓路名凤鸣，回问那掌柜，才知他姓杨，名忠恺，是各路头领的总管事。杨忠恺盘问了凤池好一会儿的话，搬酒相待。

喝到月上，忽听得远远霩篥之声，随风吹送。杨忠恺道："头领回来了。"遂起身道："路兄弟请宽坐，我去接了头领来，与你相见。"走出店门喊道："孩子们，快随我来。"十多个打杂的应了一声，跟着杨忠恺去了，店里只剩得两个小二哥。

甘凤池暗忖，我且踱出去瞧他一瞧，推说解手，走出店门。见杨忠恺等去尚未远，轻步跟随，相去三五十步，不即不离。只见所行的并不是来的那条路，曲曲折折，蜿蜿蜒蜒，一条很长的水路。两岸芦苇都有一人多高，人就在河沿上行走。凤池心里不住地赞叹，怎么有这天造地设险要处所，被他们营为巢穴。此时霩篥声愈逼愈近，岸上人也打着呼哨相应。只见五只小船，衔头接尾，箭一般驶进河来。见了接应的人，一齐泊岸。船中满满地装着包裹。

杨忠恺道："大哥得了彩么？"

一汉子应道："还好还好。"于是岸上的人帮着搬运。

甘凤池隐身芦苇中，见他们足足挑了三五十担才毕。那汉子才问："家里没事么？"

杨忠恺道："没事，只有一个姓路的小子投来，说是要入我们伙，现留在铺子里。"

那汉子道："你盘问明白没有？"

杨忠恺道："盘问过，没甚破绽。"

那汉子道："是你留住他的不是？"

杨忠恺应道："是的。"

那汉子道："兄弟，这就是你的不是了。"

杨忠恺道："兄弟不曾做错事呀？"

那汉子道："你哪里得知，现在京里有一个什么王爷，新结了一个党，叫什么血滴子，专门与江湖上好汉及官场的人作对。三百六十行，以及江湖流丐，无不有他们的踪迹。现在这姓路的小子没缘没故，忽地投奔了咱们这儿来，又没有引进，难保不是奸细。你却还巴巴地留住了款待他，怎么不是你错呢？"

甘凤池在芦苇中听得明白，暗忖，躲在这里不是道理，不如跳出去跟他申说清楚。遂蓦地蹿将出来，杨、孙两盗出于意外，倒都吃了一惊。

欲知后事如何，且听下回分解。

第十五回

孙大头称霸菱花村
众英雄推诚甘侠士

话说甘凤池跳出芦苇，那汉子吓了一跳。杨忠恺眼快，早已瞧见，喊道："这不是路兄么？咱们孙大哥回来了，快请过来相见。"

甘凤池走近几步，借着月光瞧时，只见那汉子三十五六年纪，五短身材，一脸横肉，满面都是痘疤。凤池与他抱拳相见，通过姓名，才知就是管理扬镇一带的水路头领，浪里钻孙大头。

孙大头一见之下，忽地改了声口，满面堆笑道："好兄弟，难得你远地相投，愚兄很是欢喜。咱们家去讲话吧。"说着，携手同行，瞧那样子真也亲热，甘凤池坦然不疑。

一时行到，只见很大一所大宅子，门外树木蓊翳，都是合抱参天交枝大树。一二缕月光，从树荫隙里漏下，气象异常阴惨。

孙大道："路兄弟，你等等，待我入内去叫他们点火把出来。你这里是生地呢。"

孙大头进去之后，好半天才见四个庄客掌着灯笼出来。孙大头笑着出来道："路兄弟，请进来吧。"

甘凤池毫不防备，不意才跨进门，一声暗号，众庄客齐声发喊，早把甘凤池绊倒在地，捆了个结实。孙大头呵呵大笑道："你这小子，恁你鬼怪，终吃老爷算倒了。"遂叫推到厅上来，细细地拷问。

原来孙大头进门，叫庄客安排下绊马索，然后点灯出来迎接。甘凤池虽是精细，究竟年轻，欠于阅历，中了他奸计。当下孙大头、杨忠恺分上下首坐下，摆上酒肴，慢慢喝着。堂上点起三五支红烛，照得满间里明如白昼。

庄客推上甘凤池，孙大头道："小子，你是不是血滴子一党，到这里来想做奸细？到底我们犯了你哪里，要你来侦探？"

甘凤池尽他审问，一声儿不言语。孙大头道："孩儿们，取木棍竹鞭来，重重打这小子一顿。"

四个庄客答应一声，取出两根毛竹鞭、两根枣木棍。孙大头叫分上下两身，重重责打。凤池仍不言语。四个庄客两个一边，举起鞭棍，一起一落，尽力地打，瞧凤池时，早呼呼地睡着了。孙大头大怒，亲自下来，夺棍在手，照准凤池腿骨狠命打去，只听得咔嚓一声，枣木棍折为两段，凤池依然睡熟着。

杨忠恺惊道："孙大哥，此人必会金钟罩，快快放去了，结识一个朋友。冤家宜解不宜结。"

孙大头道："我偏不信金钟罩那么厉害，种了他荷花，看他如何。"

杨忠恺阻拦不住，孙大头喝令庄客，把甘凤池扛了，亲自押解着，出大门直到溪边，下落小艇，向大江驶去。足足行了一个时辰，才到江头。孙大头高站船艄，眼持庄客举起甘凤池，喝声下去，只一掷，扑通一声，江里头起了很大一个水花儿，眼见得沉到底了。忽见泼啦一声，一个野鹤似的东西从江中飞起，一道电光扑向芦苇丛中去了。

孙大头并不在意，笑向杨忠恺道："金钟罩可见得没了命了。就使氽起江面，也必顺江流浮向下江去呢。"

杨忠恺道："倘然不是奸细，失掉这么一位英雄，倒很可惜。"

孙大头道："已经沉向江底去了，可惜他也已不及了。"遂命庄客转舵荡桨，驶回菱花村来。

回到村中，时已午夜。孙、杨两人同了众庄客上岸回家，一路月色朦胧，凉风砭骨，夹着芦苇凄凄瑟瑟地响。夜月秋江，已不胜荒凉凄绝，偏偏高树上的鸥鸶，咕棱咕棱地怪叫个不住，众人都不禁毛发悚然，巴不得一步就到家。好容易走到了，众庄客便争先闯进门去，忽然一声怪叫，没命似的奔出来。孙大头问他们做什么，众人吓得一句话都回答不出。

杨忠恺道："咱们同进去瞧瞧。"孙大头在前，杨忠恺在后，不意跨进门，就极声喊叫："有鬼！有鬼！"杨忠恺便吓得缩住了脚，孙大头拖住手道："杨兄弟，咱们铺子里去谈吧。"

杨忠恺道："孙大哥，到底遇见了什么，这么的吓？"

孙大头道："杨兄弟，告诉你不得。方才掷下江去的那小子，活暴暴地坐在堂中喝酒，这不是活见鬼么？"

杨忠恺听了，也吃一惊，急问："真有这事么？"

孙大头道："你不信，自己进去瞧。"

杨忠恺道："多带些人，一块儿进去。"

当下到酒店中喊起打杂的，一总二三十人，都拿了兵器，大刀的大刀，钢叉的钢叉，孙、杨两人也各执了一柄钢刀，发一声喊，都奔向孙家来。到了大门，我让你你让我，谁也不敢先进去。孙大头究竟是个头领，又是本宅的主人，当仁不让，奋勇直前，第一个进去，众人也就蜂拥而入。只见甘凤池正在那里据案大嚼，孙大头挥刀而前，还没有斫到，早被甘凤池指头一点，点得身子定住了。众人不知轻重，发一声喊，举起刀叉，一拥齐上。凤池把左臂只一格，纷纷跌倒，跌去有一丈开外，刀叉都跌在地上。

凤池跳起身，指着众人道："你们这起糊涂种子，认我是什么人？我是奸细，我是血滴子么？你们也该想想，自己有多少本领，可以对付我么？糊涂透顶的王八，把你小爷当作鬼怪。老实告诉你们，你小爷没有死，你们没有回来，你家小爷已先来家了。"

众人听了，齐伙儿跪下，叩头如捣蒜，求道："你是天人，我们有眼不识泰山，得罪了你。大人不作小人过，望你高抬贵手，放了我们这孙头领。我们知恩报德，甘愿在你老帐下，做一名小卒，赴汤蹈火，在所不辞，赤胆忠心，死不变志。"

甘凤池道："你们服了我么？"

众人齐说："服了，甘愿奉你老人家为大头领。"

杨忠恺道："求你老人家释放了孙大头。"

甘凤池道："释放他也不值什么。"才一举手，瞧孙大头时，已经自会活动了，随着众人叩头。

甘凤池道："你服我不曾？"

孙大头道："服了。"

甘凤池道："你们知道我如何回来的？"

孙大头道："你老人家是天人，想必总会五遁的。金遁、木遁、水遁、火遁、土遁，不然，怎么会这么的快？"

甘凤池笑道："这种旁门左道，谁耐烦干去？我学的拳，是武当正宗，练的剑是纯阳剑术，别说这如带的长江，就是外海大洋，也难伤掉我的生命。要没这点子能耐，如何能够水斩蛟龙、陆擒虎豹、飞击鹰鹭呢？你们才把我抛下江心，我就运气脱掉绳索，借着剑气腾空飞还。"

杨忠恺拜问道："江心里有野鹤般一样东西，飞向村中，想必就是你老人家了？"

甘凤池道："不是我还有谁？"

众人愈益叹服。甘凤池道："我索性告诉了你们，我也并不姓什么路，叫什么凤鸣，我乃大明甘国公之后甘凤池是也。"

孙大头等听了，吓得叩头不迭道："我的小爷，你原来就是八大剑侠中的甘爷爷，怪道我们吃了亏也。"

甘凤池笑道："惭愧得很，我在八大剑侠中不过忝居末座而已。"

孙大头道："难道此外七位大侠都有爷这么的本领不成？"

甘凤池道："都比我强一倍两倍不止呢。"

孙大头等听了，不胜惊骇，当下就把甘凤池爷一般看待。

一宿无话，次日清晨，甘凤池才起得身，孙大头早引了一大伙人进来，罗拜于地。甘凤池惊问做什么，孙大头指着跪在地下的那群人道："这都是这里一带的水路头领，这是混江龙金毛毛，那是分水蛟朱阿虎，此是陈占五，彼是黄德三。"

甘凤池道："众位何必行此大礼？"

众人都道："我们商量通了，甘愿推举你老人家做长江五路都头领，瓜洲镇扬大通燕子矶下关各路头领，都受你老人家节制，听你老人家命令。"

甘凤池道："众位请起，听我一言。凤池承众位错爱，这么推举，感激得很。可惜区身有要事，不能兼顾。要是贸然允许了众位，势必两有贻误，反致辜负盛情。"

杨忠恺道："爷昨儿不是说要投身入帮，怎么过了一夜就变

96

了初志了？"

甘凤池道："我到这里也就为那桩事情，入帮的话，不过是口头问答，一时权宜之计，如何作得准？"

众人叩头道："本来不敢冤屈你老人家，现在因为事情急迫，昏朝廷组织了什么血滴子，专跟江湖上作对，咱们简直没有饭吃了。恳求你老人家大发慈心，赏一口饭吃。"

甘凤池道："我先有一句话问众位，众位今日推我做都头领，是为众位自己，还是为爱甘凤池？"

众人听了，瞪目不能回答。甘凤池道："倘然为爱甘凤池呢，我今儿先要拜烦众位一件事。众位替我干办了，比推举我做都头领还好十倍。要是为众位自己呢，凤池原是惯打不平的人，只要众位不伤天理，不背人情，果然受了意外的亏，凤池自应拔刀相助。"

孙大头道："小爷，你老人家教训，我们自当遵依。只是江湖营生，要顾天理人情四个字，可就难了。"

甘凤池道："你们起来，大家坐了好讲话。"

众人依言起身，各归了座，静悄悄专听甘凤池议论。

欲知甘凤池发出怎么惊人议论，且听下回分解。

第十六回

大失望有心觅铜瓮
天外喜无意得玉鱼

话说甘凤池叫众人坐下，遂道："你们只道江湖上勾当，可以不讲天理人情，这就大错了。须知劫掠人钱财，第一先要探明钱财的来路。倘是孝子顺孙、义夫节妇、诚朴君子、高尚贤人积苦积勤得来的钱，你劫掉了他，在他既不能养家，在人又无以劝善，既违天理，又背人情，很不可很不可。不比贪官污吏，恶僧奸商，劫他的财，伤他的命，既顺人情，又循天理。你们懂得么？"

众人都道："有理，嗣后自当依言行事。"

说着时，庄客进回酒席已经摆好，孙大头邀甘凤池等到中堂坐定，轮流把盏，说说谈谈，异常欢喜。

孙大头道："甘爷，你方才说要委我们办一件事，不知究竟是怎么一回的事？"

甘凤池道："昨天上午时光，扬州码头上是谁做的生意？"

孙大头道："我们做生意都在酉刻以后，酉刻以前再也不做的。上午时光谁呢？可不知道了。"

甘凤池道："长江中除了你们这一班之外，还有谁？你们大概总知道。"

众人都道："除了我们，再没有做生意的人了。"

甘凤池道："这个可就古怪了。现在就烦你们查一件事。昨日午初，在扬州城外沿江一家客店里，有一个十六七岁的女娘，鹅蛋脸，秋水眼，眉似初三之月，色如春晓之花，头上红绉包头，两耳戴着金环子，身上蜜色绣花大袄，内衬大红绉紧身，红绉甩裆中衣，妃色百褶裙，翠绒小靴子，随身行李只有两个铜瓮，被一只不知姓名的小船哄了去，拜托你们替我好好地侦察。查着了，不论是人是船是物，求你们立刻就报知我。"

众人道："昨日午初？今天是初五，昨日就是九月初四了。"

甘凤池道："众位省得么？"

众人道："省得了。甘爷爷，你的事就是我们的事，我们立刻分头替你查去，有了消息，立刻就来报你。"

甘凤池大喜，手执酒壶，站起身，一个个地敬去，斟酒一巡，向众人道："借花献佛，我这件事重托了众位了。"

众人道："甘爷放心，我们竭力替你办去。"一时席散，众人辞别了甘凤池，各自分头干办去了。

凤池见他们这么踊跃，先宽了两分心。盼开天夜，陈占五先回，报说没有音信。接着随着黄德三也来，也说不曾查着。甘凤池道："只等金毛毛、朱阿虎消息了。"说着，庄客报金、朱两头领回来，众人迎出，见金、朱两好汉，袒着衣襟，大踏步进来了。甘凤池问他事情，也说未有眉目。甘凤池听了，很是闷闷。孙大头道："小爷放心，明日无论如何，总替你探一个水落石出。"

次日，众人起身，不见孙大头。庄客回说孙头领赶四鼓就过江去了。众人问带了几个人去，庄客道："就只四个摇船的。"甘凤池异常感激。

时才过午，人报孙头领回来了。众人起贺道："恭喜甘爷，得了好消息也。"

甘凤池忙问："诸君何由知之？"

众人道："爷想吧，要是没有好消息，此刻怎么会回来？天又没有晚。"说着时，孙大头早大踏步进来了。

甘凤池起身探问，孙大头道："小爷，你这桩事情真难办。我今儿天没有明就过江，查到这会子，才有点子眉目。"

甘凤池大喜道："有点子眉目了？好极好极！"

孙大头道："昨日找了半天，真是白费心思，不意她就在扬州城里。"

甘凤池惊问："那女子就在扬州城里么？"

孙大头道："错也不多。"

甘凤池道："敢是不在扬州么？"

孙大头道："小爷且别性急。你不是说有两个铜瓮么，现在左卫街上一家古董铺里，金光闪烁。我问他们，说是前日收下来的。"

甘凤池道："何等样人卖给他们？"

孙大头道："这却没有问过。"

甘凤池道："孙大哥，你为了我的事这么辛苦，我很是感激你。待你吃过了饭，我就跟你去走走。"

孙大头道："热血卖给识货的，只要爷知道，辛苦点子算什么？"

甘凤池道："难得大哥这么义气，快吃饭吧，我们都已吃过了。"

孙大头道："要走就走，扬州也有饭铺子呢。"于是一同起行。

渡过了江，行无多步，早到左卫街上。大头在前，凤池在后。一会子大头站住了脚，古董铺已到了。

二人进入铺内，凤池留心细看，并不见铜瓮影踪，问大头道："孙大哥，你说的在哪里？"

孙大头指道："这不是么？"

凤池照他所指的地方瞧去，哪里有什么铜瓮，是两个菜花铜的痰盂。不禁大大失望，笑道："大哥，你误会了，这不是铜瓮，是痰盂呢。"

孙大头羞惭得很。凤池拖住了手，引他瞧这样瞧那样。孙大头道："甘爷，咱们外面去吧。"

甘凤池一定不肯，从东壁瞧到西壁，触目惊心，忽见西壁书架上摆着一个温润莹洁的白玉双鲤鱼。这白玉双鱼，是延平王赐予凤池之祖甘国公的。凤池周岁抓周，恰恰抓了这东西，祖母陈太君就把这玉鱼赐了他。过周岁才只一月，遭着国难，就避到了母舅家来，这玉鱼一直佩带在身，直至上回定亲，才解给陈美娘佩带。结婚之后，并未收回，现在忽然瞧见，怎么不触目惊心呢！

怔了半日，问店伙道："你们掌柜呢？我要问他几句话，烦你请他来。"

店伙问了姓名进去，不一时，引了一个五十多岁的老者来。凤池拱手见礼，那老者问："客官有甚指教？"

凤池道："我要向贵铺买这玉鱼，不知需价多少？"

老者索价一两五钱银子。凤池道："一两五钱真不贵，小子自当遵命。只是还有几句话要请教。"

老者道："客官有话尽吩咐，小老儿苟有所知，无不尽情

101

回答。"

甘凤池道："老丈能够如此,好极了。请问这玉鱼是贵铺收下来的,还是人家寄售的?"

那老者道："是本铺收下来的。"

甘凤池道："收下来有几多时候了?"

那老者道："昨日才收下的。"

甘凤池道："拿上门的是何等样人?"

那老者道："是一个和尚。"

甘凤池猛吃一惊,面子上却故意做出十分镇定,问道："这和尚有几多年纪?"

那老者道："天色已晚,瞧不甚清楚,约莫三十岁左右呢。"

甘凤池听毕,取出银子,交掌柜兑过,取了玉鱼,向孙大头道："咱们家去吧。"

走出古玩铺,找一家茶坊坐下,沉思了好一会儿,开言道："孙头领,这一回的事,我很感激你。我与你后会有期,就此告别了。"

孙大头道："小爷,你要哪里去?热刺刺地才聚首,怎么又要说分别?"

甘凤池道："既有聚首之时,就有分离之日。何况我身有大事,这回分离了,下回依旧可以聚会的。"

孙大头一定不依,定要拖他回家设筵恭饯。甘凤池道："何必多此一举?大丈夫结交,不过是披肝沥胆。此种繁文末节,都可以不必。"

孙大头又要厚送赆仪,凤池也不肯受,口说身边还有几两银子,足够盘川之费。孙大头没奈何,只得就扬州城中找一家馆子,请甘凤池吃了一顿,珍重而别。

不言孙大头回到瓜洲，且说甘凤池别过孙大头，离掉扬州城，沿江而下。每过名山古刹，佛舍丛林，总是停骖驻马，密访明察。这日行到上海龙华寺，无意中遇见了师父路民瞻。凤池喜极，赶忙上前行礼相见。

路民瞻道："凤池，可喜你大仇已复，怎么不在家中，倒在这里游玩？"

凤池道："师父，一言难尽。"遂把经过的事，从头至尾说了一遍，问道："师父，你老人家可以帮帮我忙么？"

路民瞻道："师父何消你说得？只是此事先要着手侦察，倒不很容易呢。现在不如分路行事，你且东入浙江，访你岳父并吕四娘；我则西入太湖，赴曹仁父之约。仁父约我在西洞庭山呢。有四娘、仁父并你岳父，就容易办了。"

甘凤池道："何必要这许多人？"

路民瞻道："吕四娘是一定不能少的，因为女子跟女子可以亲近。你岳父在天台、雁荡，如何好不知照他一声儿？再者侦察的事情，人手愈多，愈是容易。"

凤池大喜道："悉听师父吩咐。"

当下又叙了一回别后事情，师徒两人就分道扬镳，各奔前程而去。临别，约定在西洞庭山相会。

却说甘凤池从水路赴杭州，坐的是杭沪夜航船。同船乘客二三十人，内有两人，是杭州缎商，到上海来收账，身边藏有三五百两银子。还有一个和尚，口称是普陀后寺僧人，却顶门上没戒疤，体魄很是雄伟，见人问讯，很有少林家数，双目盹盹，很注视缎商的银包。

这夜，走至黄渡相近，和尚从袖中取出缘簿，向众人写愿。第一号开口就要写银百两，那人略应得迟一点子，被和尚提起双足，推出篷窗，扑通一声，掷下水中去了。满船之人，尽觉骇然。

第二号就是缎商。那和尚道："施主量力捐助，小僧也不敢过分强求，化施主个白银三百两吧。倘然施主不肯赏脸，莫怪小僧鲁莽。"说罢，打一个问讯，缎商吓得没口子答应。那一个缎商，接着也写了二百两。其余众趁客，也有写二三十两的，也有写十两八两的，何消一刻早写了千金左右。只剩甘凤池与两个客人没有写，此时凤池调神息气，早已预备多时，忽见那和尚送上缘簿，打问讯请写善愿。凤池气运指尖，只用中指向和尚身上轻轻一点，瞧那和尚时，早昏眩过去了。众人惊喜欲绝，凤池道："众位的银子，请各自归认了去。"众人依言收回了银子，都来叩谢凤池。凤池笑道："区区小技，何足称谢。"

欲知后事如何，且听下回分解。

第十七回

吕侠士义愤冲霄
众英雄西山盛会

话说点穴之法，有用两指点法、一指点法、斫点、拍点、掌印点、膝盖撞点、手拐点等各手法。所点之穴，有九手软麻穴、九手昏眩穴、九手轻穴、九手重穴，内中唯重穴一点就要致命。这九手重穴，就是脑海穴、气门穴、耳根穴、气俞穴、当门穴、命门穴、肺海穴、气海穴、脐门穴，其余软麻、昏眩、轻三种穴道，都是不妨事的。凤池点过长江水贼，点的是软麻穴，点过孙大头，点的是轻穴。现在点这和尚，点的是昏眩穴。

众船客都万分感谢，甘凤池道："众位不必谢我，我也不过一时兴至，跟他游戏罢了。"说毕，遂将和尚一指点醒，笑谢道："恕我放肆，恕我放肆。"

那和尚笑容满面地答道："施主多礼了，小僧短了盘川，与各位施主结一个善缘，不意竟蒙施主下此毒手。小僧非不解此，只因猝不及防，遂为施主所算。倘不见信，何妨乘此夜月，上岸一较？"

甘凤池道："大和尚既肯指教，小子自当奉陪。"

说毕，推篷而起，扑扑宛如两道黑烟，两人早都跳上了岸。

择一块平阳草地，两人各占了地势，排开马步。那和尚先退后三步，再前进三步，然后两手作虎爪势，以手背相靠，平与胸齐，说了声"请"字。这一来，是少林嫡派宗法。先退三步，后进三步，名叫踏中宫；手背相靠，平与胸齐，名叫反背胡族，心在中国。凤池知道是劲敌，因左掌右拳，拱手齐眉，也说了一声"请"，随把右手外四指平握，中指突出，望准了和尚，正中直进。这一个步法，名叫踩洪门，拳法名叫点拳。那和尚见点拳到来，右足疾退一步，成了侧势，迅起左手一格。甘凤池改回右拳，旋用双掌，向和尚左手尺脉后之脉根研来。这一来，拳经上名叫斩龙手。那和尚急收左手，举起右掌，看凤池来得切近，照准他肩窝合缝处尽力一击，这一下名叫灌穴。凤池闪过，抢至和尚身后，照着脑后穴拍击下去。此一记，名叫换枕手。和尚也让过了。当下两人在草地里旋转如风，斗有一个时辰，不分胜负。一个是少林圣手，一个是武当名家。你企重我，我佩服你，不禁愈打愈爱起来。喝一声"少歇"，两人都跳出圈子，各问了姓名。原来，此僧法名静莲，乃是痛禅上人门徒。这痛禅上人俗家姓朱，原名德畴，乃是前明宗室。国亡之后，披剃少林寺中，磨砻筋骨，锻炼精神，为恢复中夏、驱逐满清之具。所授门徒，皆是一时豪杰。自从痛禅上人圆寂之后，门徒遵依他的宗法，四出行道。

当下叙谈之后，彼此志同道合，便更加要好起来。凤池道："航船行必未远，你我紧几步吧。"

静莲知道凤池要试验脚步，笑道："多不过十多里，忙什么。"

说毕，各放出陆地飞腾法，迅如激电，捷若流星，不多几时，早已追到航船。高喊一声，扑扑早又跳上船了。众船客无不骇然。甘凤池道："众位放心，我们绝计不会害及众位。"当下两人问船主要了间房舱，坐下谈心。

甘凤池道："大师父，贵宗既与吾道同志，为甚恃强凌弱？方才化缘，硬把乘客掷下河去？"

静莲道："那厮是钱塘捕役，我是认识的。吾宗凡遇官吏一流人物，置之死地，也不为罪过。"

凤池道："原来如此。"

当下二人讲了些宗法拳术，谈了些气功变化，投机异常，解衣同舱而卧。甘凤池无意间露出那白玉双鱼，被静莲一眼瞧见，问道："甘居士，你这玉鱼，从哪里得来的？"

甘凤池道："禅师问此，必有缘故。"

静莲道："眼熟得很。我不多天在扬州，仿佛见一个僧人手里拿这么一件东西呢。"

甘凤池道："此僧禅师可认识？"

静莲道："面熟得很，名号却没有知道，仿佛在太湖中时常遇见的。"

甘凤池默识于心，随与静莲讲了一会儿别的话，各自睡去。

在路行程，别无新奇事实可记，不则一日，早到了杭州。静莲自搭船普陀去了，甘凤池改乘杭绍航船，到绍兴拜访女侠吕四娘。恰好四娘在家，接见之后，凤池就把来意说明。吕四娘气得柳眉倒竖，杏眼圆睁，开言道："他事我不管，这一桩事情，倒不能不管。这班禽兽，胆敢如此胡为，是明以我们女子为可欺了。我倒偏不信，偏要出去献一献手段，问他们还敢作践我们女子不敢！你尽管去访你那岳丈，我立刻动身，准在洞庭西山取齐是了。"

甘凤池见吕四娘这么义气干云，心下万分感激，拜谢起行，径向台州进发。

不过两日行程，台州早已在望。忽见两骑劈面奔来，骑上的人瞧见了凤池，赶忙缓辔停骖喊道："那不是甘凤池么？"

凤池抬头见一个跨黑驴子的，是瘪皮周浔，还有一个跨马的，正是岳父陈四。

甘凤池也不及与周浔周旋，忙道："岳父你老人家，小婿正找你呢。"

陈四道："找我做什么？必是两口子拌了嘴了。"

甘凤池道："小婿遭了一桩意外奇祸。"遂把美娘如何失踪，如何找寻，如何结交水贼，如何得着玉鱼，如何遇见师父，结识静莲的话，从头至尾说了个备细。

陈四道："苦了我们孩子也。"遂向凤池道："这位周浔伯父，快过来见礼。"

凤池道："本来认识的。"遂与周浔见了礼，问道："你们两位怎么认识的？"

陈四道："我久慕周先生盛名，无从拜识，不意此番在天台雁荡遇见了，荷蒙俯鉴微忱，十分推心置腹。现在倦游思返，又结为伴。"

甘凤池请周浔同入太湖。周浔并不推托，一口应允。于是朋友翁婿一行三人，昼夜兼程，水陆并进。

不多几日，早到了洞庭西山。三人上了岸，找寻符号。原来江湖上规矩，会友访人，都有秘密符号，或是张大仙求子，或是天皇皇地皇皇，或是大小五车真不好，种种不能索解的儿童语，写在黄纸上，满贴当街墙壁。那纸的长短阔狭，贴的正直歪斜，都暗寓东西南北短巷长街的示号。外人见了，并不注意，同党却一望而知。当下依着符号找去，不多会子，早找着了，是在市梢尽处一座破庙里。

三人踏进门，见路民瞻、曹仁父正在那里下棋，上前见了礼。陈四与路、曹两侠是第一次见面，少不得有几句应酬话。甘凤池就问师父："吕四娘住在哪里？"

　　路民瞻道："不曾见过，光景没有来么？"

　　甘凤池道："奇了，她答应门生就来的呢。"

　　路民瞻道："想必途中别有事故，四娘绝不会失信的。"

　　甘凤池又把途遇静莲僧一节事告诉了师父，路民瞻道："这和尚的话，很有点子道理。我也侦察过，此去西南三十里，有一座小小山峰，山名叫伏虎山，是太湖七十二峰之一。山头虽小，形势异常险恶，听说了因禅师在这里焚修呢。"

　　陈四道："不错，记得老汉在南京设场时光，有一个慈云和尚，上来较过手脚，他曾口称是了因禅师徒弟。这一回，谅必是他师父来了。不然，咱们女孩子，也不致为他所困呢。"

　　曹仁父道："了因禅师近来做事，很违背侠义规则。劫掠奸淫，畅所欲为，他那几个徒弟更要坏。照他那种行为，咱们侠义声名都要被他扰坏了。"

　　甘凤池道："曹老前辈既然知道了，何不一挥慧剑，除掉这害群之马呢？"

　　曹仁父道："谈何容易？了因的技击剑术，都比我们高妙。伏虎山的形势，又是全湖第一，防备得又异常精密，如何破得进？"

　　甘凤池道："防备得如何精密呢？"

　　曹仁父道："这伏虎山的前面有一个湾，都是山脉环成的。里面有二三里阔的溪面，外面口子只有二三丈宽广，这山脉土人称他作虎爪，说是伏虎的前爪。了因在这口子上，布下一个纯丝线网，上面满系铜铃，游鱼行过，都有声响。上面派人守住，水路是进不去的了，要从岸路进去。伏虎山峭立湖中，石壁悬崖都有三五丈高，只山后虎尾地势稍低，却又满种修竹，编为竹城，等闲不能飞渡。所以一任他横行不法，你我只好扼腕兴嗟罢了。"

甘凤池道："这么厉害？我倒偏要去哨探哨探。"

众人齐都劝阻，甘凤池哪里肯听？等到夜静更深，乘人不备，独个儿雇了一只网船，向西南驶去。

甘凤池探问他伏虎山形势，渔人道："这伏虎湾一带，本是我们衣食饭碗，现在是不成功了。新近来了一帮和尚，个个好本领。占住了山湾，不准渔船入内捕鱼。湾口密钉着柏树桩，撒下丝网，上面系有响铃，别说船只，游鱼碰着，上头就有声息。"

甘凤池道："钉了柏树桩，他们自己怎么出入呢？"

渔人道："中间做有栅门。他们原好启闭的。"

甘凤池道："占住了山湾，干点子什么？"

渔人道："干什么？不过做强盗罢了。还记得上月初头，从常州下来一只大船，泊在西山湖岸，唤我的船渡到伏虎湾。三个都是和尚，一只大麻袋，重得了不得，是三个和尚亲自搬下船的。那麻袋不住地震动，我见了很是诧异。不意将要行到，他们解开麻袋，倒出那东西来，竟吓我一大跳。"

甘凤池道："袋里头是什么东西？"

那渔人道："是一个人。"

甘凤池道："是一个人？"

渔人道："还是个女子呢。"

甘凤池惊道："竟是个女子么？"

渔人道："女子稀什么罕？还是个千娇百媚的女子，还是个很有本领的女子。"甘凤池惊得目定口呆。

欲知后事如何，且听下回分解。

第十八回

小侠士单身探虎穴
甘凤池飞剑斩慈云

话说甘凤池听了渔人的话，惊得目定口呆，半晌没作道理处。既而一想，这是我自己事情，他们都是不相干之人，自然瞻前顾后，畏首畏尾，不仗我自己还仗谁？我的美娘中了贼人奸计，不知受怎么的磨折？她在难中，不知怎么望我去援救？我倒奔走呼号，白干些不相干的事情，如何对得过她？现在既然知道她在这里，无论他虎穴龙潭、千艰万苦，我总拼着这条命，竭力前去援救。援救不出，也搏一个跟她死在一块儿，倒也心安意适。想到这里，奋勇之心勃然兴发，把一切畏难苟安之念尽都捐了，叫渔人尽力驶向伏虎湾去。

这夜，星斗满湖，寒气袭人，除水浪涛声之外，只闻橹声欸乃而已。一叶扁舟，驶行如箭，不多一会儿，早已驶近伏虎湾。

渔人道："客人，伏虎湾已到，我可不敢驶进去了。"

凤池借着星斗微光打一瞧时，这伏虎湾好个形势，山环水复，山系峭壁，水是急流，虽不是虎踞龙盘，倒也好个藏风避气所在。那三丈多阔的溪口，被木栅阻住了，里面隐隐约约泊有十多号小船，想来就是看守栅门的住宿之所了。那山湾石岸，离湖

111

面约有一丈来高，上面树木丛杂，阴森可怖，有人守没有人守，因高低相去过甚，不很瞧得出。

渔人道："伏虎湾已到，客人可怎么样？"

凤池道："到了我就上岸去。"

渔人惊道："这里都是和尚大王，如何上得去？"

凤池道："不要紧，我正要找这一群贼秃。我是奉命办案的，我的同伴都在西山市梢那座破庙里。你候到天明，不见我出来，就赶快摇回去替我报信。"说毕，遂赏了渔人二两银子，唰地纵身一跃，早上岸去了。跃上岸，略顿一顿脚，就攀登一株老树，跨登树巅，向山里一望，见满山都是丛莽，绝无路径可走。几株合抱参天大树，兜着山风，不住簌簌作响。瞧毕，跳下地，施展出山行本领，箭一般向山内跑去。

走了一二里，才找着羊肠小路，也很崎岖不平。又行了二里多，始见平坦大道，远远望见屋宇。此时山中绝静，万籁无声，路中绝不见有行人。凤池放胆前行，毫无畏惧，霎时已到。见一所很大的庄院，四围满植护庄树，虽然不很高大，倒也青翠可爱。护庄树之内，一大圈石墙，足有两丈来高，都是自然山石用三合土砌成的。凤池瞧毕，飞身上墙，借着星光瞧时，见里面房屋很是不少，外面几埭，乌黑的都没有火光，那房屋顺着山势筑造，愈到里头愈高，所以里面两埭有火倒还隐隐约约瞧得见。凤池只拣火光所在奔去，遇屋上屋，遇墙跳墙。

行到第五埭屋，只见东耳房内火光通明，纸窗上现出两个光头黑影，知道里面有人。蹑足潜踪，走近窗前，听得里面有人讲话呢，凤池就潜心听着。

只听一个道："这女子真也厉害，要不是慈云巧计，再也擒她不住。"

一个道："我们师父也真背晦，这种伤天害理的事，怎么倒又准他的？听说那女子的丈夫姓甘的，还是师父好朋友的徒弟呢。为了慈云，连好朋友交情都不顾了。"

先一个道："你还不知道，师父见慈云是畏惧的，慈云要怎么，师父再也不敢违拗。所以我们在这里，得罪了师父还有限，得罪了慈云可就没了命了。记得师父没有认识慈云时光，行为是很好的，直到现在，外面人还都称我师父为八大剑侠首领呢。"

后一个道："师父为什么倒惧怕慈云？"

先一个道："谅来这里头总有道理，只是你我做徒弟的，不便打听。"

后一个道："这女子真是可敬！自被擒到今，几多日子了，凭你软哄硬唬，再也不肯相从。监禁在石窟里，只是静坐诵经。"

先一个道："任她如何好，只落得个埋骨荒山，我是很可怜她呢。"

凤池听得明白，忖道："这两个和尚倒还有点良心，待我闯进去问他一问。"

才待动足，忽觉背后一阵凉风，知道有兵器到来，急忙蹿身避让。原来侠家本领，除练气、练足、练手之后，还有练耳、练目两法。练耳的法子，先做一个木架，当中悬一条竹竿，像秋千的样子。竹竿头上扎一块布片。练的时候，先把竹竿飞动，那身子却背了架子而立，总要使竹竿离开自己背部一二寸为度。听竹竿的飞动，其风翕翕然，都从耳后经过，凝神静听，习之既久，背后无论什么东西打来，都能够躲闪避让。练目的法子，就不过迎着木架而立，静看布片之旋转起落而已。当下凤池让过兵器，回身一瞧，见一个和尚，手执宝刀，泼风也似价斫将来。星光之下看不真切，瞧那身量，仿佛就是慈云。凤池虽然身怀宝剑，侠

113

家规矩，不到极不得意时光是不肯轻用的，因此徒手相搏。两个人一起一落，一来一往，就在天井中相杀起来。屋中僧人听得声响，开窗持蜡而出，都喊有贼。凤池有了火光，瞧得清晰，贼僧果然就是慈云。仇人相见，分外眼明。一时性起，凝足精神，大喝一声，但见匹练似的一道白光，剑锋所至，贼僧慈云早已身首异处。两和尚一见，喊说："不好了，师兄被贼人害掉了！"飞一般奔去报信了。

了因的厉害，凤池是知道的，因为利害切身，倒也无恐怖。一个人能够勘破生死关头，便可无敌于天下。即如凤池，此时一心注念都在美娘身上，至于敌人的剑术如何精深，自己的处境如何危险，毫不计较，真是置死生于度外。当下调神息气，静候大敌。

忽闻脚步杂沓，众人哗说："师父来了。"就见众星捧月似的八九个和尚拥出一僧人来，正是了因。

凤池不敢怠慢，按着后辈的礼节，向了因拜揖道："甘凤池谨参大师父，恳求大师父恕罪。"

了因道："原来是你。你有多大的本领，胆敢偷入我庄院，杀掉我爱徒！你师父那么年纪，遇事也还让我几分。俗语打狗瞧主子面，你这个行径，不是有意给我没脸么？"

凤池道："甘某虽然年轻，也还知道高低，没缘没故如何敢上门惊扰？因为此中有个下情，大师父谅也知道。陈美娘是甘某结发之妻，慈云不该乘人不备，劫取了这里来。大师父既是他的师父，理应按照戒律，大大地把他训斥，不该姑息养奸，容他把美娘监禁逼迫。甘某因利害切身，万不得已，才到宝庄来。原要婉禀师父，哀恳慈悲处置，使甘某夫妻复得团聚。慈云不问缘故，手持宝刀，奋力相斫，欲置甘某于死地。甘某徒手拒敌，一时失手，误伤了慈云，并不敢上犯大师父。自知该死，恳求大师父瞧我师父薄面，恕我无知之罪，还恳放出美娘，俾破镜得以重圆。”

了因冷笑道：“你人虽然小，话倒很会讲。听你说来，都是你的理了。终不然我这么一个爱徒，就白白被你这么伤害掉不成？既是你今日投到我这里来，想来是你的寿数尽了，不必花言巧语。来来来，咱们爷儿两个较量较量！”

凤池瞧见这个声势，知道求也无益，避也不能，急中生智，大喝一声，放出神剑，下一个先下手为强手段，一道白光，奔了了因去。了因一见，呵呵大笑，口吐剑花，锵然一声，早抵住了。但见两道白光，在天空中不住回环飞舞，闪电似的交互搏击。

斗有一个时辰，凤池的剑光，渐渐低压下来。两人各提足精神，奋力战斗。无奈了因的剑光，愈绕愈大，凤池的剑光，愈绕愈小。斗到黎明时光，了因精神倍长，凤池神气沮丧。瞧那剑光时，离头顶只有三尺来高了，只要剑光一尽，性命就要不保，纵使竭力提神运气，无奈被了因的剑光重重压住，再也不得施展。真是性命呼吸，存亡顷刻。忽听得铿然一声怪响，凤池的神剑早已折为三段。凤池大惊失色，暗喊："我命休矣！"紧闭了双睛待死。

只要了因的剑光一绕，凤池顷刻身首异处。不意了因斫断凤池神剑之后，张开大口只一吸，早把白虹似的一道剑光收了回去，大笑道："凤小子，你的本领哪里去了？你的宝剑哪里去了？"

凤池怒道："贼和尚，神剑就是我的性命，剑既被你坏掉，我这性命也不要了。你要有人心时，快快斩了我，我还感激你呢。"

了因笑道："这里可不是你的家，由你意思，要怎样便怎样。你要死，我偏不叫你死。"喝令左右："速取牛筋索子来，捆了押向山窟中去。你要找美娘，我索性慈悲慈悲，使你会美娘去。"凤池更不作声，一凭他们摆布。

一时两个和尚，取了一条指头儿粗细的牛筋索子来，把凤池双手反接，捆了个紧。又把他双足也缚了三四道，用杠子穿了，扛向山窟中去。

原来会内功的人，纯乎凝神运气，气化的工夫，那身子便能强能弱，能屈能伸，所以无论铜条铁链、麻索丝绳，都不惧怕，都能解脱。独有这牛筋索子柔软坚韧，束缚住了，再也摆布不脱，不然，美娘那么本领，怎么不破壁飞去呢？当下凤池进了山窟，乌黑的不辨方向。

美娘在暗中久了，反观内视，通明澄澈，早已瞧得明白，失声道："我的凤郎，你怎么也到这里来了？"

凤池听得美娘声气，热泪泉涌道："美娘，我为你来的，你还无恙么？"

两人的手都因反接着，不能够抱头痛哭。凤池道："眼前黑得紧，见面不能相睹，怎么样？"

美娘道："上面也有一线微光，只要平心静气，自会同在外面一般的。"

凤池道："我心已乱，如何还平得下？瞧不见也罢，我先要问你，你怎么会落人家圈套的？"

美娘道："你那日过江去后，不多会子，即有两个人到客店来称说，船已到此，催我动身。我就问他甘某为甚不来。他说你被舅舅留住，帮助整理一切，不能够来。我不该粗心了一点子，信以为真，跟随下船。不意开到江心，吃那厮点了个麻醉穴，就此麻醉过去。等到醒来，身子已在袋内，载到了这里。见接我的几个人，都改易了僧装，百般地恫吓我。我抵死不从，就被他们用牛筋索子捆了，监禁在这里。凤郎，我知道你不见了我，定然着急万分，只是你怎么会探听着我在这里？又怎么会赶到这里来呢？"

凤池道："美娘，你灵心慧质，难道还不知道你这一个人，就是我的性命么？"遂把自己经历过的事，如何长，如何短，备细说了一遍。

美娘不觉泣道："不意为了我这么一个薄命人儿，就累得你南北奔波，受了这许多困难。凤郎凤郎，我害了你也！"

凤池道："什么话？我也并非为你，我也为的是我。没有了你，活在世界上还有什么趣味？现在跟你一块儿受难，比了独个儿在外面，我心里乐得多呢。"当下又把慈云已死，神剑已坏的话，告诉了美娘。美娘听到慈云已死，心里一快，喜溢眉宇。及听到神剑被了因坏掉的话，不禁大大惋惜起来。凤池也很怆然。

停了半晌，顿觉满窟通明，彼此都瞧得见了。只见这一个山窟，半是天生半是人力做成的，有一丈二三尺进深，五六尺开阔，四边石壁万仞，上面只一小小窟穴，通着微光。地下有一枯井，为被囚人大小便之所。横里两扇石门，门外有人看守，凡茶饭衣服，都从这里送入。地下满铺枯草，为被囚人坐卧之所。

凤池瞧毕，向美娘道："你我两人都不是无能之辈，难道一任他们摆布，没法子出去不成？"

美娘道："牛筋索子坚韧异常，除是你的神剑还可以断掉他。现在神剑已坏，更有什么法子呢？"凤池默然不语。

欲知凤池美娘被困山窟有否救星，且听下回分解。

第十九回

背盟言侠首遭诛
破盗窟全书完结

上回已将凤池入山救妻被困山窟的事详细叙明，如今暂不能提了。却说陈四、周浔、路民瞻、曹仁父在西山市梢破庙里因不见了凤池，大家着急，忙要去找寻。陈四道："不用找得，他所去的地方我是知道的。"

众人问他："你怎么倒又知道？想必凤池跟你说过的。"

陈四道："说是没有说过。他一心在我们女孩子身上，既然知道在伏虎山，又见我们过于小心持重，必是他忍耐不住，独个儿冒险去了。"

路民瞻失声道："哎哟！果然如此，凤池可要遭着不幸了。这了因何等厉害，我们这里几个人都不是他的对手，何况凤小子呢？怎么样，大家想个法子，总要救他出来才好。"

曹仁父道："不必忙乱，那也不过是陈四哥一个儿猜测之辞，究竟他是去不去呢？也许在左近走走，也很说不定。"

周浔道："这话对了，总要查出一个真实凭据，才好着手办事。"

正在议论纷纭，忽见三个人破门而入，第一个是吕元，第二个是白泰官，第三个却是浙东女侠吕四娘。众人一见，惊问："你们三位，怎么倒在一起？在哪里碰见的？"

吕元道："我与白兄在北京玩了一会儿，没甚趣味，见那班血滴子都不过是些狗偷鼠窃之流，就不高兴住在那里了。回南来想瞧瞧几个老朋友，不意半途中遇见了四娘，说起美娘遇难一节事。众位哥，美娘的姻事，我们两个还是大媒呢，如何好袖手旁观？所以就跟她来了。现在事情怎么样了？凤池这小子，为甚不见？"

众人还未答言，陈四早开言道："三位来得真巧，我们正为此事为难呢。"

吕四娘指着陈四道："此位是谁？从没有拜识呀。"

白、吕两人忙替她介绍，通过姓名之后，陈四又把凤池不见的话说了一遍。吕四娘道："不必疑虑，只向伏虎山找去是了。"

大家还未回答，门外一声呐喊，忽然奔进一个短衣赤足的人来，倒把众人吓了一跳。只见那人问道："众位爷，是不是办案来的？"

众人茫无头绪，不知所对。四娘排众直前，问那人道："你是谁差来的？有什么事情？"

那人道："我是湖中的渔人，昨晚有一小客官雇我的船到伏虎湾去。我告诉他伏虎湾怎么厉害，轻易不能近前。他说是奉命办案的，有伙伴在市梢破庙里。到了那里，这客官年纪虽小，本领真也厉害，一丈来高的山岸，一纵身就上去了。临走向我说，候到天明，不见他出来，叫我到这里来报信。我候了他一整夜，影迹杳然，就开船了。偏偏遇着逆风，直到此刻才到。"

众人听毕，都道："这小子果然遭了毒手了。"

陈四道："如何，我料的真不错。"

四娘道："别议论了，咱们快动身救他去。"

曹仁父道："救自然一定去救，是晚上去，还是此刻就去？"

四娘道："救人如救火，自然此刻就去了。"

路民瞻道："了因不是等闲之辈，总要预先商议商议。"

四娘道："船上不是一般可以商议的么？"

陈四道："吕姑娘人真爽快，我也这么想呢。"

周浔道："先问问，一只小小渔舟，我们这里有七个人呢，不知他装得下装不下？"

吕四娘道："这倒也是真话。"遂问渔人："我们这许多人，你船上装得下装不下？"

渔人道："不很舒服，装是装得下的。"

陈四道："装得下就是了，我们原不图什么舒服呢。"

于是，路民瞻、曹仁父、吕元、白泰官、周浔、吕四娘，合了卖解陈四，一共男女七人，离去破庙，下落渔舟，直向伏虎山驶去。

顺风扬帆，不多会子，伏虎湾早已在望。渔人下落风帆，驶至湾口。守口僧人瞧见了，隔着栅门喝问："来的是什么船？"

众人早已商议好了，先软后硬，先礼后兵。路民瞻回答道："我们都是了因师父的至好，路过此间，特来瞧瞧他。"

守口僧人问了众人姓名，飞驶小船，入内通报去了。好半天，才见里面鸣铃开栅，了因带领好多徒众，乘船迎出，就请众人过船。众人开发了渔人船资，过上大船。

了因道："众侠相聚，难得难得。"因指陈四道："这位哥面生得很。"

路民瞻道："这是敝友陈四，也是渴慕大名，特来投谒的。"

一时船到山脚浅滩，弃舟上岸，由大道上山。那山路两旁满

120

种着槐柳，青翠可爱，只因种植未久，不很高大。进了山庄，直到第四埭客厅上，始各分宾主坐下，小和尚献出茶来。

路民瞻开言道："了因大哥，弟等此番到此，一来是瞧瞧大哥，二来要在大哥跟前，请罪求情。"

了因故作不知道："尔我至好，何事不可商量？这请罪的话，再也不必提起。"

路民瞻道："难得大哥如此原谅，感激得很。大哥，人家都称我们作八大剑侠，今日众侠相聚，八侠中缺了一个。大哥，这一件事情，还要求你慈悲成全。"

了因道："路兄弟，你的话我很不懂呀。"

路民瞻道："大哥，你休明知故问。小徒凤池，昨晚夜半入山，至今未回，想必大哥留住他了。我们来此，恳求大哥瞧素日交情上，把他释出，让弟等带回去。或是他不知轻重，有开罪大哥之处，弟等自当当着大哥面前，尽力地惩治他一番。"

了因道："原来你们不是来瞧我，是为向我索人来的。你那高徒果然在我这里，却未便交与你带去。你说惩治，那也不劳费心，我自会惩治他的。你们仗着人多势众，上门上户，可把我怎样呢？"

周浔道："人多压不倒个理字。凤池如何得罪大哥，大哥却要自己惩治他？说给我们听听。果然有理，我们就丢开这件事不管。"

了因道："他偷上我山，还仗着剑术，把我爱徒慈云杀死，还敢跟我对敌，战到天明，自己本领不济，被我把他的神剑削为三段。他要求死，是我慈悲，叫把牛筋索子捆了，推入山窟里，跟他的浑家陈美娘一块儿监禁。你们想吧，路兄弟爱他的徒弟，我也爱我的徒弟，我徒弟被他杀死，难道就白死了不成？"

121

吕四娘到此再也耐不住了，开言道："了因师父，你们的事情，谁直谁曲，我都不管。我只问你，你这里都是出家人，陈美娘是个女子，怎么会到这里来的呢？这个道理，请你快快说给我听。"

　　一句话把了因问急了，老羞成怒，顿时翻过脸道："这干你什么事？要你来管？监禁的是陈美娘，又不监禁了你！"

　　四娘道："无理取闹的话，请你再不必说。天下人管天下事，怎么禁我不要管？何况陈美娘是女子，我也是女子，女子不保护女子，还有谁来保护呢？这一回的事，我都明白了，必是你们师徒先掳掠了人家妻小，人家才找上山来；必是你们师徒呼众擒拿人家，人家才与你抵敌。相杀时光，伤呀死呀，都是意中的事，不必计较。这件事情，论起理来，都是你老人家不是。现在我做主，过去的事，大家不必提。凤池伤掉你徒弟，你却掳他的妻子，坏他的神剑。那神剑练成，他也三年苦功呢。现在两家都不必计较，你快把凤池夫妇放了出来，依然和好如初。"

　　了因笑道："哪有这么容易的事情！你只道除你之外，天下再没有英雄？可以凭着你意思，要怎么就怎么？"

　　四娘道："今日的事肯听要你听，不肯听也要你听。我们大家已经商议好了。"

　　了因道："无非依仗了人多势众，前来逼我。"

　　周浔道："了因哥，你这一句话，却说得错了。记得那年凤池学艺初成，我们都往路兄家庆贺。那时也是由你老哥发起，说咱们八个使剑的人，可以称为八大剑侠，嗣后同心同意，相扶相助。倘有破坏大局，自相戕贼者，七人联合了共同除掉他。现在凤池被禁在宝山，我们既要遵奉公约，就不能顾及私交了。"

　　了因立起身道："你们今儿合了伙来，是跟我斗嘴，还是跟我斗艺？"

四娘冷然道："悉随尊意。"

了因乘人不备，猛喝一声，一道剑光，直奔了四娘。亏得四娘也早防备，放出神剑，早把来剑抵住。两道剑光，一青一白，回环腾跃。战了许久，瞧四娘的剑光只能防守，不能攻击。路民瞻瞧不过了，飞出神剑，望准了因后脑刺去。不意了因毫不在意，一回剑就抵住了。二人力战了因，还是无瑕可击。周浔、曹仁父双剑加入，战了许久，依旧不很济事。但见了因的剑光，青中带白，盘旋飞舞，宛似神龙戏水，夭矫不群。那四人的剑光，只在他前后左右四面伺隙击刺而已。陈四不禁技痒，他擅长的是金钱镖，百步内打人，百发百中。现在忽发奇想：这班剑侠，把那和尚瞧得这般厉害，我且给他几个金钱镖，万一应手而倒，我的声名，就可压在剑侠之上了。当下左右两手，就各持一个金钱，窥得真切，唰唰飞打过去。只听悉铃铃一声怪响，两个金钱早被剑锋削为粉碎。陈四吓得目定口呆，半晌说不出话。

白泰官见了，就招呼他道："陈四哥，你来，我跟你讲一句话。这个和尚且交给他们四个儿去办，你我且去办你我的事。"

陈四道："办什么事呢？"

白泰官道："令爱、令婿都被囚禁在山窟里，我与你快救他去。"

陈四大喜，随着白泰宫就走。

不意才到第五埭房屋，就见三个人说笑而来。打头的是吕元，后面两个正是此刻欲去援救的甘凤池、陈美娘。陈四就问："美儿，你出来了！你知你老父惦你么？你们怎么出来的？"

凤池道："我们被和尚监禁在山窟里，正想法子同逃，吕老前辈就来救我们了。用神剑将我们的牛筋索子割断，救出山窟，行到这里，就与两位遇见了。"

白泰官笑道："我们两人，真可算得英雄所见略同了。"

吕元道："外面战得怎么样了？"

白泰官道："四个战一个，恰恰战个平手。"

吕元道："照了因的本领，休说四个，就咱们六个一齐上，也不过是个平手。"

白泰宫道："不错，他的心再静不过。"

甘凤池道："那么，有一法可以胜他。我们两个人，监禁在山窟里，他以为永远没有出头日子。现在只要我们两人突然走去，把他破口大骂，他定然怒火冲霄，怒气一动，心自然镇定不住，趁这当儿，你们两位双剑齐入，一后一前，只要刺着他一处就好了。"吕、白两人齐称妙计。

当下计议已定，凤池、美娘居前，吕、白二人居后。走到第四堵屋中，只见五道剑光闪电似的飞舞。凤池就大声道："了因贼秃！你瞧瞧，凤池、美娘依然无恙，你那贼能为到哪里去了？你徒弟慈云被我斫掉，你这贼秃也已死到临头，你还不悟么！"

了因听了这般的辱骂，果然怒气上冲，气动心摇，一个不防，被吕、白两人双锋飞刺，后心上中了一剑，洞穿成一个窟穴，呜呼哀哉，圆寂去了。

众侠收回了剑，对着了因尸身，都很凄婉，遂喊齐僧众，叫他们好好地殡殓了因。一面搜查密室，见窝藏的妇女、劫掠的赃物，很是不少。妇女一一资遣回家，所余赃物，叫众僧均分了，各找寺院去焚修。凤池在密室中，搜着两本抄本书籍，书名叫作《少林拳学精义》，揭开一瞧，见上面题着"西来初祖达摩大师著，西竺僧般刺密谛译义"。还有唐李靖的序文，宋牛皋的序文，大明天台紫凝道人宗衡的跋文。书中精图六十四个，指明练习的次序。还有各种内壮外强、调神养气各药方，凤池喜欢得什么相似，一时忘情，不禁高声朗吟起来，只听他念道：

余武人也，目不识丁字，好弄长枪大戟盘马弯弓以为乐。值中原沦陷，二帝北辕。泥马渡河，江南多事，乃应吾元帅岳少保之募，署为神将，屡上战功为大将。转瞬流光，倏如逝水。忆昔奉少保令出征，旋师还鄂，途中遇一游僧，状貌奇古，手持一函，入行营，嘱余致少保。叩其故，僧曰："将军知少保有神力乎？"曰："不知也。但见吾少保能挽百石神弓，尝以为非人所及耳。"僧曰："少保神力天赋者欤？"曰："然。"僧曰："非也！余授之耳。少保尝从学于余。神力功成，余嘱其相随入道，不能从，而志在人间勋业，名虽成，志难竟，天也命也。今将及矣，亟致此函，或能反省获免耳。"余闻言不胜惊异，问名号，不答。询所之，曰将西访达摩大师。飘然竟去。少保得函读之，泣下曰："吾师神僧也。不吾待，吾其已矣。"因出一册付余，嘱曰："好掌此册，择人而授，勿使进道法门中绝，而负神僧也！"未几，少保为奸人所害。余心伤少保，冤愤莫伸，视功名真粪土，无复人间想矣。念少保之嘱不忍负。恨武人无巨识，不知斯世界谁可授者。择人既难，妄传无益，今将此册藏之嵩石壁中，听有缘者自得之，以衍进道法门，庶免余妄传之咎，而或可对少保于在天耳。

时绍兴十二年，故少保鄂镇大元帅岳麾下宏毅将军，汤阴牛皋鹤九甫序。

125

恰好路民瞻走来，听见了，问道："你念的是什么？"

凤池就把此书呈上，道："师父你瞧，真是一本好书。"

民瞻接到手，才瞧得一二页，就道："这少林正宗的精义，失传已久，怎么这里倒还有这么两本？凤池，我们武当宗与少林虽是两派，渊源却出一途。只因少林正派失传，世界上号为少林的，都是些旁门左道、貌似神非之辈，吾宗得此机会，才得突然称霸。现在彼宗有此精义，吾宗又要遇着劲敌了。"

正在讲话，曹仁父、周浔等都进来了，问道："你们师徒，背了人讲点子什么？"

民瞻就把少林拳学精义给众人看。曹仁父道："大道的兴废，都有一定的天数，人是万万不能为力的。现在既然发现此书，我们还是赶快捐资替他刊布了出来。"

众人都说所见不错，当下眼瞧了因殡殓好，诸事完毕，众人就此分手，路民瞻、陈四就送凤池夫妇回镇江。

诸侠士既与吾书暂时作别，吾书也只好就此收束。因为此书名叫"八大剑侠"，自应众侠完全，才能名实相副。现在了因既已丧命，凤池又失去神剑，剑失其两，侠丧其一，如何还编得下去？至于血滴子的神秘行为、清皇室的宫廷惨变，只好另编血滴子专书，奉献看官，给看官解闷。八大剑侠全书终。

是书草创之始，原拟撰稿廿回，不意撰述至此，文义已完，增书一字，便成蛇足，陡然终止，阅者谅之。

血　滴　子

第一回

禛贝勒亲统血滴子
云中雁夜探阿哥家

话说大清当康熙之末、雍正之初，有一个骇人听闻的暗杀党，名叫血滴子。来如鬼怪，去似妖魔，稠人之中，众目昭彰，密室之内，窗门紧闭，没头没脑，无影无踪，忽然失去脑袋的人，每一年每一处总有好几个。偏是这神出鬼没的血滴子，倒是堂堂正正大清皇室组织的，统领血滴子的，却是朝廷督抚大员。那血滴子的缘起、血滴子的组织法，做书的在《八大剑侠》中已经叙述明白，现在可以不庸多讲。

却说护理川陕总督年羹尧，一日正在署中阅看公事，忽见巡捕官送进一名片，说有客求见。年羹尧接来瞧时，见红纸中端端正正写着"张乐天"三个楷字，心里惊道，这是禛贝勒呀？他老人家赶来有什么事故？遂命快请。

自己忙着迎出，去见禛贝勒已随着那巡捕官虎步龙行地进来了。年羹尧抢步上前，执住禛贝勒手道："再想不到张兄会来，怎么不先给小弟一个信？"

贝勒笑道："我因急迫，没暇给你信。咱们里面去谈吧。"

两人携着手到签押房坐定，把别人都支使开了去，只留年福一个伺候。吩咐巡捕官不论何事都不许回，不论何客都不许见。

年福却烹茶炖酒，安箸搬菜，忙到个不得开交。年羹尧要重行国礼，禛贝勒赶忙止住不许，遂道："咱们谈正事要紧。我前儿听了你的计策，果然效验得很。"

年羹尧道："见过上谕，皇太子胤礽已经废掉，并命居住在上驷院旁，就交贝勒爷和大贝勒胤禔看守，我就知道我策见效了。这也是贝勒爷的洪福。"

禛贝勒道："快别提福不福。现在事情变幻，咱们劳心劳力，倒给人家稳稳地坐收渔人之利。"

年羹尧问："是谁?"

贝勒做了个手势，年羹尧道："是胤禩、胤禔两个么?"

禛贝勒道："不差。胤禩家中，留着一个相面的人，叫张明德。这张明德相胤禩日后必然大贵。胤禩自己为了母家微贱，原不敢萌此妄想，张明德竟替他游说胤禔，现在胤禔已经应允辅佐，并替胤禩转结朝臣。那领侍卫内大臣、满汉大学士尚书等，受他笼络的很是不少。胤禔内有母妃，外有朝臣，内外呵成一气，你想危险不危险，紧急不紧急?"

年羹尧听了，沉思不语，半晌才道："皇上最恼的是朋党，廷臣这一面，无论他交结了几多人，只消轻轻用朋党两个字，就可以扫除了。倒是皇妃这一面的事难办，须先设法使得母子相离，皇妃与胤禔各存了意见。最好弄皇妃向了贝勒爷，在皇上跟前告起胤禔的不孝来，那层内障就除去了。"

贝勒连声夸赞道："妙计妙计，端的妙计! 老弟，咱们肺腑至交，我将来总不忘了老弟。"

年羹尧道："还有句话，现在各阿哥争夺得这么厉害，咱们又未便与他们一般见识，要免去眼前的争夺，还是仍旧设法权把废太子复了位，绝去他们的妄念。好在日后日子长，咱们再慢慢计较是了。"

禛贝勒大喜。这夜，禛贝勒、年羹尧同榻而眠，两个密议了一夜。因胤褆这人聪明干练，上得宫廷的宠爱，下得朝臣的欢心，很不容易谋算。经年羹尧想出一条调虎离山之计，叫禛贝勒得便把他弄到外面来，再慢慢地设法摆布。

禛贝勒因年羹尧远在陕西，京陕距离太远，一时响应不灵，要把血滴子统领一职，亲自管领，年羹尧一口答应，毫无难色。连夜赶办交代，交出血滴子花名册并前后左右中各队的符号暗房。计队长云中雁、云中鹤、邓起龙、张人龙、吕翔龙等五名，监器云中燕、监军净修并那一百名的血滴子。

禛贝勒道："老弟指挥他们的符号呢？"

年羹尧道："我不过是个小小金章，上面刊着个篆文'羹'字，现在贝勒爷可用不着这个字。"

禛贝勒道："我的名字章很不相宜，就用那个天字玉章吧。"

年羹尧道："很好。"随道："咱们这里办交代，党众还没有知晓，待小弟传了监军净修来，告诉他情节，叫他传知五路队长，到贝勒爷那里听令吧。"禛贝勒点头称好。

禛贝勒在制台衙门只住得两天，就辞了年羹尧，翩然去了。年羹尧果然传了净修来，叫他知照云中雁等一班血滴子，都到京中禛贝勒那里听候差遣。闭门推出窗前月，吩咐梅花自主张。从此年羹尧便与血滴子脱离关系。不过禛贝勒有事询问，往来书信，总是叫血滴子递送的，暂时按下。

却说禛贝勒自己任了统领职后，就把血滴子各员的薪水大大增加，训令道："党中各员，只知奉令行事，统领叫刺谁就刺谁，不能私下议论是非曲直，该刺不该刺，哪怕是该员的亲戚故旧，一奉到令，立刻遵行不怠。"却就派云中雁带领队众，专探各位阿哥与朝臣的举动。看官，满洲话称皇子叫作阿哥，称公主叫作格格。

当下云中雁指挥队众分头去讫，自己夜饭已毕，卸去长衣，换上夜行衣服，穿上软底皂靴，把发辫结成了个得胜结，系上青绸包头，上下浑身一黑如墨。带上了百宝囊，内贮小锯斧凿火绳等各种应用东西。那腰带上便系着那千古无双的利器血滴子，背间插上一柄惯使的倭宝刀，吹灭了火，轻开窗户，一纵身早上了屋面。施展本领，踏瓦无声，轻如飞燕，疾若猿猴，一朵乌云似的只向大贝勒胤禔府第飞来。飕飕飕，但觉耳边风响，霎时间早已行到。星光之下，瞧见一带粉墙随堤曲绕，墙内树木森森，楼台隐隐，知道是胤禔府第的花园了。

云中雁端详了一会子，估量不过三丈来高，可以不用软梯。略按一按，纵身飞上。翻过了墙头，满园乌黑，只有那花树迎风飞舞，飒飒有声。云中雁循着回廊，曲折行去。才及一半，便有怪石灵峰挡住去路，暗道："我何不蹿上这山峰，借着他的高势瞧一瞧？"扑扑蹿身上峰，向前瞧时，见东边岸船室内，有着亮儿呢，跳下身蹑足潜踪地行将去。行抵岸船，见明瓦窗四周紧闭，灯光映在窗上，室内有人正讲话呢。

只听得一个道："你那表妹究竟怎样的标致？说给我听听。人家都把她天仙活宝似的称说，我总有点儿不信。"

一个道："真告诉不得你，不信也只好由你不信。我这表妹有一桩异处，她自幼浑身幽幽静静，生有一股兰花的香气，人人都说诧异。到了大来，贴身衣服裤子换下来也是香的，贴身睡的被褥、枕头都是香的。她到哪间屋里，人人进来都闻得一阵幽幽的兰花香气。那些本家亲戚女眷们，常把她的手臂颈脖闻着玩笑。她生得脸上从来用不着脂粉，头发从来用不着膏沐，她洗澡的时候，那水泼上去，就如那水银似的，成了珠儿滚泻下来，身上从来看不出水迹。通身的肌肤，尽着生得白的比了她，越觉得或白而带青，或白而映黄，或白得栗而不润，或白得腻而无光。无论比玉、比雪、比粉、比通草、比羊脂，总不能够形容尽致。她的白别有一种娇艳浓丽，我也难于形容。她的本色素脸，人家擦脂抹粉的，总比不上她的天然艳容。还有一样奇处，她就是热天从不出汗，所以换下来的衣服从来没有什么汗渍。她的性情十分柔和，举止十分风流，说话十分灵巧，待人十分圆活。一味笑容媚态，从不见她怒容。"

先一个道："那么弄了她进府，贝勒爷必然欢喜。"

那人道："可惜咱们是汉人，巴结不上呢，不然早送进八爷府中去了。现在二爷的太子已经有罪废了，八爷是极有望的。"

先一个道："满汉不通姻，不过是一句话罢了，哪里当得真呢？"

云中雁伏着身，即从窗上明瓦隙里张望进去，见讲话的是两个小太监，一个有二十多岁年纪，就是现在讲话的，那一个讲他表妹的，约莫只有十八九岁呢。台上一支红烛，十停中已烧去了三四停，生着很大的烛花儿，那亮不住地颠动呢。

一面张，一面听，只听那大太监道："你哪里知道，八爷将来做太子，也全仗这里贝勒爷帮他的忙。在众阿哥中，从三爷起到廿四爷，除了四爷不算外，没一个不与咱们爷要好的。八爷已经面允，将来上头万年之后，八爷不过做一个虚名的皇帝，一切朝政都由咱们爷管理，咱们爷差不多就是摄政王呢。你的表妹弄了进来，你就可以保一辈子的荣华富贵。"

小太监道："我也知道。我昨儿伺候爷在沁芳亭中，会见阿灵阿、鄂伦岱、揆叙、马齐、王鸿绪各位大人，商议的就是保奏

133

八爷做太子的事。各位大人都应允了，说只要皇上下旨，我们就齐心保奏。"

大太监道："你既然知道就好了。你明儿就回家去，向你表妹老子娘说知，预备着，我就趁备回了爷，择日子弄她进来。"

小太监道："讨了爷的好，被福晋知道了，那不抽去你我的皮么？"

大太监笑道："那也顾不得许多。"

再听下去，都是不相干的话。云中雁又向别处探视了一回，探不着什么消息。于是沿着曲径回出，才到假山相近，两个查夜的家将，鸣锣击柝而来。避已不及，云中雁陡生急智，一横身装作犬儿模样，走入了假山去。查夜的果然不疑，击着柝走了过去。云中雁施展夜行奇术，翻出墙头，如箭一般地回来。

次日清晨，入府告知禛贝勒，禛贝勒闻知小太监的表妹这么标致，欢喜得什么相似，拍着云中雁肩道："老云，你真能干。我赏识了你，我就把这件事交给你办，别个也未必靠得住，你替我辛苦一回吧。"

云中雁道："贝勒爷要办什么事，不知我云中雁能够干不能够干？"

欲知禛贝勒说出何事，且听下回分解。

第二回

造膝密陈微言谏主
腾空蹑足午夜飞行

却说禛贝勒道："那小太监的表妹，听你说来，大概是不差的，这件事就交给你，就替我把这姑娘办了来，愈快愈妙。办了来我自重重酬谢你。"

云中雁听了一呆，回道："我的爷，这可难死人了。那小太监的表妹，怎知道她住在何方何地？叫我从何处下手呢？"

禛贝勒道："左右不过就在这京城相近，难道你就没法探听了么？"

云中雁沉吟半晌道："我且竭力办去，办成了也不是云中雁之功；办不成时，贝勒爷休见罪。"

禛贝勒笑道："这是我烦你的事，如何会罪你？再者照你这么细心干练，我知道你再不会不成功的。你要是办不成，天下再不会有办这事的人了。还有一件事情，也要交给你办。你说各大臣中满臣阿灵阿、鄂伦岱、揆叙、马齐，汉臣王鸿绪都与胤禔、胤禩谋保皇太子，这几个人的举动，你也替我去探听了来。"

云中雁应着下来，就分派队众，日间改扮乔装，到各阿哥各大臣府第左右，与各家的家人们亲近，乘便明察暗访。夜里都穿上夜行衣服，走脊飞檐，密窥动静，得了虷大的消息，就到禛贝勒府中报告。

一日，接到报告，知道众皇子都在胤禩家中，私贺他谋干已成。禛贝勒便也备了一席极精致的菜，亲自送去称贺。众皇子见禛贝勒兄弟间素不很来往，今日也送菜前来，都很诧异。当下众皇子团坐欢饮，禛贝勒也随俗浮沉，并不立异标奇。

散席回第，府中太监回，得着宫中消息，老佛爷圣躬违和，正传太医请脉呢。禛贝勒心机一动，赶忙坐车入宫，见了圣祖，请过安，遂道："子臣才回家，得着圣躬违和消息，急得什么相似。现在见御容如常，才放了心。"

圣祖道："我原不曾害什么大病，不过积了一点子食，服两剂消导药就好了。你说才回家，你在哪里呢？"

禛贝勒巴不得问这一句，即回道："在胤禩家吃饭。因为众阿哥都在他那里称贺。子臣走去，恰是适逢其会。"

圣祖道："胤禩家为什么事称贺呢？"

禛贝勒道："听说朝臣都约好了，保举胤禩做太子，所以众阿哥都去贺他。这胤禩也真礼贤下士，降尊纡贵地与朝臣交好。"

圣祖道："众阿哥都怎么样？"

禛贝勒道："大概都很欢喜，内中要算胤禵最为欢喜。"

圣祖道："为甚胤禵最欢喜？"

禛贝勒道："听说胤禩与他面约，将来就叫他辅佐呢。就是此回的朝臣，由胤禵替他转约的也很不少。"

圣祖道："你的意见如何？"

禛贝勒道："子臣再不敢稍有意见，子臣只知道上侍圣躬，只望老佛爷万年康健。余下就是自己念书，师父在上书房所教的、所讲的，常常温习还不暇。总之子臣自知愚笨，只得如此罢了。"

圣祖道："对于皇太子一层呢？"

禛贝勒道："这个出自圣恩，子臣再不敢稍有意见。"

圣祖笑道："好个知礼守法的孩子，但是此刻咱们爷儿两个私谈谈，也不算什么，你也不妨姑妄言之。"

禛贝勒道："子臣愚见，胤礽虽然有罪，究竟做过好多年的太子，还祈逾格鸿恩，把他赦免了，也可杜绝众阿哥非分之想。但是这个恩出自上，子臣断不敢替二阿哥求恩。"

圣祖听了不语，禛贝勒伺候了一会子，也就退出回家。

次日，太监回老佛爷已降谕旨，命满汉大臣于众阿哥中保奏可为太子的。此时胤禩等都非常快活，独有禛贝勒暗暗好笑。朝臣奏折，果然大众一心，都保荐八阿哥胤禩，圣祖心疑，又如询大阿哥胤禔，胤禔也力奏胤禩堪为储贰。

圣祖道："立胤禩为太子，你能够保得住他没有失德的事么？"

胤禔碰头道："若立胤禩为太子，子臣愿为辅佐。"

圣祖挥他退出，胤禔往见胤禩，额手相庆，以为册立大典不日举行了。

不意隔了两日，圣祖忽地召见领侍卫内大臣、满汉大学士、满汉尚书等，问道："前儿朕躬违和，命尔等于诸阿哥中保奏可为储贰的，尔等何以独保胤禩？胤禩曾经获罪于朕，身撄缧绁，尔等俱有耳目，岂无闻见？并且他的母家很是微贱，岂可使为皇太子？而况胤禩乃是胤禔一党，胤禔曾奏言，若立胤禩为皇太子，伊当辅他。可见伊等结党潜谋，早定于日了。当日先举胤禩的是谁？尔等各据实回奏。"

群臣听了，你瞧我我瞧你，面面相觑，都不敢陈奏。经圣祖派人密查，查得当日保荐八阿哥胤禩之议，出自马齐。于是下旨，马齐严行拘禁，八阿哥胤禩锁拿交与议政处审理。不过两日工夫，都已审问明白，把他家中供养的相面先生张明德正法示众。大阿哥胤禔，本已封为直郡王，现在为了结党谋储，革去王爵，即在府内幽禁。胤禩等空欢喜了几天，倒得了革爵幽禁的处分。圣祖又派大学士温达、大学士李光地充了正使，刑部尚书张廷枢、左都御史穆和伦充了副使，两满两汉，正副使共是四人，持节授皇太子胤礽册宝，复立为皇太子。派礼部尚书富宁安为正使，礼部侍郎铁图为副使，持节授皇太子妃册宝，复封为皇太子妃。一面派遣大臣，告祭天地宗庙社稷，满朝文武尽都上表称贺，不容细表。

单提血滴子队长云中雁接了统领贝勒爷胤禛将令，要办那小太监表妹这桩事情，访查了十来天，依然毫无眉目。不过知道这小太监姓周，叫周小五，本京人氏。他老子娘在前门设着一爿小古董铺。

这日，云中燕来京修器，兄弟两个会见了，云中雁就告知他这件事情，并求他指导。云中燕道："老弟呆极了，既然探知他家设着古董铺，就好借着购买古董为由，与他亲近，乘便探听这姑娘的消息，如果不曾送入大爷府中，就可与他说合，多许他几百银子，叫他情情愿愿送此女到贝勒家来，岂不容易？"

云中雁大喜，依计而行。找到前门周家铺，见掌柜的已有五十多岁了，人极和气，满面春风。云中雁借着看货论价，乘便探听姑娘消息，攀谈了许久，倒也探听不出什么。云中雁道："这几件东西，看是看定了，价也不很贵，我家去回过贝勒爷，就来付银。"

周掌柜听了道："原来你老人家也在贝勒府中的，不知是哪一处府第？”

云中雁道："我在八贝勒府中当差的。"

周掌柜叹道："天下偏有这么冤屈的事，八贝勒坏了事，连咱们大爷也累倒了。"

云中雁道："大爷是谁？"

周掌柜道："我们小犬净了身，在大贝勒府中当差的。所以小老儿称主子也称作大爷。"

云中雁道："掌柜说冤屈，究竟谁受了冤屈呢？就是大贝勒被累，当差的是不相干的。"

周掌柜道："第一个受冤屈的就是我。亏得你老人家不是外人，说给你听，大概也不妨。我有一个外甥女，今年才十六岁，长得真是个美人儿。"

云中雁心下欢喜，遂搭讪道："想必总许了人家了。"

周掌柜道："人家倒没有许，因为这孩子生得异样，浑身香喷喷的，脸又标致。她老子娘寻常人家不肯许，总攀一门子高亲。上月底小犬回来，说大爷知道香儿标致，要接去做个房里人。"

云中雁道："香儿是谁？"

周掌柜道："就是我这外甥女儿，她姓冯，乳名叫香儿。大爷愿出一千银子，接进府去做房里人，还应许她老子娘都有差使派。小儿告知我，这个媒要是做成了，大爷肯赏二百两。"

云中雁道："媒做成了没有？"

周掌柜道："怎么没有？可怜我那外甥女进府才得两日，大爷就坏了事，连我的赏银都没有领着，冤屈不冤屈？"

云中雁问："你外甥女进府几天了？"

周掌柜道："上月廿八送进府的，今儿是初三，已有六天了。"

云中雁又讲了几句别的话，辞着出来，径投禛贝勒府，报知消息。禛贝勒道："已经进了府么？老云，你总有法子，给我办了来。这件事我始终托你一个去办，现在探得了地方，比了茫无头绪的时光容易多了。"

云中雁没法，只得在二十个血滴子中挑了五个眼明手快、本领来得的人，约定人静后，到胤禔府中找寻冯香儿。那挑定的五人，是张英、李霸、赵勇、钱强、王胜。夜饭完毕，各人都装束起来，一切百宝袋、血滴子、腰刀等，无不齐备。挨到二更过后，街上已少人行，云中雁等六人飞身上屋，宛似六股黑烟，齐向大贝勒府飞来。明星皎洁，月丝熹微，夜行人望去，倍觉清楚。

霎时已到，云中雁道："我们人数既多，不能不预定暗号。"

张英主张拍手为号，赵勇道："拍手很好，须分出种类。进是一记，出是二记，有人来是三记。"

云中雁道："大家都记清了，咱们就进去吧。"

钱强道："我因贝勒府中房屋幽深，路径曲折，人生路不熟，进去了恐怕迷路，备下六股棒香，每人各藏一股，到那出入转角之处，插上一支作为记号。遇了敌人，退路也不至于迷误。"

云中雁大赞钱强心思精细，说毕一纵身早上了墙头。向内瞧时，并不见有人影，回身拍了一记掌，五股黑烟一齐上墙，扑扑扑，齐都跳下。云中雁道："咱们分头探去，停会子原在这里取齐。"

钱强道："我跟头领走一路吧。"于是六个人分作五路而进，各人都藏了棒香一股。

云中雁、钱强穿过曲径，越过假山，翻上了屋，就在屋上飞走探听。虽有几处房屋有人讲话，听了听，都是不相干的。蛇行鹤步，蹑足潜踪，翻过三五道墙头，越过八九个屋脊，已经出了花园地界。花园外一带十来间，都是下房，大概都是丫头、老妈子们住的，屋内人声稠稠。

云中雁低声向钱强道："下人们最喜谈论主子，这里倒是最要紧所在。你我各探一间，得了消息，彼此知会。"

钱强点点头，步向靠西两间去了。云中雁蹲伏在屋上，把耳贴住了瓦楞，听下面的讲话，只听得屋内有三个人声音，正在谈论周小五呢。

欲知探得消息与否，且听下回分解。

第三回

血滴子王府盗名姬
康熙皇深宫颁恩旨

却说云中雁踡伏在屋上，听得下面一人道："周小五这几日来，架子顿然大了，招呼他总是大模大样不大理人，好似对了什么似的。"

一个道："原来你还不曾知道？他的身份可不比从前，他早敕封为舅爷爷了。"

又一个问："谁封他的？"

察声音是两个婆子、一个丫头。先前问答的是婆子，现在插语的是丫头。那婆子道："自然是爷封他的了。再不然，真用龙封诏勒？老佛爷封他么？周小五仗的是他表妹冯香儿，冯香儿的进来，还是他的功呢。"

那丫头道："不就是那香人儿么？爷把她真是菩萨似的供养。现在把她安置在醉香轩里，一般也拨着老妈子、丫头伺候。一日里，爷总要去瞧她个八九回。有甚心爱东西，香儿一开口要，立刻就赏给她。现在叫犯着事，不然，爷早把她收房了。"

云中雁心下欢喜，舒腰起身，轻轻拍了一下掌，钱强过来，云中雁附耳道："咱们走吧。"

踔过两个屋脊，才告知他美人现在醉香轩里，你我只需探视醉香轩是了。钱强道："找寻轩亭楼阁，还是屋里找的好。"

云中雁点头，随即跳下，乃是一个长形天井，穿堂的窗恰好敞开。两人进了穿堂，只向南首屋里走去。好在外面窗儿虽然紧闭，门户洞天，出入倒很便利。走过了两处，见曲折的地方多了，钱强从百宝囊中取了火，点着了棒香，每到转角之处，总插上一炷，作为记号。一路插一路走，不意走到靠东隔巷里，见地上也插着棒香。只听云中雁道："这一条路也是通的，咱们已有人来过。"

钱强道："且探将去。"

行不数步，忽见一道灯光映射而来，远远脚步之声，渐渐近来。云中雁见没处藏身，向上一踔，蜻蜓似的伏在梁上。钱强也跟着踔上，伏在前面那根梁上。此时两个丫头已走来了，一个执着灯，一个捧着食盒，一路走一路埋怨道："偏是这种贱蹄子，偏不肯体恤人家，半夜三更要吃这样吃那样。小厨房里忙了一镇日，也要歇息了，夜里使唤得不停，人家日间还有事情呢。"

一个道："她们茶来张手，饭来张口，哪里知道当差人的苦恼？你我既派她身边伺候，也说不得了。"

先一个道："当真伺候主子，倒也心服情愿，偏是这浪蹄子，跟我们差不多的出身，不过仗着一身骚香，主子爱上了，弄了进来，这么时候，还不安安分分挺尸，还要这么地浪。晚饭时光，偏不肯好生地吃饭，到这会子嚷饿嚷饱，要你我奔走。"

一个道："你还不知道吗？冯姑娘嫌醉香轩不宽畅，向爷说了，爷叫收拾红薇馆。过了明儿，就要搬到红薇馆去。那边到小厨房，比了这里还要不便呢。"

云中雁听得明白，轻身跳下。钱强也跟着跳下，轻步跟随。

转了三个弯，便见灯光明亮，六七个上夜的太监、婆子，正团坐着抹牌。那捧集食盒的两个丫头，便进那屋子去了。云中雁暗忖，上夜的人这么多，还是外面进出的便利。于是返身退出，叫钱强开去小轩的窗，两个人从窗口蹿出，跳上屋面，轻步踏瓦而行。听得下面笑语声、抹牌声，知道已是上夜所在了，两个人轻灵矫捷，宛似两只猿猴，向前越过一个屋脊，下望天井，灯光映射，知道是醉香轩了。

云中雁蹿向屋檐，用一脚钩住檐下的水溜，倒挂了身子，向窗内张看。钱强便跳下天井，伏在窗外张看。那窗棂上面的明瓦，恰恰脱了两块，所以云中雁瞧得倍觉清晰。只见绛蜡高烧，照见那个坐在炕上的姑娘。约莫只有十六七年纪，果然俏丽得很。面如中秋之月，不过比了月稍带着子长形；色如春晓之花，不过比了花多点子生气。眉如翠柳，发似乌云，一双春水眼，横波善睐，配着脸上的浅涡，愈显得千娇百媚，举动生春。瞧她正在吃什么，露出一段玉腕，嫩若白藕，柔软无骨，那手指的活润更是不能形容。云中雁暗忖，我生平不喜女人，不知怎么，一见了此女心里也怪疼她的。但见旁边有两个丫头伺候着，屋子里布置也很精致，古董书画，位置井井。向阳处摆有妆台，台上镜奁以外，更有许多耀眼争光的小东西，大概是女人们所用的首饰，也叫不出名儿来。只是不见床，大概房间还在套间里呢。这卧房是最要紧所在，倒不可不探一个明白。

想毕把手一按，一个鹞子翻身，翻上了屋面。轻轻把手拍了两下，钱强听得是退的暗号，纵身上屋，低问："退么？"

云中雁附着他耳道："你去知照他们，叫他们在后面花墙隔巷中等候，我少停即来。"

钱强遵令，蛇行而去。云中雁数着瓦楞，步到里间屋面，轻

144

轻揭去瓦，扳开望板砖向下瞧时，果见牙床罗帐，是房间了。只点得一盏油灯，一个小丫头子在那里打盹呢。瞧毕盖好了瓦片望板，在百宝囊中取出光粉，做了一个很大的记号，然后向花墙夹巷而来。

行到那里，张英、李霸等已都齐集，彼此询问。张英道："我探到上房，恰恰撞着福晋，背后又来了两个太监，没处藏避。我就急取百宝囊中的鬼脸子带上直向福晋冲去。他们只道是鬼，吓得晕了过去，我就趁乱里逃出。"

云中雁就责备他太莽撞："我们今夜来，为的是什么？万一被他们瞧穿了，大事不就坏在你一个手里么？"遂道："美人的卧房我已探得，停会子动手偷盗。但是偷人这件事，可不比偷别的东西，鸡鸣返魂香我已预备下了，熏倒之后，动手自不很难。不过地方太大，房屋太多，无论屋上地上，抱了这么大一个人行走，要是有人追来，断断不能抵抗。再者，从此间到统领府中，隔着三五里路，也断没有人有这的长力。"

众人都道："我们帮着背负就是。"

云中雁道："那个自然。我看咱们六个人，可以分作三队，每队两人，那中间的是一个背人，一个防敌，余两队一队在前开路，一队在后断后。三队互相轮流，你们看好不好？"

众人齐称很好。云中雁道："时候到了。"于是扑扑扑六个人齐都跳上了屋，只向醉香轩飞扑将去。已经做过很大的记号，一找就找到了。云中雁叫张英等在外面寻风，自己鼻管中塞了解药，从百宝囊中取出鸡鸣返魂香，取火点透了，跳下地就从窗上挖去了一块明瓦，把香就从窗孔中送进去。

看官，这返魂香有一副器具，差不多像目下广式水烟袋样子，点透了香，就把嘴戳入屋中，使的人却用口对准了那烟袋头似的机关上，鼓气一吹，一缕香烟就悠悠地布向屋中去。屋中的人只要闻着香气，顿时昏蒙如醉，任人摆布。这返魂香的方子药味，都载在《拳经》上面，厉害非凡，被它熏醉了，直要半日足工夫，才能醒来呢。

当下云中雁把返魂香尽力鼓吹，霎时间早布满了一室，侧耳听时，声息全无，眼见得两三间屋内连上夜的人都醉倒了。把手拍了一下，钱强、张英两人跳下，云中雁从百宝囊中取出钢凿，凿开了窗，招呼钱张两人，鼻管中都塞上解药，一同进房。且无暇观看别的，直向床前来，见脚踏上两个丫头也睡得沉沉的。云中雁揭开罗帐一瞧，只见冯香儿面向床里睡着，上身穿了银红绸的小袄，下身穿着湖色绸裤子，侧转身子，睡得正浓。云中雁挂起了罗帐，轻舒猿臂，只一抱，早把个绝世美人抱在手中了，怕有差误，站了一个坐马势，将美人平放在腿上，用臂住了粉颈，借着灯光一瞧，长眉入鬓，双涡欲笑，鼻息微微，放出一阵阵兰花香气，不是冯香儿是谁呢？

云中雁抬头，见衣架上搭着一件灰鼠大红哆啰呢的雪衣，向钱强道："老弟，烦你把雪衣取下，冻坏了美人不是耍的。"

钱强取下雪衣，云中雁接来，替冯香儿披上，裹了个严密，遂道："咱们走吧。"

六个人走出天井，一齐飞身上屋，叫张英、李霸开路，赵勇、王胜断后，钱强执刀护卫，六人三队，急步飞行，不知越过多少墙头，翻过多少屋脊，三队轮流断后，到了花园中，云中雁叫李霸抱了美人儿，与张英两个做了中军，钱强、王胜开路，自己与赵勇断后。中军才出了花园墙，胤禔府中的家将恰好查夜过此，瞧见了云中雁、赵勇，连喝有贼，击起锣来。云中雁一个虎跳，跳到那人背后，把血滴子只一照，那家将的脑袋早没有了，余下的那个要喊，结住了舌，一声都喊不出，要走，钉住了脚，一步都移不动。云中雁、赵勇便飞身出园，追着中队。六个人飞行到禛贝勒府，也不从大门而入，蹿身上屋，落叶般飞下。

云中雁第一个入内，禛贝勒因听候消息，还没有安睡。见了云中雁，问："事情如何？"

云中雁道："托贝勒爷的福，果办到了。"

禛贝勒大喜，忙问人呢，张英已抱送进来，云中雁指道："在这里呢。"

禛贝勒喜得亲手去接，接到手，就灯下解开雪衣瞧时，分明是软绵绵一枝醉海棠花，遂抱了入内去。一面摆酒请云中雁等六人吃喝，禛贝勒亲自斟酒相敬，说道："诸位辛苦了。"

云中雁把偷盗情形，如何探听，如何设策，如何动手，如何出关的话，细细说了一遍。贝勒连声夸赞。

禛贝勒此时真走着一派佳运，谋无不就，计无不成。次日，又得着一桩天大喜事。圣祖特颁恩旨，勒封四阿哥胤禛为和硕雍亲王。胤禛急忙朝服入宫，叩头谢恩。此时各阿哥中同拜恩命的共有八人，三阿哥胤祉是封和硕诚亲王，五阿哥胤祺是封和硕恒亲王，七阿哥胤祐是封多罗淳郡王，十阿哥胤䄉是封多罗敦郡王，九阿哥胤禟、十二阿哥胤祹、十四阿哥胤禵，都封为固山贝子。退朝下来，便是弟兄们互相道贺，忙碌了好几天。

欲知后事如何，且听下回再讲。

第四回

军舰坐花提台失印
衙斋飞剑县令助捐

话说禛贝勒受封雍亲王，是十月初四日。云中雁送到冯香儿，是十月初三晚上。这一晚上，禛贝勒接抱在手，便轻轻地抱了闹春轩去，安置在湘妃榻上，叫丫头们炉中添上了炭，亲自剪去烛花瞧时，见冯香儿双眸如线，沉沉地睡去，鼻息微微，吹气如兰，不禁心生怜爱，忙叫人向云中雁要了解药。这解药是极细的药末子，只消挑取少些，喷向鼻中，就会醒来的。因为返魂香也是由鼻闻入，鼻为肺窍，口为胃窍，麻醉得虽然厉害，仍可由呼吸而解，不必吃喝呢。

当下取进，禛贝勒亲自动手，挑了些在小喷瓶内，对准了冯香儿鼻管，喷了一会子，两鼻管都喷足了。半晌，就见冯香儿打了一阵喷嚏，醒了回来。星眸乍启，玉腕双舒，伸了一个懒欠。瞧见禛贝勒等几个人，都是不认识的，又瞧了瞧地方，惊道："我在梦中呢？这是什么所在？"

禛贝勒早叫丫头递过参汤道："喝一点儿，养养神，待药性退尽了再讲话。"

丫头递过，冯香儿也不来接，就丫头手里喝了两口，摇摇头不要了。禛贝勒嘱咐丫头们好生伺候着，自己就出来应酬云中雁等一班豪杰。一会子进来，见香儿已坐在榻上向火炉呢。禛贝勒便挨着她身子坐下，执住了玉手，但觉肥腻滑润，柔嫩可爱。问道："你十几岁了？家里还有什么人？在那府里几天了？大爷跟前待你好不好？"

冯香儿道："你是谁？我好好睡在醉香轩，怎么醒来会在这里呢？"

禛贝勒笑道："你还不知道呢？你们大爷早把你送与我的。现在你便是我的人了。你称我四爷就是了，我可不比你们大爷，你要什么我会立刻替你办到。"

冯香儿道："原来爷就是四爷，只是我如何到此，怎么连我自己都不曾知道？"

禛贝勒道："那是乘你睡着，我叫人接你来的。你安心在我这里，包你比在那府里好多倍呢。"遂又密密切切温存了一会子。

次日，接到封王的恩旨，雍亲王叫香儿命好，一进门就遇着天大的喜事，便把她愈加宠爱。只可怜大贝勒失掉了宠姬，伤掉了家将，真是雪上加霜的苦。我也没暇去写他。

却说血滴子队长张人龙，最喜路见不平，拔刀相助，并且他喜欢留给人家一个记号，是一小枝粉溜的梅花，所以不论是谁，瞧见了粉溜一枝梅记号，就吓得魂飞天外，魄散九霄。

这日，张人龙随意流行，行到江苏金山卫地方，忽闻行人传说，海寇攻城，提台大人亲统了兵船查海，协台因为本地没有好姑娘，特派了头号快船，两橹四桨，赶到苏州接了两个好姑娘来。提台大人今儿总喜欢了，只要他老人家一欢喜，协台功名可就有望了。

张人龙插问道："海寇攻城，提台是个元帅，全军之将，怎么倒这么的安闲自在？"

那人笑道："他老人家自在，客人你倒敢管他不成？"

张人龙道："我也不过白问问，提台在哪里呢？"

那人道："水师营扎在海口那艘最大的大船上，竖着三军司令大纛旗的，就是提台大人坐船。客人，这艘船真是大不过，差一点儿的房子，哪里比得上它？上面扯有五道大篷呢。"

张人龙道："我去瞧瞧热闹。"

那人道："你瞧便静静瞧一下，千万不要多言多语。前儿有几个人多讲了几句话，被船上将爷们听得，拖上船打了个半死难活，还要拿作海寇办，好容易苦求下来。"

张人龙道："我自省得。"

当下走到海边，果见三五十号战舰一字排开，齐整得雁阵一般。旌旗飘扬，很是威武。那中军大舰巍峨如山，舰上丝竹悠扬，协着笑语欢呼之声，一阵阵吹上岸来。那岸上一大舰都用竹叶小船划桨飞渡。张人龙记在心里，见夕照抹海，霞色横空，始缓步而回。

这一夜提台宴罢之后，就留两名苏州姑娘在舰中侍寝，刁斗终夜，防备得异常严紧。哪知道次日起身，案上印着一枝粉溜梅花。大惊失色，全舰遍搜，倒也不曾短什么。

协台上船请令提台道："办粮的告示，已经预备好。"遂命请出印来，用了印好发帖。不意才印得三两张，协台就失声怪叫起来。提台问是什么，协台道："这是本县城隍印文，军门大人的印信呢？"

一句话提醒，果然是方印。提台也慌了手脚。协台道："这事交给卑协，待卑协挨户去搜查。"

提台道："且邀老夫子来商议商议。"

那老夫子果然很有见识，向提台道："此事只好密查，万万声张不得。遗失印信，责任很是不小。这一枝梅是江南的大侠，必是军门有什么落在他眼里，所以他要与军门玩意儿。他要有意耍子，咱们虽有千军万马，也不济事。我看以后还是谨慎一点子的好。"

提台急道："日后谨慎的话且慢提，眼前怎么办？失掉印信，可不是玩的。"

那幕友道："现在钤的是不是金山县城隍神的印？"

提台道："如何不是？"

那幕友道："只怕军门的印信倒在城隍庙里，也说不定。"

提台道："不差，定是这位一枝梅调换了吓我的。亏你想得周到，咱们快去找找。"

于是大众赶到城隍庙，只见神案之上，正供着一枚长方印信，不是江南提督军门的是谁的？印信下压着一张纸。提台见了印信，如获至宝，快活异常，急忙取在手中，瞧那纸上写是："提督挟妓，身犯军法。夺你印信，姑与轻罚。"这位军门从此敛迹了好些。

一日，张人龙渡过长江，见江北一带八九个州县一片荒凉，无数灾民流离奔走地逃荒。询问情形，知道遭着水灾，现在水势虽然退增，田庐屋舍，半遭漂荡，没法子只得逃向江南去。

张人龙道："水退了，冲掉的很该赶快补种。"

众灾民道："我们也愿补种，一来没有籽种，二来也要耕田农具。现在求恳官府，官府不肯做主，求恳绅董，绅董又不肯管事，叫我们怎么样呢？"

张人龙道："难道江北的官绅都是这样的么？"

灾民道："好人有是有两个，只是好人少，歹人多，势力很够不上。盐城的宋举人揭晓募赈捐，拿了捐册，一城一城地求捐富户。那些富户非但不肯捐助，倒都怪他多事。有几个说，我们自顾不暇，谁有那么大工夫来顾这灾民？钱财为性命之源，要我们捐钱，就是要了我们的命。难道倒为了这几个没要紧的灾民，捐掉自己性命不成？"

张人龙道："这里富户多不多？"

灾民道："很多呢。"遂指出东村张某、西镇李某、南门孙员外、北城徐朝奉，一共说了十多个，张人龙记在心里，遂道："你们且慢逃荒，静候两三天，或者这两三天里，有人来办赈济也说不定。"

众灾民半信半疑，一老者道："我们逃出去，原也祸福莫保，且候三日也不妨。"

张人龙道："宋举人住在哪里？"众人告诉了他地址。

却说宋举人名复初，为了赈济的事，说到个舌敝唇焦，办到个焦头烂额，只集得百数十千钱，很是闷闷。每晚对着捐册，浩然长叹而已。哪里知道这日起身，案上的捐册忽然不见，却印着一枝粉溜梅花。大惊失色，自语道："我办此事，亏得没有丝毫私心，要是被侠客查了出来，性命定然不保。"

不意过了三日，邻人王三官忽把捐册送来，道："途中遇一大汉，给我这东西，叫我送到此间，并邀你老人家到河滩码头，他候着呢。"

宋复初揭开捐册一瞧，捐集的钱很不少，那几位捐户都是自己去过，千求不应的悭吝大家，捐的并且都是大款，整百整千，也有捐米谷的。最怪的是末一户，就是本县县太爷严公祖，他老人家最反对赈济，此刻却独捐了一千八百两银子。钤着朱印，真是明明白白。宋复初随了王三官到码头，见银钱米谷都已送到，各捐户都亲自送来，交于宋复初。宋复初始得大行其志，大大放赈。从此之后，那些巨室大家常常无故自惊，说是一枝梅来了，一枝梅来了，哪里知道张人龙早如野鹤闲云似的飞向徐州去了。

张人龙在徐州市中，忽见三四个家人模样的人，押着一个少年瞽女，由西向东，那瞽女无珠之眶，泪落如珠，道："我这几天病得不能做生意，他连这点子情义都没有，究竟受过吾家大恩，我自知命苦，也不怪他，但是这会子要医病服药没有钱，要吃点子东西没有钱，别说做过三年夫妻，就是旁人见了我这样，也要怜悯怜悯呢。"

那几个家人道："这些话劝你少说几句吧。少爷听得了，你又要吃不住了呢。"

瞽女道："我虽然瞎了眼，心里却很明。他虽明着眼，心却全瞎了呢。"

张人龙暗忖，这其中定有缘故。跟着他们转过两个弯，到一座小小茅屋，那起家人送瞽女进了茅屋，向她道："你好生安分着，我们要去销差呢。"

瞽女道："倒辛苦你们。"

人龙待他们去远，跨进茅屋。瞽女早已觉得，忙问是谁。人龙见土壁上悬着三弦，知道此女会算命的，遂道："我要请先生推一个年造。"

瞽女道："请教尊庚。"

张人龙随便编了一个年造，瞽女掐指推算。一时推毕，人龙摸出一锭银子，约莫着有二三两，遂道："先生且权收了使着。"

瞽女惊道："客人何必这么厚赐？"

张人龙道："先生现在病着，需钱医治，我是知道的。只是方才送先生回家的那几个人是哪一家的？先生与那家到底有何关系？”

　　瞽女见问，不禁泪涌如泉，哽住了咽喉，竟说不出来，瞧她的样子，很是痛心呢。

　　张人龙道："我是过路的人，很喜欢管人家闲事。先生告知了我，或者能够帮助先生也说不定。"

　　瞽女便止住了哀痛，诉说出来。张人龙听了，不禁大怒，就连夜飞入那家，行使那血滴子利器。

　　欲知怎么一回事，且听下回分解。

第五回

周南江黑夜失头颅
一枝梅飞行斗鱼壳

  却说瞽女姓金，闺名瑞芬。老子金雄伯，是个武举人，设着金恒盛米行。在生之日，很有点子手面。瑞芬既无叔伯，终鲜兄弟，雄伯夫妇便把她视同掌上珍珠。不意五载上害了目疾，广征名医，愈治愈剧，一双善睐明眸，竟至一瞑不视。天缺西北，地陷东南，也只好付之一叹而已。七岁上乃父雄伯患了时疫身故，她的母亲钱氏便把米行收歇，母女二人相依为命，守着点子遗产度日。

  瑞芬长到十六岁，长身玉立，娉娉婷婷，盛鬋丰容，宛然是个美人儿，就可惜有了点子缺陷。有好多寒素子弟，仰慕赀财，请了媒人来说亲。偏是钱氏太太眼界很高，定要择一个门当户对人家。那门第相当的子弟，谁愿意娶这瞽女为妻？耽搁到十九岁。

  这一年，就有个著名讼师周举人的儿子周南江，挽人来求亲。金太太见他本身是个秀才，家里很过得去，又是孝廉门第，哪有不愿意之理？哪里知道这周南江受着乃父讼师的家学渊源，真也刁钻不过。他家里原是有着妻子的，为了图谋金瑞芬，竟会把结发妻子，诬了个奸淫的恶名，休回母家。他知道瑞芬并无弟兄姐妹，这一进家私，稳稳总是瑞芬承受的。因此许了媒人重酬，三寸不烂舌，两层嘴唇皮，一阵巧语花言，便把金太太说得万分相信。娶了过去，曲意承欢，夫妇之间果然异常恩爱。

瑞芬嫁后两年，金太太也得病身故，临殁的时候，把瑞芬重托南江，南江一口应允。不料金太太尸骨未寒，南江待妻子已经换了个样子。后来一日坏似一日，甚至衣食不给，打骂无休。瑞芬受不住虐待，逃了出来，南江派人寻回家来，说她背夫私逃，定要活活处死。经亲戚们劝解，做好做歹，叫瑞芬立了一张自愿休退的纸，逐出周姓门墙。可怜一个青年孀女，孑然一身，怅怅何之？满情郁愤，没处声诉。

也是天无绝人之路，遇着一个瞽目老人。老人是做算命的，听得瑞芬哭泣，问起情由，倒很怜悯她，把她带回家中，认为义女，就教给她算命之术。从此挟术卖艺，苦度着日子。现在老人也已作故，瑞芬独个儿栖身茅屋，偏偏害了个疟疾，三日中倒有两天病着。贫病交迫，不能够卖艺。有人替她画策，说周南江很是有钱，你们姓金的一分家私，又都在他手里。你与他究竟有几年夫妻之情，现在这么苦楚，走上门去，未见得不念动前情，周济一二。瑞芬没法，只得依计而行。哪里知道摸到周家，被南江喝骂一顿，叫家人押她回来。

现在张人龙询问，瑞芬便从头到尾，带哭带诉地说了一遍。人龙怒道："天下竟有这种没良心的狗子？何不到衙门告他一状？"

瑞芬道："如今的官哪有工夫替百姓们申冤理枉？铲地皮刮银钱都不暇呢！再者周南江常在衙门里出入，经手人家官司事情，官府仗着他弄钱的，叫我向哪里告去？"

张人龙问明了周南江家的地址方向，告辞回寓。次日，徐州城中就传遍了一件新闻，说周讼师的儿子周南江昨夜好好地睡下，不知怎么就短了一个脑袋，案上却印着一枝粉溜梅花。

张人龙怀着血滴子游戏人间，宛如行云流水，在徐州诛掉周南江之后，又取得二三百两银子，赠予瞽女，叫她到外府他州安身立命。正拟北上，在酒店中得着消息，知道江南地方新出两个大人物，一个是大盗鱼壳，有飞檐走脊之能、蹑足腾空之技，高来高去，任你高房大厦，紧锁重门，半夜里他要取你东西，宛如探囊取物。有了这么本领，偏偏又欢喜采花。江南女遭他污辱的，不知凡几。一个是新制台于成龙，法严于霜，官清如水，最喜私行察访，最恨贿赂苞苴。到任不过一月以来，江南的妓寮戏馆，闭歇的竟有一半，民间争穿布褐，布价顿时腾贵。那贪官污吏经他参掉的，也不知凡几。

张人龙一面喝酒，一面暗忖，天下竟有这么的清官，真是龙图再世，我倒有点子不信。天下竟有这么的大盗，除了我们血滴子外，还有这空中来去的本领，我也很不信。倒要去瞧瞧，跟他比赛比赛。主意已定，遂又南行。

这日行抵扬州，先到平山堂赏览了一番风景，然后在市上行走，见左卫街上高大商铺，鳞次栉比，购物的人擦背挨肩，人烟稠密，富丽繁华，果然为江北第一。随步走去，不觉已到校场，择一家茶馆入内坐下。听得邻座讲话，谈论的无非是大盗鱼壳。

一个道："汪盐商家里，门不开户不启，会失掉一小箱珍饰。江都县去踏勘，竟然勘不出来踪去迹，不过见那只小箱，高高地安放在他家大厅屋脊上，几个快班用了梯子，好容易爬上屋去，踏碎了无数瓦片，爬到屋脊，才取下那只小箱。只见首饰依然满满一箱，只不过少了五串精圆新光珍珠手串、两个乌金颗子、一

157

块红宝石，其余赤金手镯、珠花珠镯、金杯金钗以及寻常珠手串等，依然纹风不动。"

一个道："为甚不全取了？"

先一个道："你不知道这鱼壳原是非常大贼，寻常珍饰哪里入他的眼？"

那人道："听说鱼壳很喜欢采花，在这扬州城中，幸喜采花的案子倒还不曾见过。"

先一个笑道："他又不是像平话书上说的，采过花就用刀杀却。那遭他污辱的，又都是乡绅大户人家，谁家不爱脸面？内眷被人采了花，还愿意晓扬出去丢脸不成？自然没人说起了。"

张人龙暗忖，鱼壳的本领听来真是不小。忽见一个稍长大汉，昂然而入，剑眉星眼，猿臂狼腰，生得异常气概。穿着青绸羊皮袍子，千针帮双梁跳鞋，浅蓝布袜子，头戴胶州毡笠子，不穿马褂，不束丝带，大踏步进来，泡茶坐下。那人见了张人龙，不住地用眼来盯。

喝了大半日的茶，张人龙给付茶资出处，又到酒馆吃过了饭，在私街小巷各处散步。步到一处，忽见茶馆中遇见的那汉子，正在一家后门外徘徊窥探。张人龙心中一动，抬头见楼窗口倚着两个女郎，仿佛俏丽得很，并肩在那里瞧野景说笑。下面站的汉子却站住了脚，目不转睛地打量，楼上两女郎还没有觉着呢。张人龙估量情形，这厮大约就是鱼壳了。一会子，两女郎闭窗进去，就见那汉子从身边摸出一段乌炭，在雪白的粉墙上，画上一个大黑圈。画毕，扬长而去。知道这就是采花的暗记，因随步闲行，留心察访，见大户人家墙上画有此项记号的，很是不少。

回到下处，凝视养气，将息了少半天，自觉百脉舒畅，从鼻管中吸入的气，由心主的命令，从任脉下降到丹田，再从尾闾超到督脉，上升巅顶，仍由鼻中呼出，周身和暖濡润。那血脉的流行，心君的跳动，合目返视，无不历历如见。

看官，这便是少林内功。血滴子队长，没一个不是从此入手的。医书《难经》上说的"呼出心与肺，吸入肾与肝"，就是指此。这呼吸功夫成功之后，然后再练上屋飞行。先在平地上掘一小坎，只有面盆般大小，可以容得双足，飞练的站在坎中，直着两膝盖，向上跳跃。那两膝不能稍曲一曲，能够从坎中跳出平地，然后渐渐加深。起初不过五寸来深，跳出了把土一层层地铲去，这坎便一层层地加深。铲到一尺来深，直着膝盖跳出了坎，再做第二遍功夫，依然掘了个五寸来深的坎，两脚脖上衬了丝棉，外扎上铅锡，再这么跳跃。跳出了，铅锡渐渐加增，从一两起加增到半斤为止。那坎从五寸起加深到一尺为度。倘能两脚各扎上半斤铅，直着膝盖跳出了一尺来深的坎，去了铅，曲了膝，十丈高的城头也能够一跃而上呢。飞行功夫成功了，再行练耳练目，练得背后不论什么兵器蓦地飞来，不待它近身，就能觉着。目练得黑夜飞行，望到五步以内东西，不异白昼。

这张人龙于飞行之外，更有一样惊人的本领，是打金钱镖。发出去百步之内，百发百中。练习的时候，面前放一个很大的倭瓜，两指夹着一枚康熙钱，望准了只向倭瓜飞掷。初飞的时候，铜钱到瓜是平击的，钱面向瓜一碰，就反击在地上。飞到后来，渐渐钱边向瓜了。练到功夫纯熟，那钱边便能哧的一声，侧击进瓜去。愈练愈熟，手中也愈有劲。一钱飞来，哧然把瓜击了个对穿，只有钱边厚薄一线小孔。飞穿了瓜，再飞木桩等稍坚硬的东西，等到木桩之上，钱飞得再准，再改练砖石等坚物，功夫纯熟，便能手随心转，百步内飞人，再无不中。带上数百铜钱，就能伤掉数百的人。不过这一样暗器，非到万不得已时光，轻易是不肯用的。

　　当下调气吐纳，做了好半天工夫，就在下处吃了晚饭。候至更深人静，听得寓中只有鼾声喧耳，熄灭了灯，夜行衣服早已更换定当，轻轻地开窗，回身掩上，一纵身早上了屋顶。飞行如蛇，踏瓦无声。听得街上查夜打更，正打着三更。张人龙蹑足腾空，越过好多座屋脊，跃过好多条街道，粉墙在望，日间那家已经到了。蹿身过去，就檐际横身卧下，静心守候。候得一刻不到，就见对面屋上一条黑影飞一般地来，知道是鱼壳来了。瞧他的步法身法，轻捷伶俐，似在自己之上，倒不可轻敌。暗忖："这厮来是为采花，我且等他采到之后，再与他较量。"

　　想着时，那人已越过此间屋上来了。张人龙伏着不动，只见那人一翻身，早过了屋脊。人龙赶忙跃起，紧紧渡着，伏在屋脊上瞧时，见那人用脚钩住檐溜，倒挂着身子，在那里开楼窗了。呀然一响，楼窗已被挖开，徐徐探身而下，屋上的瓦纹风不动。张人龙不胜佩服。

　　欲知后事如何，且听下回分解。

第六回

鱼壳遇敌返家园
枭橐重金聘名捕

却说张人龙见那人已经探身入屋，忙着跟过去，一个箭步，跳到檐际，倒挂了身子张时，他挖开的那扇窗已经半掩。就窗隙里望进去，室内灯光明亮，那人手执钢刀，面向牙床，正把刀尖儿挑那罗帐呢。挑起帐子，一手把帐子挂，回身移灯，脸恰向外，瞧得亲切，正是日间茶馆中遇见的那人。只见床前放有两双女鞋子，估量去大概床上睡的姐妹两人。只见那人右手执着刀，左手就被窝中拥出一个女子来。那个女子陡被惊醒，见了刀，吓得只有个抖。

那人道："你嚷我就杀却你。我就是鱼壳，为爱你特来。别慌，包不难为你。快从了我，咱们乐一会儿。"

那女子哭着求免，那一个女子也被惊醒，见鱼壳带她姐姐，跪在床上求告道："我们的首饰衣服，都愿送给你，只求你免了我们两个。"

鱼壳道："这可不能。谁稀罕你们东西？我只爱上你们两个人呢。"

张人龙瞧得愤火中烧，再也按捺不住，大声道："欺负女子不算好汉！省事的快出来受死！"

鱼壳大惊，真心丢下女子，抢了一件衣服，飞身而出。踢开窗，先把衣服丢出，那身子也就跟着蹿出。这是夜行人架数，先丢衣服，是防备敌人算计的道理。鱼壳蹿身上屋，两个人就屋面上动起手来。人龙见鱼壳刀法精熟，挑拨钩送，没一点儿隙漏。战有半个时辰，不分胜负。张人龙退至屋脊，作势猛进，想抢他下三步。不意鱼壳轻捷伶俐，早让向左侧，反如鹰鹯般搏将来。此时下面忽然锣声大起，接着喧哗扰攘，只听得乱嚷着："别放走了屋上的人！"即有人布梯爬上屋来。鱼壳丢下张人龙，蹿房越脊，向前面逃去。张人龙也就向右边屋上跳去，梯上的人执着灯笼爬上屋时，静荡荡的只剩一个屋顶。

我且不去表他，单说张人龙回到寓所，邻舍中依然鼾声呼呼，好梦正酣呢，也就解衣安歇。次日，便仍到小巷私街闲逛，留心察看新画的黑圈，竟然没有。茶坊酒馆中也没有遇见。一连三日，都是如此，料鱼壳必往他埠去了。张人龙便也搭船过江，先游镇江，后游南京。在镇江地方，听得人家说的都是于制台的厉害，别无新奇事实可记。

这日，人龙搭着航船到下关，见乘客中一个老者谈风极健，讲起于制台来，更是活龙活现。只听他道："人家说于大人是包公，我看比了包公还要厉害呢。于大人从前在罗城县任上，且慢讲讼无冤狱，路不拾遗，他竟有本领把个极贫极苦极荒的罗城县，治理得兴发起来。后来升任合州，罗城百姓直送出一二百里。内有一个瞎子，独留不去。于大人问他，瞎子道：'我知道老爷无钱，如何能走这千里长途。小人会的是星卜，可以一路卖卜算命，贴补吃用。'于大人竟靠这瞎子的力到任的呢。"

一客道："听说于公在黄州时光，极会办盗者，著名大盗，

162

正法的正法，改行的改行，积年盗窟一扫而空。现在到了南京来，南京的鱼壳，总也要办掉了才好。"

一少年笑道："鱼壳哪里办得下？他有驻防都统暗地帮忙，谁敢碰他？再者他的本领又来得，也不能够碰他。"

老者道："于大人是说不定的，别人怕势，他老人家不拍势。若说本领来得，从前大冶的黄金龙、刘君孚，都有万夫不当之勇，召集亡命六七千，筑寨立营，官兵剿他，几回都吃败仗。那么的声势，那么的厉害，于大人单人独骑，用了一个小小计谋，黄金龙、刘君孚究竟都死在他手中。现在鱼壳狠煞不过一个人，我们瞧着是了。"

张人龙插问道："于公做官是清了，办案明不明呢？"

老者道："明得很。隔府的冤狱他做州县时光，都会办的呢。他在罗城县任上，邻县有一件冤狱，是弟谋兄产的事。弟是秀才，兄是个商人。那兄在外面经商，辛苦积下的血汗钱，历年汇寄到家，托乃弟代为置产。不意弟起了谋心，买进田房各产，都用自己的名字立的契。等到乃兄收店回家，想过那安闲日子，享点子清福，都被老弟吞占了。乃兄气极，到县里告状。审了几堂，吊到卖主中证，都说是卖于乃弟的。县里就说乃兄一面之词，难于凭信，批斥不准。告府告司，又都遭批斥，乃兄万分气苦。听得罗城县于青天的声名，大远地赶来告状。于大人问明缘由，果然准了。"

张人龙道："隔府的事情，准了也难审理。"

老者道："于大人竟会想出一条妙计，用一角公文，行到邻县，只说获着一伙大盗，审出窝家某秀才，住在某地，希即拿获移交，以备归案严办。邻县见是窝盗重案，自然不敢怠慢，立把乃弟锁拿，解交到罗城。于大人立刻坐堂审问，问他你既是个秀

163

才，为甚不安分念书，胆敢窝赃通盗。那人极口呼冤。于大人道：'即不窝赃，你一个秀才家，哪里来的钱置办得这许多产业？'那人道：'钱都是我哥哥寄回家的。'某年寄回几多，某年寄回几多，逐一供明。问他：'你哥哥叫什么名字？做什么生理的？'那人此时只求免罪，哪里还有旁的心思，句句直供，毫无隐瞒。于大人叫他画了供，遂道：'凭你一面之词，碍难凭信。须得你哥哥来衙作保，才好放你回家。'把他收了禁，隔上六七天，才叫他哥哥做了个保，放他出监。向他道：'没有你哥哥来保，一辈子也不能放你。据你哥哥禀称，他找你置办的产业，他要收回自己经管了。你可把账目契据一切缴来案上，由你哥哥具禀领去，才能放你。短了一件就不行。'那人只得遵谕办理，写信回家，把一切契账缴案了完结。"

张人龙听在耳中，记在心头，暗忖这于成龙果然厉害，倒要去瞧他一瞧。

船到下关，给资上岸，各处逛了一回，便进城找了个寓所，晚饭之后，也不换什么衣服，向店家说出去瞧个朋友，径投制台衙门来。好在相离不远，不一刻就到了。只见辕门里歇着轿马，灯笼执事，都写着江南按察司使官衔。忖道："道上更快了，臬台还上辕干什么呢？"抄到署左，四顾没人，一纵身跳上了屋，伏着身，飞行如蛇，越过了五七个屋脊，下望都没有灯光，知道都是空房。行至一处，瞧见天井中映有灯光，听得屋子里有人讲话，伏着身子静听。

一个道："司里遵谕办理是了。只是司里还有一事，要恳求大帅赏脸。大帅此番到任，独个微行，悄悄地进了省，属员们都不曾申得敬意，孝敬上酒席，又都遭发还。省中人员知道大帅清廉，谁敢不仰体宪意？但是司里看来，此种酒食细事，究比不得旁的东西，人家究竟是一片诚意，大帅似乎该体贴他们一二。再者司里与大帅还有一重年谊，司里父亲与大帅是同年，大帅确是司里的年伯呢，别人的不受，也还罢了，司里孝敬上一杯素酒、几味粗肴，总要恳求赏一个脸，这点子也绝不至有伤清操。"

张人龙知道讲话的就是臬台，听他称呼，知道对语的就是于制台了。只听于制台道："承蒙见爱，但是把他物见惠，不如把我心爱的东西赐下，那我就很感盛情了。"

张人龙暗笑，原来此老也有心爱东西。听得臬台道："大帅要什么？吩咐下来，司里立刻办上。"

又听于制台道："我最爱的就是那江南著名的鱼壳，费老哥的神，给我办了来吧。"

张人龙听了，很是佩服。遂听下面高声呼"送客"，一阵靴声响，送了出去。张人龙蛇行而出，跳下身，徐步回寓。

店家道："客人回来了，这里于大人告示，过了二更，没有灯，街上就不能行走呢。"

人龙道："我初到，没有知道呢。"

等到夜静更深，换上夜行衣服，飞上屋，径向臬台衙门来，探个动静。行到一瞧，只见灯光明亮，员役人等穿梭似的出入，好似办着什么要事似的。张人龙在屋上飕飕地行，下面自有着许多人，一点子都没有觉着。行到签押房，听得下面正讲话呢。

臬台道："上头出了这么难题，我也没法，我只有严限你们了。现在给你们十天限，给我把鱼壳拿来，满了限拿不到，休怪我没情。拿到了本司赏你们白银一千两。"

又听得一人道："大人明鉴，鱼壳的本领，本司各役哪一个用得上？别说大人赏限得十天，就宽恩再赏十天二十天，也不能够拿捕。"

臬台道："依你说是再不能拿他的了？"

　　司役道："司役实不是他的对手。大人定要拿他，除非另聘能手。"

　　臬台道："能手在哪里？本司却没有知道。"

　　司役道："镇江城外谢村中，有一个出色英雄，姓甘名凤池，名列南中八侠。聘到此人，可以稳拿鱼壳。江阴城外，有一个老英雄，绰号叫飞来峰，从前在湖南当过捕快，也很出色惊人。这两个不论是谁，聘到一人就得了。好叫大人得知，鱼壳横行江浙，只有镇江江阴两地，不敢放肆，一件案都没有犯。"

　　臬台道："就派你带二百两银子，先到镇江，后到江阴，姓甘的来了，江阴也不必去。姓甘的不来，回头再到江阴去。"

　　司役回道："大人，这两个人身份不比等闲，还求恩赏小人两张名片，似乎恳挚一点子。"

　　臬台应允了，张人龙也就悄悄回寓。从此每夜深人静，飞入制臬两衙，暗地察看。见那制台于成龙苍颜白髯，凝重如神，更深夜半总还独坐在签押房，秉烛办稿。臬台却风雅得很，时与幕友们按拍歌曲。其余官衙绅户，探过几回，也很少昧心歹事。暗忖官吏一清廉，竟用不着我们了。日间逛逛，与于制台也碰见过好几回，见他改扮行装，有时绿蓑青笠，扮作农人模样，有时宽袍大袖，扮作学究样子。张人龙暗暗踱着，倒不曾遇见过土豪恶霸、地痞劣绅等事情。

　　一日，人龙正在闲逛，只见三匹马卸尾而来，马上坐着的两个都是三十左右年纪，内中一个花白胡子的老者，英雄气概，却是人中之凤。认得三人中一个是司役，估量去这老者就是飞来峰了。

　　欲知后事如何，且听下回分解。

第七回

血滴子湖上遇名贤
飞来峰水中擒剧盗

却说张人龙瞧见马上老者，料是飞来峰，果然被他一猜就着。原来那司役带了臬台名片并聘金二百两，到了镇江，访着谢品山，道明来意，求他介绍。谢品山道："舍甥甘凤池应着宁波王瑞伯之招，游玩天台雁荡去了。"

司役没法，在镇江耽搁了一夜，径投江阴。问起飞来峰，是人人知道的。托人引导，到得他家，老英雄飞来峰正在白场上教练徒弟。司役自通姓名，抱拳相见。飞来峰让入屋中坐地。

司役表明来意，取了聘金名片，飞来峰道："某与鱼壳素无冤仇，各不相犯，委实难以从命。臬台大人的名片，某亦不敢当，望与聘金一并收了回去。"

经不起司役婉辞恳求，说上无数的好话，飞来峰道："既是这么，且去走遭，拿不住时休笑话。再者某只拿一回，拿住鱼壳交案之后，以后倘有脱逃等事，就不干我事，我也再不做第二回。老弟允许得下，我就去，允许不下，就请别聘高明。"

司役满口应允，于是整装乘马，即日起行。这日到了南京，恰被张人龙瞧见。

当时张人龙直踱到臬台衙门，见他们下马入内。就在臬署左近一家酒馆坐下，叫了几样菜，喝着酒等候。心下想道："瞧这飞来峰气概得很，不知比了鱼壳本领如何，倒要跟他去瞧瞧。万一老英雄不能取胜，我就暗中助他一臂，成就他的名声。"

忽听得楼梯脚步声响，走上三个人来。一瞧时，就是飞来峰等三人。小二招呼在沿窗那副座头坐下，飞来峰上座，两个司役下首相陪。

一个道："大人吩咐好生管待，大人说不能亲来敬酒，叫我们代敬师父多喝一杯。"

飞来峰道："不必客气，咱们且商量正事。鱼壳的家，二位大概是知道的。"

二人道："就在莫愁湖里。"

飞来峰道："不知他在家不在家？"

一个道："他出门一两个月，总回家一次。回来住个把月，又出去了。此刻正在家里呢。"

一个道："这厮真刁钻。他的家就在湖面上盖的屋，四面都是水，又没有桥梁。屋的四周密密钉下暗桩，船只都行不通。他自己出入湖面上，钉有小小木桩，出水不到二寸，六七里路长，他却就踏着木桩出入，飞行湖面，燕子一般的轻捷。所以我们知道他在家，也难等闲飞渡。"

飞来峰道："果然刁钻得很。但是有了地址，就好慢慢地算计他。咱们喝过酒，雇一只小船，先去察看一回，再定法子。"

张人龙暗忖，知道了地址，我就先去瞧瞧。遂唤小二拿饭来吃了，给资出门，雇了一头驴子，骑到莫愁湖。只见湖面广阔，水平如镜，一湖清水映着朗日青天并湖边的烟柳，气象很是清新，瞧得张人龙不住口喝彩。瞧见柳荫之下，停泊着十多只渔船，张人龙沿湖走去，正欲唤船，只见那边一丛翠竹，数间草庐，短篱参差，小径曲折，俨然隐者之居，喝彩道："好个幽雅清静所在。"不觉脚随心转，就步向草庐来。

听是草庐中有人正唱歌呢，侧耳听时，一声声一字字，异常清晰。只听唱道：

> 避却红尘，觅个幽栖。
>
> 绳床铺草，土壁涂泥。
>
> 瓦盆贮酒，石瓮藏斋。
>
> 笋皮为帽，荷叶为衣。
>
> 盛来麦饭滑，煎得菜根服。
>
> 想人生富贵繁华，谁能保得常相系。
>
> 每日里煎凤烹龙，也该晓得穷滋味。
>
> 莫笑我矫情饰智，做得稀奇。
>
> 我实怕周旋世故劳心血，并不是不合时宜满肚皮。
>
> 感造物无私意，
>
> 一样遣清风入户，一样教明月侵帷。
>
> 兴浓时鸣鸡报晓书还读，心灰处红日临窗梦未回。
>
> 有个顽童，嘱咐你牢牢记，
>
> 倘有客寻踪迹，
>
> 只说先生采药去，去到西山西复西。

张人龙已在草庐外，听他唱罢，推门而入，道："先生在家，不曾采药去呢。"

那人猛吃一惊，抬头见是一条大汉，雄赳赳气昂昂，像个英雄模样，遂问："足下何人？陡蒙光降？"

169

张人龙见那先生不过二十左右年纪，鼻直口方，剑眉星眼，那眉梢眼角，藏不住英风锐气时时流露出来。全身穿着布衣，洁净得一尘不染。明窗净几，满架图书，收拾得很是雅洁。壁间悬着雕弓，架上挂有宝剑，知道不是等闲之辈。抱拳相见，笑道："我是粗人，扰及先生清兴了。"

　　遂通了姓名，转问那人，才知那人姓徐，名大椿，号灵胎，江南吴江人氏。原来此人是旷世异才，精通经史，晓畅百家，医卜星相、拳棒词曲，没一样不会，没一样不精，到医学一道，更是研精深奥，出类超群。为慕着南中八侠的绝技，知道他们常来莫愁湖游览，特来此间辟地一畦，结茅三间，每年总来住一两个月，巴望不期而遇。不意八侠没有见，倒来了个血滴子队长张人龙。

　　当下张人龙道："我因游湖过此，听得先生的歌，清闲得很，身不自主地闯了进来。"

　　徐灵胎让他坐下，谈起拳经武技，二人倒很投机。张人龙因问："鱼壳住在湖中，先生总常见的。"

　　徐灵胎道："虽然闻名，此种人我却不愿意与他相见。"

　　张人龙道："很高的本领，可惜就不归正。现在于大人要拿他，枭台聘了个飞来峰，怕朝晚就要坏在这老英雄手里呢。"遂把酒楼听得的话，说了一遍。

　　灵胎喜道："这桩盛事，届时我也去瞧瞧。"随道："今日没事，我就陪老哥去逛逛。"

　　张人龙大喜，徐灵胎立命小童去雇船。两人谈得三五句话，小童已回，雇就了船，徐灵胎嘱咐守好草庐，陪着人龙下船。一篙撑出绿秧田，那船便荡悠悠摇向前去。橹声欸乃，两人站在船头，赏览湖中风景。绿波经风吹皱，船影晃荡，宛发在碧琉璃世界似的。

徐灵胎指道："那边是莫愁亭，这里一事都是木桩，就是鱼壳出入的大道。"

张人龙道："先生于梅花桩功夫，总是很好的？"

灵胎道："惭愧得很，不过踏着玩罢了。"随指道："远远望去那所屋子，就是鱼壳住所呢。"

人龙见木桩密密，每距离四五尺一个桩，桩头出水才只一二寸。那桩路蜿蜒曲折，总有六七里，直抵那屋子，果然灵险非凡。

正观看间，只见一只小船划着桨，箭一般地向前驶去。那船上并没有篷窗，兀坐着三个人。张人龙认得就是飞来峰，告诉了灵胎。灵胎眼光尖锐，瞧着气魄架势，就知飞来峰是内家张三丰一派。因他英光内敛，锐气潜藏，春风和煦，全不露半点勇悍。此时飞来峰的船驶得飞快，已经超越过半里以外，这里却款款徐行。

行得近了，就见鱼壳的屋子盖在湖面上，离水不过二尺来高，湖中打的都是柏树桩，亏得屋子也是茅草盖的，柏树桩也还载得住。离屋四五丈往来，水中都排着暗桩，亏得水清，望去很是清晰。屋子地址已在后湖，梅花桩出路却前后湖都有。

徐、张两人游过了湖，又到莫愁亭瞻眺了一回，乘船回来，执手告别。张人龙道："我探知了日子，即来告诉先生。"

张人龙回到下处，天色已晚。晚饭过后，依然飞行探听。探得飞来峰就住在司役家里。真凑巧，张人龙到他家屋上探听，下面飞来峰等正在商议明晚动手的事，调兵遣将都被他听得明白。次日便就去告知徐灵胎。

这日是十一日，月上之后，徐、张二人依然坐了一只小船，荡向湖心瞧热闹。只见两头木桩路都有船只守住，船上大概都是司役的伙计。鱼壳住屋暗桩外面，又泊有两只小船，只木桩左侧泊有没棚小船一只，却是空船。

正在闲眺，忽听得砰啪一声高升响，张人龙道："这高升是号炮，动手了。"

道言未绝，就见暗桩外面两只小船上齐声发喊，那流星火箭就飞蛾似的扑向湖心茅屋去，顿时三五处着了火。茅屋何等干燥，熊熊焰焰，逼得湖面通红。两边截住的小船也齐声大喊："休放走了鱼壳！"

忽见火焰丛中蹿出一个大汉，踏着桩跳跃，健步如飞。就见小船上跳出一人，喊道："鱼壳休走！咱们爷儿两个较量较量。"正是飞来峰。

飞来峰也跳上了木桩，两个人就在木桩上厮杀起来。一来一往，矫捷轻灵，真是一双能手。这桩上战斗，比了屋上还要难起数倍，又要顾脚下，又要顾手中。瞧他两人，此翱彼翔，旁掠侧进，不异平地。战有半个时辰，两只小船飞桨驶来，大声助战。鱼壳不敢恋战，飞步踏桩而逃。飞来峰紧紧追赶，两个人轻如飞燕，宛如在水面上飞掠。张人龙不住口喝彩。

忽见鱼壳蹿身跃上了空船，徐灵胎道："依然被这厮跑了。"话声未绝，忽见那空船无桨自行，箭一般驶向湖心深处去了。

正在纳罕，只见船艄后湖中翻起一个人来，两手扳住船艄，透起了个头，向鱼壳道："朋友，你要喝水不要？"

鱼壳用刀斫他时，那人把船艄只一扳，船面向水，船底朝天，飞行绝迹的鱼壳已落水了。那人拖住了鱼壳，擎出水面，重又沉下。连着三四回，眼见得喝水不少，就靠水拖上了岸。众人欢呼道："鱼壳擒住了！"簇拥着入城而去。

张人龙道："这两个人论到本领，真好敌手。可惜鱼壳欢喜采花，弄坏了身子。"

徐灵胎道："欢喜采花，也是他精神太充足之故。此中妙理，非精研医学的人，不能知晓。"

张人龙道："原来先生是会医的？好极了。"

船到岸滩，张人龙就与徐灵胎作别，飞步赶上。见飞来峰等还在前面，跟随进城。城中百姓听得鱼壳拿住，都出来观看。鱼壳解到臬台衙门，只见从头门直到大堂，挤满了人，万头攒动，喧声嘈杂，呼喝了半天，才让出中间一条甬道。

臬台喜不自胜，立刻升堂，问了几句，就叫把鱼壳钉上头号双镣，加上手铐铁链，发下司监，叫禁子们加严看管。

欲知后事如何，且听下回分解。

第八回

一枝梅飞镖求于督
血滴子奉召走京师

却说臬台把鱼壳钉镣收禁之后，立即申文督署。不意才到半夜，禁子飞报要犯鱼壳跑掉了。臬台大惊失色，问怎么放他跑掉的。

禁子道："小的们四五个人轮流着不敢睡，时时入内查看，见镣铐都好好的。哪里知道三更过后进去瞧时，镣铐都在地上，屋上椽子横档断了两三根，折成方凳般一个窟穴，犯人就不见。"

臬台叫快请飞来峰。一时请到，与他商量。飞来峰道："我有言在先，只拿一回，不拿第二回。"

臬台没法，只得把众禁子一概送交江宁县究办，按下不提。

且说一枝梅张人龙于人静之后，悄悄上屋，施展飞行本领，径向制台衙门而来。在张人龙意思，是要瞧于大人拿获鱼壳之后如何办理。哪里知道飞行到签押房，见屋上已先有一个夜行人，在那里揭瓦窥探，借着月光望去，仿佛就是鱼壳。心下一惊，暗忖道："这厮越狱而出，敢是要行刺么？"张人龙放轻了脚步，暗暗跟随。走得近了，望身形果然是鱼壳。只见他手执钢刀，俯着脑袋，只瞧下面。因为他精神全注在于大人身上，背后有人，果然毫无知觉。只见他壁虎似的向下一探，身子早下去了。张人龙一个箭步腾过去，见折有天窗大小一个方孔，探头一瞧，见鱼壳执刀作势，正欲行刺。于大人伏在案上写什么呢，人龙急极智生，摸出金手镖，望准了鱼壳手腕，只一镖，打个正着。

于大人抬头见了鱼壳，惊问道："你是谁？"

鱼壳道："我就是鱼壳。"

于大人倒不慌，徐徐除下帽子，指着脑袋道："你要，请斫了去是了。"

鱼壳道："我要杀你，也不待你吩咐了。我今晚来此，原是要行刺的。方才正欲动刀，手腕上忽似被人击了一下似的。想大人是神人，暗中自有神明保护。我自知所作所为，罪是万无可逃，今回大概是我恶贯满盈了。我甘心在大人跟前，自刎身死。"说着，便要举刀自刎。

于大人正色道："住手！你犯的都是不赦之罪，自有王法治你。这里不是法场，不是你的死所。"遂唤人来。

鱼壳道："我既愿死，凭你治是了。"

当下于大人传进督标中军官，叫把鱼壳带去，立刻叩请王命，推出辕门斩首。

张人龙回到寓中，暗忖，江南地方有了于青天做制台，我们要干的事他都干了，还留在此间做什么呢？次日，收拾行李，离掉南京。渡江到浦口，雇上一头牲口，向山东一带而来。

一日，行抵泰安县，打站之后，发兴登临泰山。这座泰山张人龙游过八九回，那道旁的松柏都似久别重逢似的比众的青翠。人龙从大路拾级而上，一路赏览风景。看官，这泰山石级虽然宽广平阔，却有七千五百多级之多，在平常人不知要休息过几多回，张人龙却并不稍憩，步履如飞，一气奔上。山巅道旁虽然置有铁链，他也并不攀缘，直登巅顶。回首斜望，山如壁立，远眺黄河隐约有如匹练。

正在游目骋怀之际，忽见一人迎近前来道："老哥登山的本领真不错。瞧那身法步法，总是少林洪派一宗。敢问贵姓尊名？"

张人龙见那人六尺多高，五旬开外年纪，鹰鼻锐目，目光如电。嘴边微有几个黄髭须，知道不是等闲之辈，遂通了姓名。那人道："久仰得很。少林张人龙，山东河南一带，谁人不知呢？"

转问那人，那人道："姓张名兴德，江南宿州人氏。"

张人龙惊道："老哥就是宿州张镖师！那是少林俞派嫡宗，失敬了。张镖师怎么有兴在此闲逛？"

张兴德道："我出来为找一个人，就是你们贵派中的嵩山毕五。张兄可知他现在哪里？"

张人龙道："毕五这人诡秘得很，他的行踪倒不很清楚。镖师找他有什么事？"

张兴德道："他化名汤龙，到我家偷窃罗汉拳第八解第十一手也还罢了，很不该临走盗我的坐驴，在外面作案，故意陷我。我双刀张几代清白，半世英名，难道甘心坏在他手里么？所以我特地弃了家，要找他问一句话呢。"

张人龙听了，暗替毕五捏一把汗，遂道："毕老五果然可恨，我也很替镖师不平呢。"

张兴德道："少林三派，孔、俞、洪各精其一。现在孔派云家弟兄，弃掉本宗正道，专干那血滴子玩意儿，也很为少林宗门之玷。"

张人龙不便答应，张兴德道："老哥没事，咱们就岳庙中吃了斋再下山吧。"

张人龙也不推辞，一进饭毕，抱拳作别，各奔前程。

张人龙在泰安耽搁了两日，就动身望济南进发，不意路上遇见了监器云中燕。

云中燕道："哪里找不到，你却在这里自在。西南北中四路队长都在京里了，只缺了你。快随我北京去。"

张人龙问有何事，云中燕道："京中闹出大乱子，你我在府里当差，都很丢脸。路上不是讲话处，出进的人多不过，且到那边松林中再谈。"

于是张人龙跟了云中燕，走入松林里，就地而坐。张人龙道："究竟怎么一回事？"

云中燕道："咱们王爷在众阿哥中，最得皇上的宠爱。"

张人龙道："那是仗着我们一班人，替他密探消息，事之预先防备，众阿哥自然及不上了。"

云中燕道："上月初头，皇上赏下两件宝物，那时同受恩赏的只有皇太子一个。皇太子的是一小盆万年青，是巧工把整块碧玉琢成的，那叶子的阴阳、颜色的深浅，真与真的一般无二，不过就是小。上面有九粒万年青子，是红宝石的。咱们王爷的是两个柿子、一个如意，都是宝石琢成的，十分精巧。这几件宝物还是顺治老佛爷传下的，皇上从不肯轻易赏人。听说顺治老佛爷临出家当儿，还留下一道旨意，说这是我心爱之物，后人好好保管。皇上南巡访父，每次回京，便对着这几件宝物凄然泪下，差不多与传国玺一般重视呢。现在分赏与皇太子和咱们王爷，就可见皇上的宠爱了。"

张人龙道："那是大欢喜事情，如何倒说闹了乱子？"

云中燕道："皇太子的万年青，不到三天就丢了。被咱们王爷奏知皇上，立刻要吊来验看。皇太子交不出，皇上说他乖戾狂易，就此失宠。到月初降旨，仍把皇太子废黜禁锢。朝臣上本求恩，都不准。连随从皇太子的得麟，都交于伊父阿哈占处死呢。不意到初九这一天，咱们王爷的两件宝物也丢了。王爷着急得什么似的，因此叫我们一班人公同踏勘，公同查缉。你想这乱子大不大？"

张人龙道："这贼子真厉害，偷了皇太子的宝物不算，还敢来偷咱们王爷的？"

云中燕道："皇太子的碧玉万年青是我与净修两个，奉了王爷之命前往偷窃的，现在还好好地在府里。"

张人龙道："那么是为了太子丢了宝物，风声传出去，才把贼引来的。此贼的本领真不小，敢来太岁头上动土。王爷养着我们一班血滴子，要是查不回宝物，拿不到贼子，我们的本领是白练的了。云大哥，我立刻随你进京去。"

当下张人龙就身边取出一叠谕单，随路张贴着，是谕令一众进京的。云中燕瞧时，见上写着"张大仙有求必应，请早拈香"，每张纸上，却都缺着一个角，斜斜地贴着，笑道："他们瞧了都明白了么？"

张人龙道："缺着左边上角，是向北的暗号，一见便知的。"

于是张、云二人同伴进京。一到京城，张人龙又贴上三五张不缺角的招贴，这就是暗示队众，不必他找的意思。布置既毕，赶忙来见雍亲王。

此时雍王府内，济济英英，各路血滴子队人无不皆到。张人龙参见统领，报告江南一切事情。邓起龙、吕翔龙、云中雁、云中鹤也都过来相见。雍亲王道："张人龙，你来了人就齐了。我这里的事情大概云中燕已向你说过，我处在卧室里的物，竟然丢掉，奇怪不奇怪？他们都已瞧过，现在你也来瞧瞧这贼究竟从哪里进来的呢。"

张人龙道："且跟王爷去瞧一会子再谈。"

雍亲王亲自引导，盘旋曲折，走了好半日，雍亲王道："到了。"早有小内监打起软帘，张人龙跟步跨入。见一间朝南大房，十二扇格子长窗，窗外一带回廊，就为回廊太阔了，屋中不很明亮。大橱大箱，配着雕龙大床，很是气派。

雍亲王指道："宝物就在这里丢的。"

张人龙见得指之处，就是大床前的小案。上有花板，下有脚踏，外有帐幔，旁有纱窗，何等严密？遂问："王爷这夜睡在这里么？"

雍亲王道："睡在这里的。"

张人龙道："想来总有上夜的人了？"

雍亲王道："廊下守有四名家将，外房守有四名内监，房内也有上夜的婆子，连脚踏上都睡着小丫头子。"

张人龙四面察看一周，毫无破绽。纵身上梁，扳住了椽子，一格一格走过去，瞧了好半日，依然瞧不出什么。从正梁二梁直走到窗口，从左壁横走到右壁，悬身疾走，其行如风，手眼并用，随处留神。望到右侧格扇之上，似乎洁净无尘。走过去右手执住了椽子，左手向格扇上只一拨，却拨开了。见上下两旁都很洁净，向雍亲王道："贼子是从此间进来的。"遂探身出外，腾到廊外，左足钩住楹档，头向着外，右足徐徐外退，一个鹞子翻身，早翻了屋上去。蛇行鹤步，探视了个遍，毫无隙漏可寻。纵身跳下，见雍亲王已站在廊下。

雍亲王道："贼子从左格扇出入，勘出的人已不止你一个，可见能者所见略同。且请外面去商议。"

张人龙跟随出外，到了外面，云中燕问勘得如何，张人龙道："除左边格扇之外，竟无踪迹可寻。"

吕翔龙道："此贼真奇怪，究竟是谁？"

云中雁道："我们推究多时，再也推究不出。南中八侠这种事情素来不干，此外王瑞伯、陈四、张兴德也都是正人君子，且我们与他河水井水各不相犯，不见得无端地就会找上我们来。"

张人龙道："哎呀，张兴德我此番在泰山上碰见的，他要找毕五问话呢。"遂把泰山相遇的事说了一遍。

雍亲王听了道："毕五很危险，还是叫他四川去年羹尧那里找一个事吧。丢东西这件事，总要费众位的神，尽这一个月内替我查出来。众位的本领我是知道的。"

众人商议了一会子，决计出京，分头探听。次日，云中燕等各认方向，各奔前程而去，

内中单表云中燕认定直隶、河南一带，明察暗访。这日，行到保定地界，新月初上，薄云轻遮，摸索迷离，夜行人正好出手。云中燕飞行如箭，行至一村，月堕更残，万籁俱寂。忽见前面一条黑影，行得极快。云中燕紧步跟随，忽闻一股很凄惨的泣声，从小屋中发出。前面那黑影一闪已上了屋，云中燕也就蹿上，向下瞧时，只见西屋开着窗，残灯荧荧，一个女子向外跪着，插香小瓦炉中，泣着祝告道："兄弟又小，家里又贫，就靠着我娘一人。现在娘病得如此厉害，小女子甘愿减寿，以延母年。又因无力延医，自愿割股疗病，叩求神灵保佑。"说着含泪解衣，露出粉一般的小臂，即将动割。

陡见跳下一人，轻如风吹落叶。那女子大惊欲嚷，那人道："别嚷，别嚷，我敬你是个孝女，娘病了没钱使，赠你些银子，并没有歹意。"说着掷下一锭银子，估去约有三四十两。言毕腾身上屋，如飞而去。

云中燕见那人身法步法都在自己之上，也没暇管那村中孝

女，紧跟着那人，向西行走。走了三四十里路，就见一所很大的大庄院，树木森森，房屋密密，那人跳入了庄院去。

云中燕认明了地址，一俟天色大明，换去夜行衣服，走入村中来探视。只见村中男女，都是精神抖擞，生气虎虎，与他村外落的不同。清晨日出，村中男女孩童都各腾身树杪，飞来跃去，轻捷得猴子一般，此进彼退，不异穿梭。云中燕惊得目定口呆。

正在观看，一个老者前来询问道："尊客何方人氏？来此何干？"

云中燕道："小子欲往保定访友，路过宝庄，偶触所好，停足观看。宝庄小弟妹们都有这么的本领，真是了得。"

老者道："乡间孩子不过学着玩是了，哪里当得真？尊客休笑话。"

因问姓名，云中燕随便编了个姓名道："姓唐名德生，山西大同人氏。"

回问老者，老者道："本庄二百多家人家，通只三个姓。老汉这里是姓王，东村是姓陈，中村是姓杜。本村就名三家村。"

因让云中燕到家待茶。云中燕见房屋收拾得都很精洁，细问村人做何生理，老者笑道："村庄人家，过耕种田地，挨日子罢了，有何生理呢？"

一时老者入内，有两个村童出来相陪。云中燕问他，只是笑，没有一语回答。云中燕没法，老者出来，又谈了一会儿不相干的话，只得辞着出来。

欲知后事如何，且听下回分解。

第九回

三家村无心遇豪士
一线天有意访奇人

却说云中燕徐步向中村而来，徘徊瞻眺，察看了一回，又到东村，三家村上游了个遍。挨到天晚，暗忖中村那所大宅子很是可疑，叵耐村中人口齿严，再也侦探不出，不如到那大宅子去借宿，再窥动静。主意已定，径投中村大庄院。

先向管门的说了，管门的道："庄主有令，外来游客一概不准私下容留。"

云中燕道："我为仰慕庄主，远道赶来的。"

管门的问了姓名，云中燕就说了唐德生名氏。管门的入内了好久，出白庄主相请。云中燕跟随入内，见那庄主已笑吟吟地迎出来了。只见那人四十左右年纪，六尺往来身材，火眼金睛，敛不住英风锐气；铜筋铁骨，熬得住酷暑严寒。真是一等好汉。

庄主道："唐英兄，荷蒙光顾，兄弟欢喜得很。只不知英兄在何处得闻贱名来？兄弟在此耕田藏拙，不求闻达，先后已有七年。江湖上英雄兄弟也不很交结。"

这几句话把个云中燕问呆了，停了半晌，才道："偶然路过宝村，瞧见童年男女都有出人本领，讯问西村王老，才投这里

182

来的。"

那庄主道："唐英兄府上是大同，贵处云家兄弟的血滴子名闻天下，唐英兄是常相聚首的?"

云中燕道："也不过闻名罢了，不很相会。"

当下杜庄主就留云中燕在家，住了两天，云中燕留心察访，见出入的人都非寻常之辈。第二晚这一夜，云中燕起身小解，忽见一个黑影掠檐而过。黑影过处，堕下一件小小东西，宛似风吹树叶。拾起瞧时，却是一支三寸来长的翠羽。藏好在身，纵上屋面，向内飞行。越过三五个屋脊，见右厢房内透有灯光，下面有人讲话。伏在瓦上听时，只听杜庄主的声音说道："明日准来赴会，烦你上复主师。"

又一人道："我还要到八九处地方，就此告别了。"就听开窗的声音，旋见一人蹿上对过屋面，飞一般向前而去。

云中燕跳下地，伏在窗上张进去，见杜庄主手执翠羽，向灯下瞧看着，自语道："主师又换这个做价廉物美了。明日倒要早些赶路呢。"

云中燕蹿身上房，回到自己房中，摸出翠羽，反复玩视一回，解衣安睡。暗忖，这物他们当作令箭，不知聚会点子什么事，这主师又不知是何人，我明日暗地跟去瞧瞧。他们这种神秘行为，或者于王府丢宝的事不无有关。

一宵易过，又是来朝。云中燕起身，见杜庄主同了两个客，正忙着出门呢。询问庄客，说一个是陈庄主，一个是王庄主，都是本村的财主，并非外客。问到哪里去，庄客们都回不知。

云中燕急忙赶出，见三个庄主还没有出村，就在背后暗暗跟随。渡水登山，走了一镇日，约走了二百多里路。忽见峭壁悬崖，山峰插云，一线羊肠曲径，两边山石上都是合抱参天的大树。大风震林，宛似万鬼呼号，很是阴森可怖。云中燕足不停步，跟随入山。路径愈走愈狭，回蜓曲折，仰望天空，被两边石壁遮满了，也只微微露出一线微光。走有半里光景，豁然开朗，别有洞天。见一片斜坡，约有百亩光景，树木房屋很是不少。有很大一所大宅子，四边松柏围绕，很是青翠。一条甬道，直抵大门。那房屋都是石头砌成的，门口有人守着，见入内的人先以一物交给守门的，才得放入，仿佛就是翠羽。

云中燕放胆前行，走到大门，两个大汉道："来客缴了令箭再进。"

云中燕摸出翠羽，那人接视无误，放他入内。只见大厅上已有十多个人，杜庄主也在里头，都站在那里，等候什么，彼此见面并不招呼。一时外面又来了两个后到的，也这么随众鹄立。云中燕打量那房屋，宽敞高大，宛如殿宇，四壁都是青石造成，十分光滑。

正在瞧望，忽见一个女子自内而出，传言道："主师升座了，传诸位进见。"

众人跟随了那女子，鱼贯而入。云中燕也跟在众人中，走过两重厅屋，才到内堂。早有两个女子打起软帘，众人都站在阶石上，面向着内。见堂屋内供着佛像，琉璃灯前，地上置着个蒲团，上面端坐一个八十多岁的老尼僧，两旁侍立的都是女子。那老尼只右手执着牟尼珠，左臂似已断掉。众人见了老尼，都很恭敬，齐都下跪道："叩谒主师。"

那老尼不过点了点头，向众人道："小庵略备粗肴，还要有烦诸位护法。太阳菩萨圣诞日子很近，诸位又要辛苦一会子了。"

众人都应了个"是"，随即退出，却已灯火通明，筵席都已排就。却是每人一席，各人坐下，肆意啖喝，绝不讲活。那添酒上菜奔走的都是女子。一时筵罢，一女子报称主师出来了，众人都起身等候，见老尼带着两个女子出来，一个捧着个盘，盘中有十多个黑布小包。老尼就叫那一个盘中取出小包，每一席送一个。

分送完毕，老尼向众人道："辛苦众位护法。"众人又齐齐应了一声"是"，各接了黑包。

老尼道："五天后，静候众位回音。"众人应着告别，依然由羊肠曲径的山路而去。

到了平地，云中燕解开包裹，见是一套青布夜行衣服，并应用的百宝囊。已有几人穿上了，如飞而去。

云中燕不敢怠慢，这五天限期内，在就近各城镇各大富户家，飞行偷窃，只拣值钱的金珠首饰，取了好多件。到了满限这一天，背了包裹，飞向山中。守门的见有黑包，立即放入。仍旧设宴款待，宴罢之后，入谒老尼。云中燕见众人到老尼前解包献物，献上的东西都很微细，也有空手复命的。那献物的人却都非常的郑重，云中燕暗暗好笑。

挨到自己，便就大踏步向前，解开包裹，黄灿灿、亮晶晶一大堆金珠首饰，堆满了蒲团之上。老尼瞧了，向众人道："此位不是本庵的护法，给我拿下了。"

早过来两个人，把云中燕拿住，反缚在柱上。老尼道："你是哪里人氏，敢来本庵冒充护法？"

云中燕道："何以见得我是冒充的？"

老尼道："本庵护法取物皆拣珍宝，价值在万金以内的，便视同粪土，弃之不取。现在你把数百金的东西都取了来，眼光这么的小，哪里是本庵护法？你不直供，休怪老衲拷治你。"

众人都道："你这朋友，瞧你也是一等好汉，快供了，免得主师赏刑。"

云中燕见此情形，知道瞒也无益，遂道："我乃血滴子监器头领云中燕，在京雍亲王胤禛殿下当差。省事的快释放了我。"

老尼笑道："你原来就是鞑子手下的血滴子，别人怕血滴子，本庵却不怕的。只是本庵与你素不相犯，你找上本庵来做什么？"

云中燕就把雍亲王丢失宝物的话说了一遍，老尼笑道："原来为此。这事事如意，老衲已收在多宝阁中，少停，可带你去瞧瞧。你有本领尽管取了去。"

云中燕道："恳求主师慈悲，赏还了小可。小可自审本领，断不能取回此物。"

老尼道："本庵宝物都是由护法助来的，老衲何能做主送人？现在你既然到此，少不得屈留你几天。"遂道："且把这位云施主带向石窟中管待吧。"

即有两人过来，解下云中燕的缚，向后面推拥而去。

欲知云中燕能否逃出，老尼僧究竟何人，且听下回分解。

第十回

长平主教创太阳宗
血滴子身囚云母窟

上回叙到云中燕身陷山中，被囚石窟，如今却要补述老尼的历史了。这老尼俗家姓朱，系出天潢，贵系帝女，原是大明崇祯皇帝长女长平公主。崇祯十七年三月十八日，京城垂破，崇祯帝知道必不能免，命两宫自尽，亲取破衣服与太子及永定二王更换，嘱道："汝今日为太子，明日为平人。在乱离之中，隐姓埋名，见得年老的呼之以翁，年少的呼之以伯叔。万一得全，来报父母。你别忘了我今日之戒。"入寿宁宫，向长平公主道："你何故生在我家？"举刀立斫，斫坏了一只左臂。长平公主此时已有十五岁了。

李闯入宫，瞧见袁贵妃与长平公主都被伤仆地，叹息道："皇上太忍心了。"命把公主扶归本宫调理。尚衣监何新将公主救醒，公主道："父皇赐我死，何敢偷生？"何新送公主到嘉定伯周国丈府中。顺治入关定鼎后，公主上书言"九死臣妾，踽踽高天，愿髡缁空王，稍申罔极"，顺治不许，下旨赐婚。求得故驸马周显，仍命尚主。公主涕泣向驸马道："国亡家破，何心再享荣华？汝家亦世受国恩，报仇无力，岂报国亦无心乎？汝如仗势逼我，我唯有一死报父皇耳。"驸马不敢相逼。

相处一年有余，一日，来了一个化缘老尼，向公主道："瞧公主脸上，气色不佳，年来怕有灾晦。倘肯从我出家，可以免祸。"

公主道："这是我的夙愿。"遂与驸马商议。驸马因格于国例，不能置妾，公主偏又立志守卢，自无不从之理。于是把公主改扮行装，任她随了那老尼去。一面具折，奏报公主逝世，因此外间只知长平公主婚后，涕泣逾年病卒，又哪里知出家为尼的故事？

当下老尼引公主到山中，给她在佛前摩顶受戒，题法号叫广慈。老尼道："广慈，我瞧你骨相不凡，可以学剑。从前西来初祖达摩大师，教人修炼不坏金身，为法门开手第一着。你是金枝玉叶，自小娇养深宫，暮鼓晨钟，宴睡早起，如何能够？"

公主道："我一臂受创，举动不能自由，不妨么？"

老尼道："只要你精神专一，独臂也能成功。"

于是把她关闭在一室内，此室十分高大，纵横皆有数丈，只屋顶正中，有一尺许的圆窗，是些些天光。初入室中，觉着异常暗闷，停了半晌，静气定心，便觉满室通明。见床帐被褥、椅桌蒲团以及杂用各物，无不应有尽有。瞧四壁时，满画着图像，都是熊经鸟伸之状。每觉饥饿，辄有饼饵水果自屋顶圆窗投下。室隅一个小穴，为每日调换便桶、出入汤水之所。公主独身寂处，欲出不得，欲语无人，闷极了，只得学着壁间画图中人的样子，聊以自遣。习练了几个月，自觉身轻灵便，愈习愈熟，愈练愈精，到了一年开外，一跃竟能及窗。一日竟然跃出窗口，翩然而下。

老尼喜道："孺子果可教也。"于是授给她一柄晶莹宝剑，连

188

柄通只一尺多长。叫她静坐蒲团，托剑在后，剑锋向外，剑柄向内，凝神注视，目不旁瞬。并叫她向着剑柄呼吸，每日晨暮两课，各练一个时辰，余时静坐参禅，并默诵心经楞严妙法莲花等经。练到百日开外，呼吸的功夫大有进境，一呼，剑上生晕，宛如一屋薄雾；一吸，则雾尽消散，莹如新磨。

老尼道："技已大进。"于是教她七出八反、练气归神之法。愈习愈熟，愈练愈精，练到两年开外，剑为气化，气与剑俱，便能气剑合一。练到三年开外，心有所之，剑皆听命，白练横空，捷如闪电，百步之外，飞斩人首，不异探囊取物。

老尼道："当技已成，法门以退让为宗，慎毋轻伤物命。"

公主会了这绝人本领，便就拜别了师父下山，云游四海，暗访太子朱慈烺、定王朱慈炯、永王朱慈炤三个人的踪迹，却不曾访着。在浙江地方，倒收了一个徒弟，就是吕晚村的小姐吕四娘。公主见吕四娘年纪虽小，慧质灵心，柔肠侠骨，质地生得极好，就把她收为徒弟，教她剑术，成就了她一个八大剑侠中出色人才。又在河南少林寺遇见了痛禅上人，这痛禅上人俗家姓朱，原名德畴，也是前明宗室。精练拳技，广授门徒。公主与他讲论经典，很是相合。痛禅就劝公主择地造庵，别立宗门。

公主道："我念念不忘的，就是殉国的父皇，但是平白地要替先皇立庙，究竟不是很妥当。"

痛禅道："日为君象，公主何不就创建一座太阳庵，专诚供奉太阳菩萨？再焚香默祷，虔心撰出一部太阳经，把先帝的德泽、先帝的忌辰，都暗藏在里头，这一个宗，就叫太阳宗如何？"

公主连声称妙，于是先撰《太阳经》，辟头就是"太阳明明诸光佛，四大神州镇乾坤"。起先"诸光佛"的"诸"字，原是"朱"字，痛禅因它太显亮了，求请改作"诸"字，那"天上无我无晓夜"等句，都是言中夏无君，世界昏暗的情状。"别个神明有神敬，无人敬我太阳神"，是言百姓认夷为主，不复相信前朝了。"太阳三月十九生"，是指明崇祯皇三月十九日殉国身亡也。

公主择定直隶的飞龙岭，地势险峻，就在那里建了一座太阳庵，痛禅就叫俗姓门徒都做了太阳庵护法，尊奉公主为主师。创立宗门，收徒传戒。那各省府县，便由宗徒分头募建太阳庙、太阳院、太阳行宫等观院。各护法得了金银财宝，都送来捐助。因此太阳庵的财产却非常丰足。康熙四十年，庵中建造了多宝阁，安上活机消息，做就各种削器，防备不测。各护法开一大会，议定平时随缘乐助不计外，每届太阳菩萨圣诞，由主师发令传请，各人须捐助珍宝，每件价值须在万金以外，以便珍藏阁中供奉菩萨。此种珍宝，预备异日光复河山之用。后因外面有了血滴子暗杀团，太阳宗门防备得更是严紧。先期发令，届期收宝，令箭年年更换。本宗护法的拳技，有少林派的，有武当派的，派别虽异，宗旨却同，就为太阳宗以退让为主义，平时藏锋敛锐，很不肯多管闲事。间或行侠作义，也不肯轻留姓名，因此声名倒在八大剑侠之下，江湖上不很知道的。现在云中燕走到飞龙岭，深入太阳庵，真是自投罗网。

却说云中燕被两人带至屋后，见一个用手向石墙上一按，墙上顿时特溜溜现出半月形的一个门口，两人把自己向内一推，道："朋友，你安心住几天吧。"那石门顿时就闭上了。

云中燕觉着满眼漆黑，用手回摸时，冰冷光滑的石头，哪里有一个隙漏？推了推，丝毫不动。再向前扪去，两边寒森森都是石壁，只有面前空着。于是盲人瞎马似的，一步步地向前扪去。扪了一会子，觉着窟内也渐渐明亮起来。原来此窟本是个很小的小山谷，四面山石，壁立万仞。那山石愈到上面愈凸出，下透的天光是很少很少的，所以才进来时，陡觉眼前漆黑，住得久了，气也平了，心也定了，便就渐渐光明起来了。见窟中生就的葫芦形，外面小，里面大，中间束腰，只能容一个人出入，里面那间倒也有大厅般大小。石壁上凿有云母窟三个大字，地下同四壁都是湿渗渗的，里面那间地上还铺着点子乱草。仰望上面，高有百丈开外，凭你能飞善走，何能腾空出外？叹息道："谁知我云中燕一世英雄，竟然埋身此窟？"想到这里，一阵心酸，不禁洒下几滴英雄泪来。当下就坐在草上，凝神息气地调息，索性灰了心，排除万念，听其自然。心一静，倒得沉沉睡去。

及至醒来，热腾腾四肴一饭，已经摆在面前了。不去管他，有食吃他娘。狼吞虎咽，吃了个饱。一时特溜溜石门启处，射进一道亮光，进来了两个女子。

一个道："云施主你醒了，主师请你。"

云中燕道："你们主师囚我在此也没用，还是放我出去的好，才不愧佛门子弟。"

那女子道："云施主自向主师说吧。"

云中燕跟着两女子，走出云母窟，见窟门特溜溜地闭上了，回身瞧视，独幅的石壁，竟是天衣无缝。暗忖："我云中燕在各项削器消息中，曾经精研有素，怎么此间的机关竟然瞧他不出？"随着那二女，转弯抹角，早到内堂，见那老尼正在那里念什么经呢。

那女子上前报知，老尼抬头，笑吟吟地向云中燕道："简慢得很，施主此为，为的是那事事如意的宝物，倒不能不引施主去逛一回，也让施主见个世面。"回头道："你们谁引他多宝阁去逛逛？"

191

就见一个十三四岁的女郎应声道："主师交给我引去吧。"

老尼点头。云中燕暗忖，通只十三四岁的孩子，又是个女的，瞧模样风都吹得倒。我身边有的是血滴子，幸喜他们倒不曾搜去。少时见了宝物，抢着就走。她要嚷我就对她不起，把她的脑袋带了走，瞧这老尼把我怎样。主意已定，脸上顿时露出欣悦之色。

当下随着那女郎走出内堂，由穿堂向左，便听得水声潺潺，出了石墙，劈面就见一派小小瀑布，匹练似的自上冲下。水虽不大，泉流非常湍急。这瀑布共有三折，那女郎指道："多宝阁就在那边呢，云施主随我来。"说着向上一纵身，早穿过了第二折瀑布，站身在那边危坡上了。

云中燕见石壁峭拔，危坡险峻，相去有二十多丈，还要穿过很急的一折瀑布，自审本领，如何够得上？再瞧下面，两石壁相去二十多丈，中间便是万丈深谷，不少的奇峰怪石，一失足就要粉身碎骨。失声道："女神仙，我哪里有你的本领，如何纵得上？"

女郎笑道："太谦了。"遂飞身跳过来。早见她苛了一根孩子臂膊精细的野藤来，那藤的一端却生在那边石壁上，授给云中燕道："请缘着这个上去吧。"

云中燕惭愧无地，只得接过藤，猴子似的一步步溜上去，才溜到危坡，那女郎已等候多时了。见那危缝合线上一所石屋，坡地极狭，被石屋占去之后，只剩得尺许广阔一条斜坡；下临着万丈深谷，站在那里岌岌可危。见那女郎一按机关，石屋的门就开了。

欲知后事如何，且听下回分解。

第十一回

云中燕初游多宝阁
血滴子双探乾清宫

却说飞龙岭的多宝阁筑在岭后危坡之上，石屋前面恰有一股小瀑布，喷沫飞雪，作为屏藩。从对面瞧来，瀑布激起的飞沫，遮住半个屋，好似必须穿过瀑布急湍，才能到地，其实坡势凹凸，还离瀑布有三五寸呢。不过屋前余地只有尺许，倾斜险峻，下临万丈深谷，站在那里，未免岌岌可危。

那女郎开了石屋的门，云中燕跟随入内，见很大一所天井，平铺石板，镜面一般的光滑，静荡荡不见一物。那座多宝阁，中间十扇长窗，两旁都是短窗。女郎手按机关，关去了中间两扇长窗，向云中燕道："进来吧。"

云中燕才跨进槛，就觉身边藏着的血滴子跃跃自动，心下奇怪，摸出瞧时，忽见血滴子脱手自飞，哧然飞上梁间去了，贴住在梁际，再也不堕下来。失声怪叫道："古怪古怪！"

女郎笑道："施主敢是暗藏兵器在身么？此间是供奉神佛所在，本庵佛菩萨灵验异常，来人带了兵器，就要搜去的。"

云中燕听了，不禁毛发悚然。见地上铺着软毡，那软毡并不是织成一块，是什锦拼凑成功的，栀子花形、古手形、梭子块形、桂花形，组织得很是巧妙，满屋摆着什锦多宝橱，橱内置着珍宝，都各编号悬牌，标明名称，五光十色，目不暇视，雀卵般的珍珠，宝石、翡翠、玛瑙、珊瑚，各种小物，真是不计其数。

女郎引云中燕到第五架橱格，指道："事事如意就在这里。"

云中燕注目细瞧，见两枚宝石柿子大小，同真的一般，血红耀目，红中略带一点紫意。那柄如意有一尺多长，全是宝石琢成的，琢工很是细致。

看官，这座多宝阁建筑得非常巧妙，地上全布着活机，屋内满置着削器，开井中石板，中间一排块块活动，只消开了机，踏上去身子顷刻翻下，下面便是万丈深谷。屋内地下，密布着牛皮网，近什锦架橱的地，都是梭子块桂花地毡子，下面便都是机关。一进窗口，头上即有偌大的千斤石压下。逃过千斤石，那本人所带各种明暗兵器，都被屋梁吸去。因为屋中梁柱都是磁石的，磁石性能吸铁，方才云中燕的血滴子，脱手自飞，也是这个缘故。踏到栀子花地毡，触动暗机，就有十架连弩铜箭，射向面门来。上中下三部，无不都到，凭你眼明手快，也难处处提防。要是逃过，一到什锦架前，踏上活机，身子就落皮网，要是腾空摄取，碰着了橱架，那架内伸出两只铜擘，把你拦腰抱住，再也休想挣脱。石屋之下，筑有一条盘旋甬道，通到公主的内堂。多宝阁获住了贼，内堂的钟触动机关，自会喤喤地报警。这飞龙岭生就的螺旋形，外面瞧时，距离得很远，里面却是通连的。就是那二十多丈阔的山谷，囚禁云中燕的云母窟，都不过螺旋形上偶有缺残处罢了。一半天生，一半人力，险便险到个极顶，巧便巧到个绝门。

当下云中燕逛了一遍，女郎仍旧引他回见主师，主师命送向石窟去。云中燕求道："主师慈悲，小可自知技拙，再不敢放肆了。求主师放了我出去。"

老尼道："你是创制血滴子的，造孽何等重大，且在老衲这里忏悔忏悔。"

云中燕没法，只得依旧入云母窟住。不过窟中一般也安置着床帐被褥，并许他每日放出一个时辰，准其拜佛，学念妙法莲华经卷。从此云中燕就在飞龙岭被囚修养，直等到年大将军被诛，血滴子中计互戕之日，广慈师才放他出山，援救团众。此系后话。

却说雍亲王等到限期，见各路队长都带了血滴子来府回报，说丢的宝物绝无眉目，独少了一个监器云中燕。偏偏有三个血滴子坏了要修理，工匠是现成的，不知怎么，拆卸开了，磨削完竣，等到装配上去，使用起来，总不比头前那么灵便。

雍亲王心下十分焦急，询问众人，都说不曾碰见。雍亲王道："云中燕是军中之胆，如何少得？"叫云中雁留心查访，又向云中鹤道："事事如意，不过是件死宝，你那哥哥才是我的活宝。无论生死，我总要得了他的确信才放心。"

张人龙道："他与嵩山毕五很要好，不要是听了我说宿州双刀张找寻毕五的话，就赶去送信了。"

雍亲王道："不会的。他这个最知道轻重，我这里事情没有结，绝不会丢了干别事的。况毕五我已经叫他投奔年羹尧，这件事他也知道。"

正说话间，忽闻回事室锣声铿然，众人知道是报告机密的暗号，雍亲王立刻走了进去。原来雍亲王在府中新设了一间回事室，回事室屋面上高悬着一面大锣，凡来报告者，即向对面室中取现成的弹弓铁丸，连打两丸，雍亲王就能闻声赶到。

当下雍亲王走入回事室，见一个血滴子已候在那里了。一见面就道："禩贝勒与翰林辽编修何焯，交结得非常要好，朝中各大臣都称何焯为义门先生，都很敬重他。禩贝勒收得这个何焯，力量倒很不小。"

雍亲王道："胤禩与何焯有把戏干出来了没有？"

血滴子道："何焯把亲生女儿送入禩贝勒府，听说是给禩贝勒做养女的。"

雍亲王道："现在圣驾避暑在热河，鄂尔泰也随扈在外，这么着吧，我给你一封密信，赶速送交鄂尔泰，叫他依计行事。"

当下就写了一封密信，交给血滴子投递去讫。雍亲王出与云中雁等商议了一回，嘱他们留心探访，又派人递信与年羹尧，叫他帮同探访。

一日，云中鹤探得一个紧要消息，飞身入府，时已夜半，云中鹤随取弹弓，望准屋顶铜锣，连击两丸，雍亲王已将就寝，命人传他到套房讯问。云中鹤道："废太子怕要复立了。朱都纳与他的儿子朱天保，在家中商议，俟圣上回京立即拜折，奏请复立胤礽为皇太子。"

雍亲王道："这朱都纳是谁，我不大认识。"

云中鹤道："朱天保是个翰林院检讨，折子大概也由朱天保动呢。"

雍亲王道："我也不写信了，你给我赶快送一个信与张廷玉，叫他得便密奏，就说是我说的，叫他奏检讨朱天保结交废太子，意图拥戴。快去快回。"

云中鹤应声自去。不多几天，鄂尔泰、张廷玉先后有信到来，都说是遵命办理。

这日，康熙皇帝大驾回京，雍亲王衣冠齐楚，同了众阿哥及满汉文武百官，出城迎驾。一时驾到，众人跪伏道旁，只见两个侍卫飞骑驰来，喝问："哪一个是翰林何焯？"就见汉班中一人应声道："臣是何焯。"侍卫更不搭话，把何焯就众中抓起捆了个结实，横载马背，驰赴刑部而去。众文武无不骇然。康熙帝降旨叫把何焯家中所有书籍尽数抄进，钦派学士蒋廷锡严行检勘有无狂谬文字。康熙帝回了宫，传旨叫众文武散去。雍亲王随同众阿哥，跪请圣安之后，召应对得三五语，也就退出。

这夜，血滴子有从狱中探听回来的，雍亲王问八贝勒已否差人入狱探视，回称："倒不曾见。好叫王爷得知，这何焯真是个书呆子。他家里头人急得什么相似，他在监中却依然眠食如常，琅声读书。同监犯人很厌恨他，问他读什么书，他回说是《易经》；问他你现在死生莫保，读这书来何用，他回说是朝闻道，夕死可矣。王爷，你瞧他傻不傻？"雍亲王也就笑了。

次日，忽有钦交案子，叫诚亲王胤祉、雍亲王胤禛会同大臣，严审翰林院检讨朱天保奏请复立胤礽为皇太子一案。雍亲王入宫请训，康熙帝道："他折内有皇太子'圣而益圣，贤而益贤'二语，你须问他何所见而云然。"

领旨下来，好在会审的大臣鄂尔泰、张廷玉都是一气的人，当下就会集坐堂，提上犯官朱天保。逐细驳诘，问他你在哪一件事情上，瞧出废太子的圣，哪一件事情上，瞧出废太子的圣而益圣，哪一桩是贤，哪一桩是贤而益贤，明白详细回上来。朱天保被问得呆了，雍亲王道："究竟你是受谁的指使，上这一个折子？从实供了，我们好替你求恩免罪。"

朱天保道："犯官糊涂，实是自己的意思，并不曾受谁指使。"

雍亲王道："你既然说得'贤而益贤，圣而益圣'，你必然是确有见地。你必不是随意空说。要是随意空说，欺诳君上，你就脱不了个欺君之罪。再者皇上因为废太子不贤不圣，难主社稷，才把他废掉，现在你说废太子益贤益圣，那不是明明编派皇上不贤不圣了么？"

朱天保道："犯官罪该万死，犯官实因听了犯官父亲的话。犯官父亲系从看守人处传出的消息。犯官一时糊涂，信以为真。"

雍亲王又叫把朱都纳拿捕到案，审了两堂，具折奏上。康熙降旨，叫把朱天保正法，伊父朱都纳从宽免死。此时何焯一案，也经蒋廷锡奏称检勘书籍，尚无狂谬文字。康熙帝调进何焯的草稿，亲自检阅。检着了一个辞吴县令馈金的札稿，怒意渐消，于是检出几条，派内监到监中讯问何焯，据实明白奏复。康熙命放他出狱，还其书籍，仍入武英殿校书，不过革了一个翰林官衔。

雍亲王知道何焯是个读书入了魔的人，断然不会干出什么大事来。遂也虚与委蛇，常请他到府谈谈，又把《困学记闻》嘱何焯笺疏。

但是天下的事，再也预算不到。皇太子已废，八贝勒之宠已衰，雍亲王以为诸阿哥中再没有及得上自己的了。偏偏第十四阿哥胤禵，不知在什么上头，被康熙皇看上了，竟然大大宠爱起来。颁赐食物，颁赐珍物，远在自己之上。

这一年，准部夷兵攻入西藏，藏番告急，康熙皇又命胤禵为抚远大将军，出镇西宁，督同振武将军傅尔丹、靖逆将军富宁安、定西将军噶尔弼、平逆将军延信，大举救藏。瞧上头意思，对于自己的将来很是可危。

这日，想出了一个计较，一面派血滴子张人龙、云中雁夜入乾清宫，探听消息；一面授意廷臣，密叫大学士王掞、御史陶彝等，上折奏请建储。

欲知后事如何，且听下回分解。

第十二回

张孝子万里寻亲
毕中军片言解祸

却说张人龙、云中雁奉了雍亲王密令，跃上宫墙，翻身入内。张人龙道："你我两人分头探听吧。你往东，我往西。"

云中雁说："很好。"雀步蛇行，向东去了。

张人龙出入宫禁已不止一次，路径是很熟的。行到西配殿屋上，就听得下面坐夜的内监们正讲话呢。张人龙因听不真切，从殿后轻轻跳下，见后窗虚掩着，就用力向上轻轻一掇，向外一扳，开有尺许，丝毫没有声响。扁着身子，步入了殿。讲话的人在前面，全不觉着。急步轻行，隐身柱后。

只听一个道："你说十四爷有指望，到底从何说起？"

另一个道："十四爷派了远差，娘娘忆念着时时流泪，老佛爷劝她道：'你我都已年老，孩子们这么大了，很该叫他习练练办事。太祖太宗以武建国，做子孙的断不可贪图安逸，自暇筋骨。他排行又小，不立点子功劳，兄弟们他日未必肯心服。你这么聪明一个人，我这点子意思，你还体会不到么？'娘娘听了，就欢喜了。那不是十四爷很有指望么？"

先一个道："你亲自听得的么？"

那个道："我正伺候着老佛爷，怎么不是亲听得？"

先一个道："老佛爷原是爱上四爷的，后来不知在什么上头，瞧出了他奸诈来，就此把疼四爷的心移到十四爷身上去了。"

张人龙仍在后窗跃出，蹿身上屋，径奔乾清宫。见康熙皇帝兀自秉烛批阅奏章呢，窗外有十多个坐夜太监。张人龙见东殿角上伏着一个黑影，望身影儿知道是云中雁。云中雁在那边也已瞧见，举手招呼，彼此约会了，从殿后跳下。

云中雁问："你探得消息没有？"

张人龙点点头，转问云中雁。云中雁摇摇头，当下越出宫墙，回到雍王府。雍亲王坐在回事室老等呢，两人弹锣为号，飞入室中。

雍亲王道："二位回来了，有消息么？"

张人龙先把两太监的问答据实报告一遍，雍亲王点点头，又问云中雁。云中雁道："王中堂与陶大人怕都要受着处分了。我见老佛爷瞧奏章，想来这一个奏折是王中堂的，老佛爷面现怒容道：'王揆这么不晓事！'后来又瞧着一个奏折，怒得更厉害了，自语道：'陶彝真糊涂，两陲军事未定，朕终不建储。他们这么麻烦，少不得狠狠办他一下子。'这么看来，陶大人与王中堂都要受着处分了。"

雍亲王道："二位辛苦了，快去歇了吧。"二人退出。

次日，奉到上谕，王揆、陶彝果然为奏请建储，都得了革职，并发往大将军军前效力的处分。雍亲王愈益忧虑，没法子，只得寒往暑来，等候机会罢了。

这日，独居深思，正在筹划一切，忽见监军净修穿窗飞入，突然道："云中燕已被人家拿住，王爷的宝物也在那里，我都查得了。"

雍亲王道："查得了？在哪里？"

净修道："我因忆着云大哥，近自京津，远至川陕，没一处不查到。年老爷那里我也去探问，云中燕虽然不在那里，却遇见一个异人，得了一半的消息，所以特来禀知王爷，竟是一个救他的法子。"

雍亲王道："你的话，我很不明白，到底怎么一回事？"

净修便从头到尾讲说出来，把个雍亲王听得神摇意夺，目骇心惊。

原来净修自王爷那年失宝之后，便到湖北、江南一带查访，长江英雄如浪里钻孙大头、混江龙金毛毛、分水蛟朱阿虎以及陈占五、杨忠恺等，都不是他的对手。有的伤于神弹之下，有的败于双刀之手，差不多全数降服了。查问宝物，都回"我们只在江中吃饭，北京从没有过去"。东到浙江，访问王瑞伯，王瑞伯是安分良民，靠着医伤度日，自然更无眉目，徒手回京。偏偏血滴子团中，失去了个军中之胆云中燕。他见云中雁、云中鹤忙着办理别事，就一个悄悄自北而西，留心探访。

到西安城拜访总督年羹尧，谈起云中燕失踪之事，年羹尧也很骇异，遂道："毕五来此，我已保了他副将衔，委着督标中军官。云中燕的事，极该叫他知道，同想想法子。"

净修道："好极，我正要见他。"

年羹尧立刻派弁去传请，不一刻请到，净修不及寒暄，就把云中燕的事说了。毕五道："云大哥是我的大恩人呢，不得了，只是云大哥的本领谁也用得上？怎么会闹乱子？敢是我遇见的那一对少年夫妻，他竟撞在他们手中么？他又是个极精细的，绝没有我那般粗莽，这可想不出了。"

当下年羹尧设筵相待，就叫毕五陪客。席间又谈了些雍邸近事、京城新闻。席散之后，净修要耽搁毕五那里去，年羹尧也不强留。此时毕五已把家眷接了来任，净修虽是出家人，彼此至好，毕五叫妻子、女儿都出来拜见。原来毕五只生二女，尚未有儿。净修问大小姐十几岁了，毕五回十六岁了。净修道："活跳是个观世音身旁的龙女。老弟你真好福气。"

毕五道："女孩子大了，选配女婿，最是一件难事。郝五哥，还是你出了家清闲自在，我真被累死了呢。"

这夜，毕五就宿在书房，陪伴净修。谈到张兴德寻仇一事，毕五皱眉道："听说此公现在隐姓埋名地找我，早晚总要伤在他手里。"

次日，毕五陪着净修在城中各处闲逛，行至一处，忽见游人聚观，簇成一个人圈。毕五眼光尖锐，早瞧见是个江湖卖艺的后生，在那圈中卖艺，很是眼熟，好似在哪里见过似的。遂道："我们进去瞧瞧。"

净修跟随入内，见那后生面貌很是清秀，通只十七八年纪，甩踢钩步，轻灵矫捷，进退疾徐，从容暇豫，的确是少林宗俞家拳法。毕五此时已经瞧出，呼道："卖艺的请暂停，我要问你话。"

那看闲的人都认得毕五，遂道："这是我们中营毕大人呢。毕大人要问你话，快停了。"

那后生收住了拳，向毕五道："大人有何谕话？"

毕五道："你不是宿州人姓张么？我爱你小小年纪有此技艺，真是可造之才。可惜你此中还有许多缺陷，随我衙中去，我当一一指示你。"

那后生听了，便收拾拳场，跟随毕五就走。净修见了，很是不解。三个人同到衙中，毕五问询那后生，才知他姓张名福儿，江南宿州人氏。父亲张兴德，在本处设着镖局，专替官商保镖。

毕五道："你十几岁了？"

张福儿道："十八岁了。"

毕五道："且在我这里住上十天半月，我要指点你拳技呢。"

看官，毕五隐姓投师，在张兴德家里偷学了罗汉拳，又盗他的骡子，在外作案，张兴德恼极，跨骡寻仇。这一段故事瞧过《八大剑侠》的，都已知道。彼时张兴德的儿子福儿通只十一岁，哭着要出处找父。他母亲不许，严行管束。寒来暑往，一年又是一年，福儿到十四岁那一年，忽从学塾中逃去，留书告母，言出外寻父，不遇不回。他母亲大惊，派人四出寻访，哪里找得着？

这张福儿年纪虽小，家学渊源，于俞派拳技已得大概。一路卖技访父，那外府他州张兴德的朋友很不少，见了福儿，一是怜他孝勇，二是念及上辈交谊，倒都肯资助他，照拂他，因此路上倒并不受困。这张孝子南及闽粤，东至辽阳，北走京师，往返万里，总与乃父走了个错路，没有碰见。到了这里，听说在那里，赶到那里，又说向彼方去了。现在张福儿从甘肃、宁夏赶到西安，因听得人说乃父已到西安的话。从十四岁上出门到今，首尾已历五年，意志还如初出门时一般的孝勇。到西安第一天，就遇见了毕五。

当下毕五把他留在衙中，教他逐套学习，一一指点其谬，反复详解，很是热心。张福儿住了三天，便辞着要去，说我离家出外，原为寻访父亲，不能久住。毕五道："我知道尊大人不久就要来此，吾弟安心住下，总可父子团圆。"一面却叫净修作伐，愿将大小姐配于福儿。

净修不解道："他老子要与你寻仇，你为甚倒肯与他结亲呢？"

毕五道："福儿这点子年纪，就这么的大孝，万里寻亲，古今来能有几个？武艺也不弱。这种不选还选谁？再者冤家宜解不宜结，何况当日原是我的不是，结了这门子亲，解了两家的冤，这件事全仗大力，种种费神就是了。"

净修允诺。哪里知道张福儿竟然不肯答应，说我出来为的是什么，婚姻大事须当禀明父母，现在父亲还没有遇着。

净修道："毕中营意思，尊大人果然就在此间，但总要你应允了这门子亲，结过了婚，才肯引你相见，不然就走遍天涯，怕也未必碰得见。"

张福儿没法，只得允下了。当下毕五立即择日为女儿完姻，毕小姐也会武艺，与福儿很是相爱。毕五从此便每日改扮了小兵，出外私行察访。

一日，忽见一人跨骡入城，认得就是张兴德，毕五急忙回衙，立刻出令，明日黎明，亲至校场大阅。到这夜四鼓，唤张福儿到公事房，向他道："今日你可穿了我的盔甲，骑了我的马，代我到校场阅操。"又给他一个锦囊道，"途中倘有人来劫，瞧见了你，必然惊去。你急忙把锦囊授他，切不要遗忘。若遗忘了，父子便不能再见了。"

张福儿应诺，当下顶盔穿甲，跨马出衙。毕五叫心腹四人簇拥着张福儿行走，马前点着督标中军灯笼，掌号出发。将近校场，忽闻风声飒然，晓雾中一个黑影，宛似一只大雕，直扑向马上来。跟随的人齐声发喊，张福儿已从马上跌下，见抓己的人放了手，转身腾去，急喊道："且慢且慢，我为毕中营送信的。"

那人接拆锦囊瞧视，正踌躇间，跟随的人齐声喊道："张公子，不认得你父亲么？"

福儿顿时醒悟，急抱了那人痛哭。

欲知此人是谁，且听下回分解。

第十三回

净修僧中途逢剑侠
张孝子挈眷返家园

却说那人被张福儿抱住痛哭，忽见毕中营从跟随人中趋出，伏地请罪道："师父，你老人家万勿见恼。徒弟毕五自知诳师之罪，万祈宽恕。"

原来大雕似的黑影不是别个，正是那跨骡寻仇的张兴德。张兴德见毕五如此，没法奈何，双手扶起毕五道："老弟，你的智谋竟是个诸葛亮，我老匹夫竟屡次中你的计。事已如此，还讲什么呢？"

于是毕五委了个营官，代己大阅，自己陪着张兴德父子回衙，置酒款待，一面命大小姐出堂叩见。张兴德父子团聚，又得个美淑媳妇，自然也喜出望外。英雄相遇，一见如故，净修与张兴德会了面，谈论拳技，十分投机。当下就谈起雍王府失宝、云中燕失踪的事。

张兴德失声道："云中燕是少林孔派能手，寻常敌手绝不在他心上，定然遭了太阳宗算计了。要是着了太阳宗的手，就使南中八侠也无法可想，更不必论你我了。"

净修道："什么太阳宗？我竟不曾听得过。"

205

张兴德道："这太阳宗敬奉的就是太阳星君。每年到了太阳圣诞，本宗信士弟子都要捐助奇珍异宝。这太阳庙的住持，听说是个老姑子，本领非凡，武当、少林两家都不敢和她怎样。并有好多豪杰都投在她宗下，听候使唤呢。"

净修道："这庙在哪里？"

张兴德道："太阳庙各处都有，听说保定飞龙岭的是主庙，那姑子就在那里。"

净修道："那么王府所失的宝物定在那里了。"

张兴德道："这太阳宗平日并不做买卖，不过圣诞日前，宗门信士出来干一回。他做的总是大富大贵、极有声势的人家，所取不多，不过一件两件，价值却总在万金以外。"

当下净修就恳求张兴德同去飞龙岭走一遭，探听云中燕消息。张兴德不肯，道："大师父，我也是个直爽人，你们这血滴子本来也太嫌歹毒。再者我们练就了本领，很该替世上铲削不平，锄强扶弱。现在你们投奔在雍府，专替王爷一个人办事。我想王爷富贵荣华，一人之下，万人之上，他那威权、那势焰，已经是再强没有的了。就没有众位，也不见就会弱，众位也何必辛苦扶助他呢？"

一席话说得净修无言可答。当下毕五把张兴德待得非常恭敬，非常诚挚，又以从前所学，犹有未至，密求请益。张兴德笑道："老夫十年来，两败于君，君已智谋出众，这区区小技，还不肯轻弃，岂欲独擅人间双绝么？"于是悉心指点，并授以秘本《易筋经》两种、《拳经》一部，嘱道："能够照书勤练，天下无敌的了。"

年羹尧闻知张兴德在中军衙门，立刻派人来请。又传毕中军进衙，叫他代为致意。张兴德难于却情，只得上辕相见。年制台并不托大，十分谦恭，十分隆重，并立委张福儿千总之职。张氏父子是闲散惯了的，苦苦求免，年制台哪里肯依？没奈何，只好权时做官。毕五便欲派人替张兴德南中接眷，张兴德执意不从，只不过写了一封信，送了几百两银子到家。

净修既然探得飞龙岭消息，又邀不动张兴德，便辞了年羹尧、毕五，赶回京师报信。却绕道保定，探问以飞龙岭。有的说知道，有的说不知，就照那知道的人讲的话找去，却是一座莽莽荒山，虽有一二所庵观，颓垣破殿，残塔败基，哪里有太阳庙影子？没法想，只得赶回雍王府，据实报告。

雍亲王道："姓张的既然不肯帮忙，你就该叫年羹尧、毕老五两人转劝。江湖上最重交情，或者却不住年、毕两人情重，应允了也说不定。我此刻正有一事，欲与年羹尧商量，明日仍派你替我走遭，却要他无论如何总要请姓张的帮你探听云中燕。云氏六雄，中燕为最，何况我这里再也不能少他。"

净修道："据张兴德说来，太阳庙的老姑子非常厉害，请王爷再派一人去。"

雍亲王道："张人龙与张兴德在泰山上会面过的，就叫人龙同你去，好不好？"

净修应诺。次日，雍亲王交出一封要信，叫净修、张人龙送往西安，当面交与年羹尧。又嘱二人请到帮手，救回云中燕。

二人飞行赶路，无非渴饮饥餐。这日，在路上遇见一个和尚，阔绰非凡，跨着骏马，还随着一乘骡车，车上满载箱笼。那和尚体魄雄伟，双目炯然，回头顾盼，似曾相识。

净修道："好眼熟，再也想不起这个和尚。"

张人龙道："我却不认识。"

净修道："好在同是这条路，咱们跟一段吧。"

于是不疾不徐，跟着这和尚赶路。一时到了个市镇，和尚就打站了，净修、张人龙也就投宿。见那和尚正叫店主办酒肴、理行榻，忙得个不得开交，好似等候什么大客人似的。净修悄向张人龙道："你我早早睡觉，密侦他的动静。"

一时听得那和尚讯问厕所，出外解溲去了。净修急忙蹿入对间和尚房中，腾身飞起，伏在梁上。见绛烛高烧，酒肴满列。一时，和尚进来，幸喜倒不曾瞧见。据案独酌，饮啖很豪。忽然有物穿窗而入，冷然若流星，烛光之下，风声飒飒，星影散乱。那和尚也腾身而起，开窗相候。忽见一个老头儿自空飞下，那和尚很恭敬地迎接道："恭候已经多时。"

净修就烛光下一瞧，惊得几乎堕下地来。原来此老就是十五年前遇见的八大剑侠路民瞻。只见那和尚让路民瞻坐了上座，殷勤劝酒，两人低声讲话。所讲的话，别说听不真切，就听了也不很懂。讲了好一会儿，忽见那和尚仰首道："梁上的朋友，辛苦么？可以下来了。"

净修大惊，只得跳下，先与路民瞻见礼，口称："路爷我是认得的，这位师兄好生面善。"

那和尚笑道："二十年前，我是领教过郝兄神弹的。彼时郝兄仗着神弹，我仗着连弩，彼此对玩了半日，弹箭相击，半空中铮钺噼啪，火星乱迸，郝兄忘记了么？"

净修恍然道："师兄就是神弩手李琴客么？受了戒，竟认不出了。"

那和尚道："吾辈行装虽改，神情依旧。郝兄几时出家的？"

净修道："我从碰见了这位路爷，壮志全消，就做了和尚。现在不是旧交，都只知道我是净修和尚。师兄的法号呢？"

那和尚道："我叫静莲，系少林宗痛禅上人的徒弟。现在我师圆寂，我就遵循师父遗命，各处去行些功德。"

转问净修，净修便把自己的事约略述了一番。静莲道："那也是各行其志。据我看来，你们这位王爷是个不好相与的人，能共患难，不能共安乐。至亲莫如兄弟，他对于自己弟兄还这么阴谋算计，何况闲人？你们替他白出力，白出汗，总有懊悔的日子。血滴子所干的事，师兄虽然不肯告诉我，我辈具有耳目，岂无闻见？不过皇室与皇室作对，不与我们百姓相干，不去管他就是了。"

净修道："师兄，我打听你一个人。飞龙岭有一个老姑子，你知道不知道？"

静莲道："广慈主师？知道的。你问她做什么？"

净修道："我因闻得她的名气，白问问罢了。"

静莲道："广慈主师厉害得很，白问问便罢，倘然你要找她，就血滴子全数赶去，怕也奈何她不得呢。"

净修告辞回房，张人龙道："那和尚的话，我都已听得。他称老姑子为主师，敢怕也是姑子一党呢。"

净修道："一党不一党倒也不必管他，不过这姑子听来确不是好惹的。"

次晨起身，正欲出门，静莲已笑着进来，净修忙替张人龙介绍了。静莲道："你们昨晚的话，我都已听得，你那朋友陷在飞龙岭，是否真确还没仔细明白，你们就要去。我很佩服你们的勇，只是我看来，你那朋友如果在那里，绝不会有什么意外。因为主师是很慈悲的。我与你们今儿是要分路了，这几句话就是我的临别赠言，听不听悉随你们。"说着点头告别，跨马飞行而去。净修与张人龙目瞪口呆，只得算清店账，拔步赶路。

不则一日，来到西安省城。先到总督衙门，呈上雍亲王书信。年羹尧拆开瞧时，见说的是十四阿哥极蒙宠爱，得掌兵权，于将来前程很有关系。自己当前地位很为危险，欲图一劳永逸之计，当从何处入手？末言云中燕一事，希力请张兴德帮助，并言复信可派妥人送京，因净、龙两子急须访燕等语。

年羹尧不敢怠慢，立传毕五进来，与他商议。毕五道："这是很难的事，张兴德父子有好几次要辞官回南，我好容易留住了。我的女婿总说学艺未成，被个官束住了身子，将来耽误定然不浅。现在强劝他当差，怕他辞官的念更急了呢。"

年羹尧道："江湖上最重义气。你只把朋友的情义打动他，少停我当面央他，也是这么说。王府的威权、总督的势焰，只好都捐了吧。"

毕五回去，向张兴德央说，兴德果然不肯应允，经张人龙、净修都来央恳，年羹尧又亲身来请，说上无数的好话。张兴德道："我张兴德也不是怕事的，不过太阳宗不曾来犯我，我也不能犯他。现在蒙年大人和众位这么的说，瞧得起我，倒使我不能不应允了。但是我先有一件事央恳年大人，年大人应允了我，我就去。"

年羹尧忙问何事，张兴德道："我的儿子福儿，他娘素来视同性命，母子两人从不曾轻离过一步。就为了我，累得他万里奔波。现在大人恩典，赏了他一个官。并不是我不识抬举，乡村孩子，白折了他的草料，倒累得他妈镇日镇夜，在家望穿了眼珠子。现在求恩准他告了个病，让这孩子领了他媳妇家去见见娘，便他妈瞧见了儿子、媳妇，也欢欢喜喜，那我就遵命飞龙岭去走遭，拼了我这老命也情愿。"

年羹尧道："老英雄肯去，年某自当遵命办理。"

于是张福儿始得准了个告病。父子欣喜，如释重负。兴德叫人带了媳妇先行回南，我且以飞龙岭去走遭，飞龙岭回来，也就到家，再不必出来找寻。福儿应着，拜别了父亲并岳父、岳母，领着妻子，跨着乃父的健骡，欢欢喜喜地去了。

　　欲知张兴德等如何入探飞龙岭，且听下回分解。

第十四回

飞龙岭英雄履险
多宝阁豪杰遭擒

却说张兴德眼看儿子、媳妇跨骡而去，心下很是欢喜。

净修道："咱们也可以商议起身了。"

张兴德道："净师父，你说曾到飞龙岭探视过一回，到底如何样子？"

净修遂把经历过的情形说了一遍。张兴德道："照你所说，别是前山么？这飞龙岭前山雄壮宽广，后山峭拔险狭，太阳宗的庙宇前山既是不见，那必在后山无疑了。记得后山最险所在，是一线天。如果真在一线天，可就费事极了。这地方一夫当关，万夫莫开。咱们到了那里，不知能进去不能进去。"

张人龙道："有我们三人齐心，怕他铜山铁岭？老镖师，几时走呢？"

张兴德道："明日吧。"

于是年羹尧设席饯行，这一席酒并无外客，就只张兴德、净修、张人龙、毕五、年羹尧五人，谈谈说说，直喝到半夜方散。次日动身，年羹尧又派毕五代送出城，很是谦恭周到。

张兴德等三人一路无话，这日行到飞龙岭，张兴德道："净师父，这条路走过么？"

净修见一带雄山，峥嵘崚岑，一峰峰雄奇挺拔，高插云天，那峰腰里有好多处都被白云锁住，回道："不曾走过。"

张兴德道："这是飞龙岭后山。我还是小时光，跟着师父采药到此。屈指已有四十多年不踏此土了。山峰依旧，人却老了。不知飞龙岭还认得故人否。"随道："从这里去便是一线天，那边去就是仙洞。咱们且从一线天走去逛逛。"

三人鱼贯而行，张兴德打头，净修居中，张人龙压后。愈走愈狭，愈进愈暗，羊肠曲径，峭壁悬崖，危坡老树，着风怒号。净修道："这里如果守上一两个人，万马千军也难杀入。"

张兴德道："里面还要险呢。"

说话时，狭径已经走尽，眼前顿时一亮。只见一片广大山坡，复复抱在里面，树木、房屋很是不少。张兴德道："且到树木中憩息一会子，休被山中人瞧见了。"

三个人走入树林中坐下，张兴德道："太阳庵果然造在此处。"

净修道："何以见得？"

张兴德道："这许多石屋，从前是没有的。等天晚了，你我入内探听，就可明白。"

说着，就见有一队乡农似的人，都掮着麻袋，袋内满装着很重的东西，大概是米谷麦豆之类，走向中间那所大院子去了。不多时，那起乡农都欢欢喜喜地出来，走过树林，还在讲话，都是称说那老姑子的好处。原来这一起乡农都是送杂粮来的，这里房屋，果然就是太阳庵。

候到天晚，三个人就把干粮各吃了点子，步出树林，已见满天都是星斗。三人走成一线，依然是张兴德打头。到了庵门，抬头见上面并没有匾额，三人蹿上了墙，乱石砌成的墙究不比大砖瓦平坦，举步时非常留意。等到蹿过了两三重屋面，见有火光的地方，瞧了瞧，都是女子。那房屋屈曲缭绕，幽深得很。幸喜在上面，还不至于迷误。

行至一处，忽闻檀香香气，循着香气走去，听得有人在屋内诵经。张兴德轻轻跳下，就窗隙内张进去，见上面供着佛像，琉璃灯内结有三个灯花，把火焰压住了，不能透亮。案上炉烟缭绕，绛烛高烧。蒲团上端坐着一个八十多岁的老姑子，正在那里念经呢。看去慈眉善眼，很像个有本领的人，不过头顶、脑后隐隐发出精光，好似佛菩萨的舍利子光似的。知道断然不能轻惹，纵身上屋，向后飞行。净修人龙赶忙跟上，问瞧见了什么，跑得这样快。张兴德道："老姑子，老姑子。"

张人龙道："瞧见了，我们就进去问问她话。"

张兴德摇手道："我瞧她虽是含威不露，那头上发出的精光宝气，断乎不能轻惹。我们此来，本为探听云中燕消息，万勿节外生枝。"

一边说一边走，净修道："此间地形是螺旋式，那房屋竟盘得转的。"

又蹿过了三四重屋，听得后面水声潺潺，回望是一个小瀑布，下面万丈深谷，两边隔断有二十多丈。张兴德道："被他把房屋筑断了，在下面走时，须跳过这很阔的山谷，危险得很。"

张人龙道："那边也有一所房屋，孤零零地在那里，敢怕就是囚禁人的？我们纵过去瞧瞧。"

三人扑扑扑齐飞到多宝阁石墙上，向下瞧了瞧，有一个石板天井。张兴德跳下，净修、人龙也都跟下。见光平如镜，便都向中间走来。张兴德是第一个，觉着脚底下一沉，石板翻转身子，顿时堕下去。亏得他功夫好，急忙向上一蹿，扳住了第二块石板，作势一纵，依旧跳了上来，向二人道："地下做有机关，险得很。"

于是逐步留神，举足之先，先用脚来试探，觉着中间的那排，踏上去没一块不活动，两边的才是实在。步上石阶，见上有匾额，写有"多宝阁"三字。净修道："既称多宝阁，总是珍宝物之所，雍府所失之宝，想必也在其中。"遂从宝囊中取出斧凿，凿开了窗子，探身进内。不意才踏着地，特溜特溜，一块很大的千斤石盖顶门压下。净修急忙蹿过，亏得没有压着。兴德、人龙都从千斤石上面跳进，不意净修手中的斧凿早脱手自飞，飞上了梁间去。张兴德所带的双刀、净修人龙所藏的血滴子，也都跃跃自动。三人连称古怪，室中并无灯烛，却被珠光宝气耀满了一屋子，倒也并不觉暗。

张人龙见脚下平实，放胆前行。才踏到栀子花地毡上，就听得哧啦啦一阵怪响，不知哪里伏着人，弩箭飞蝗似的射来。张人龙一边接，一边摸出金钱镖，飞射抵挡，被他接着了五六箭，抵挡掉十来箭。究竟连弩有到十架，两只手哪里抵挡得尽？肩窝上早着了两箭。吃了痛，便向左边退避，避到什锦架前，踏上梭子块地毡，脚下一沉，一个鹞子翻身，早翻了下去，堕向牛皮网中去了。

张兴德、净修都着了慌，急行向前，要救他已经不及，哪知才近树架，脚下地皮都活起来了。张兴德口称不好，急把树架一扳，不意架中伸出两只铜手来，将自己拦腰抱住，再难挣得脱身。那净修见二张都被机关拿住，不敢前进，步步留心，退出屋来。越过千斤石，蹿出窗口，见阶沿上已站着个人了。星光之下，仿佛是个女郎。只听那人口喝"贼子慢走"，发音清脆，果然是女郎。净修欺她是个女子，腾身飞腿，望准那女子肩窝踢去，女子一偏身，没有踢着，一个箭步，蹿在净修前面，喝道："贼子，你胆敢抗拒事主，究竟有多大的本领？今日你休想走。"挡住了去路。

净修见她不还手，只当是不会技击的，放开架数，接二连三流星似的打将来。那女子始终避让，一下也不还击。约莫让过八九十记之后，净修又飞腿踢来，这一踢女子并不避让，俟他踢得切近，右手三指作势一接，净修急欲收回，已被她接住。女子抢大拇指只向他大敦穴上一转，净修麻痛得双泪直流，站不住跌倒了。女子乘势把他两手反缚了个结实，笑道："你这贼子倒也略有点子能耐，快随我见主师去。"

净修被这女郎猴子似的牵着，身不由主，只得跟着走。牵到一间配殿里，早见灯火通明，有十多个女子伺候在那里。张兴德、张人龙也都捆作馄饨样子，与自己同为阶下囚。

只见一个女子道："谁去请示主师？三个贼子都已捆缚了呢。"

一人应着入内，一会子出来道："主师正入定呢，咱们看守一会子是了，不必麻烦她老人家。"

候了好久时光，才见一女子自内而出，向众道："主师出来了。"众人立刻肃然。遂见四个垂髫女郎，簇拥着一个八十多岁的老姑子出来。老姑子坐定之后，先命提上那和尚问话，问道："我瞧你也是佛门子弟，何苦做贼？你叫什么名字？在哪里受戒？讲来！"

净修道："我叫净修，在法华禅院受戒为僧。此来实是结伴访友，并非做贼。"

公主听了，向左右道："给我搜检了来。"

就有人把净修等三人都搜检了一会儿，搜出血滴子、百宝囊等物，只有张兴德除双刀外，不曾有别的东西。回过公主，公主道："你说访友，访的是哪一个？"

净修道："是云中燕。"

公主又命提上张人龙，不过问了姓名，遂道："云中燕果然在本山。本师慈悲，念他造孽重大，欲用降龙伏虎之法，把他感化得去恶从善。现在功德不曾圆满，未便纵虎归山。你们来了很好，就可叫你们与他住一块儿，同行忏悔。本师只要你们野心已驯，立可释放你们。"遂命解入云母窟去。于是净修、人龙也做了石窟囚人了。

公主叫提上张兴德，问道："我瞧你很像个安分良民，为甚与这些匪徒一块儿混？你叫什么名字？"

张兴德说了姓名，公主道："宿州双刀张就是你么？"

张兴德回说是的，公主道："你是江南安分良民，为甚与他们同来？"

张兴德便据实说了一遍，公主道："你有这么的好儿子，可见上天不曾薄待你。"遂命松了他的缚，向他道："今回的事，我很能够原谅你，但望你今后能够安分守己就好了。"

张兴德见老尼待自己与待血滴子大不相同，不禁感激起来，连应了几个"是"字。公主道："我最爱的是忠臣孝子，你的儿子我很愿见见，你肯许他到此么？"

张兴德道："蒙主师抬举，荣耀得很，哪有不愿之理？弟子回家亲自带他前来是了。"

当下公主便命摆宴，向张兴德道："本庵都是女徒，不便相陪，请张镖师多喝一杯吧。"

张兴德抱拳称谢。宴罢，命引入客室中歇宿。次日，公主命放张兴德回家，临别又两三嘱咐他带了儿子来。张兴德诺诺连声，出山自去。

欲知张兴德是否带子来山，公主要见张孝子究竟有何用意，都在下回书中再行宣布。

第十五回

改遗诏雍王登大宝
煮豆萁皇子被诛夷

却说张兴德回到宿州家里，妻儿媳妇正在那里共话，瞧见兴德回来，自然异常快活，少不得各诉离愁。因与本书无涉，我也没暇去叙他。当下张兴德便把在飞龙岭如何遭擒，如何获释，仔细说了一遍，向福儿道："好孩子，你愿意去么？"

福儿道："听来这姑子是个有道的异人，正派得很。儿子去见见，倒也不为无益。"

于是在家中住不到十天，父子二人却又联骑北上。入了飞龙岭，见过公主。公主问了张福儿几句话，大大称许，就愿留他在山，传授他剑术。福儿大喜，立即投拜公主为师。庵中人向福儿道："主师从不曾收过男子为徒，那剑术非有根基之人，更不肯传授，就咱们中只有吕四娘一人会这个。现在主师一见你，就肯传授剑术，真是万分看得起你。你的福真是不小。"

从此张福儿就在山中学剑，张兴德自跨着健骡回宿州，仍干他保镖旧业。按下不提。

却说雍亲王胤禛的府第在北京安定门内，宏敞宽广，为各阿哥府第之最。有六所正殿，八九所配殿，殿高十丈，广及数亩。

寝殿之后，又建有花园、假山、楼阁，无不咸备。府内东南隅建一所大院，专备血滴子英雄住宿，飞探宫廷及外省的举动，千里一室，瞬息皆知。消息已经十分灵捷，雍亲王却终嫌不便，密雇匠人从花园中开筑一条地道，直通乾清宫。乾清宫里本有一条地道，不过是通向别处的，现在新地道只消与旧地道相接，就能够直达宫禁。好在地下工作，地上的人一些儿没有知道，昼夜工作，不过两个多月，早筑成了。雍亲王非常欢喜。

此时年羹尧的回信也已送来，却是奚齐在外，重耳在内，在内可相机行事，在外究鞭长莫及，静俟时机，不必忧虑等语。雍亲王点头叹服。只是净修、张人龙去后，鱼沉雁杳，音息全无。只消自己整机顺利，此种不相干的人，少掉几个也毫不在意。

这一年是康熙六十一年，康熙帝从南苑打猎回来，忽地得了一病，就在畅春园在养病，雍亲王便左右不离地侍奉汤药。大夫请脉开方，进了药来，雍亲王总亲自动手煎煮。无奈雍亲王煎的药，服下去非但不见好，病势倒一天一天增加起来。病了六七日光景，康熙帝自觉不支了，唤雍亲王到龙床之前，口授遗诏，命传位皇十四子胤禵。雍亲王心生急计，口里应着，手写遗诏时，却故意把胤禵两字漏脱了。写好之后，念诵一遍，却依旧把胤禵两字念上。偏偏康熙帝要瞧过一遍，再用国宝。瞧到"传位十四皇子"之下没有名字，问他为什么落了，雍亲王道："子臣一心惦着老佛爷圣躬，一时疏忽，就脱漏了。现在想来，十四皇子就是将来的君上，君上御名，臣下不便直呼，脱漏了倒也未始不可。好在'十四'两字已经标明，再不会有误的了。"

康熙帝究竟是垂死的人，心思哪能精密？就这么用了御宝。雍亲王敬谨捧出，却暗把"十四皇子"的"十"字上面加了一画，下面加上一钩，变成了个"于"字，成为"传位于四皇子"

了。把遗诏随即发出。这夜康熙帝驾崩，皇四子雍亲王遵奉遗诏，即了皇帝位，即以明年为雍正元年。

雍正帝身登大宝，就想出计较，办理众阿哥。密派云中雁等一班血滴子，探视众阿哥对于自己举动。先后得着密报，知道众阿哥因遗诏上不曾载有名字，虽不敢明言反对，暗中却都窃窃私议。雍正于是特下恩旨，叫八阿哥胤禩、十三阿哥胤祥同了大学士马齐、尚书隆科多总理事务。却就降旨一道，谕总理王大臣等，叫他们会议具奏。其辞是：

> 西路军务大将军职任重大，十四阿哥胤禵势难暂离。但遇皇考大事，伊若不来，恐于心不安。着速行文大将军，令与弘曙二人，驰驿来京。军前事务，甚属紧要，公延信着驰驿速赴甘州，管理大将军印务。并行文总督年羹尧，于西路军备粮饷及地方诸事，俱同延信管理。年羹尧或驻肃州，或至甘州，办理军备，或至西安要办理总督事务，令其酌量奏闻，至现在军前大臣等职名，一并缮写进呈，尔等会议具奏，钦此。

这一道谕旨，真是最妙不过的妙计。要是胤禩、胤祥奏不如旨，就好办胤禩、胤祥的罪，要是胤禵抗旨，就好办胤禵的罪。倘然遵旨来京，那是他已投罗网，就不妨随时摆布了。一面另以密旨一道，命血滴子飞递年羹尧，叫他密调兵马，一俟明旨行到，立即驰入大将军营，逼夺印信。

过不到几天，胤禩等复奏上来，称谕旨甚属周详，应速行文大将军，将勒印暂交平郡王讷尔素署理，即与弘曙来京。雍正帝准奏，降旨去讫。又特降恩旨，封贝勒胤禩为和硕廉亲王，十三阿哥胤祥为和硕怡亲王，贝子胤祹为多罗履郡王，二阿哥的儿子弘晳为多罗理郡王，淳郡王胤祐的儿子曙封为长子，贝子胤禔的儿子弘春封为贝子，十七阿哥胤礼封为果郡王。又命诸王阿哥的名字上一字，与御名相同，着改为"允"字。

此时血滴子人员见雍正做了皇帝，愈益忠奋尽职，穿梭般报告机密。云中雁报告的是诚亲王处行走的陈梦雷父子招摇不法，雍正帝道："这陈梦雷本来是附耿精忠的逆臣，从宽赦免之后，又这么地不安本分。"立即下旨发遣关外。云中鹤报告的是理郡王弘晳有废太子旧党时时与他往来，行踪很是诡秘。雍正帝就把弘晳移到京外二十里地方郑家庄居住，免得朝臣时时念旧。吕翔龙报告的是朝臣奉到奉旨速议事件，往往延不置议，雍正下旨奉旨速议事件，限五日内复奏，不准迟延。邓起龙报告的侍卫官员人等，时与诸王私相往来的事，立刻下旨严禁侍卫官员人等，私在诸王门下行走。那允禩等一众阿哥虽然爵封亲王，职居总理，可怜他连个寻常百姓都不如，明里暗里都有人形影似的跟随着，虱大的事就要入宫飞报。

不多几时，允禟先得了个革去郡王，降为固山贝子的处分。郡王允䄉为了奉使口外，不肯前往，革去王爵，永远拘禁。贝子弘春也革去了爵衔，又把允䄉派往守陵。内中要算允禩、允禟办得为最厉害，下旨廉亲王允禩希冀非分，狂悖已极，情罪重大，很该削离宗籍，革去黄带子。其党允禟结党构逆，亦将黄带子革去，并令宗人府将允禩、允禟名字除去。一面把允禩削去王爵，圈禁高墙。把允禩之妻革去福晋，休回外家，严加看守。改允禟之名为阿其那，允禟之名为塞斯黑，允禟儿子弘旺名为菩萨保。经这么严厉惩办之后，朝臣都不免以煮豆燃萁、相煎太急等语，窃窃私议。

雍正帝闻知之后，又撰御制朋党论，颁赐群臣。于是就有几个希旨的大臣，动折纠参郡王允䄉身为大将军，毫不效力，只图利己营私，纵容属下，骚扰地方，吓诈官员，固结党羽，心怀悖乱，请即正典弄，以彰国法。下旨允䄉着于寿皇殿禁锢。

　　这日，血滴子云中凤又奏，裕亲王广宁对着家人谤毁皇上残忍少恩。雍正帝道："广宁他仗着铁帽子的势，只道我不能办他么？"

　　原来广宁是开国元勋多铎的后裔。多铎乃顺治老佛爷的胞叔，入关时光，立下大功，勅封和硕德豫亲王，世袭罔替。所以雍正帝称他作铁帽子。次日一道谕旨，豫亲王广宁着交宗人府永远锁禁。

　　此时血滴子在京里京外，一切举动异常神秘，因此朝野的事，无论你小如豆芥，细比毫毛，端拱无为的雍正帝瞬息皆知。

　　一日，有一个侍郎与同僚在家里玩纸牌，到终局忽然失了一张幺六，遍寻无着。次日上朝，雍正帝就问他在家做何消遣，那侍郎据实回奏。雍正帝就赏给他一个小纸包，叫他回家解看。及至解开，乃是昨日所失的纸牌一张呢。其人大惊失色。

　　又某尚书朝罢回家，其妻命婢进龙井新茶，尚书止住道："龙井价贵，常饮粗茶可也。"次日，雍正帝即赐他龙井二斤。

　　那阿其那、塞斯黑两个罪人在囚所，也会无缘无故伤掉了性命。雍正帝只说他们都伏了冥诛。偏偏血滴子云中凤这夜又报允䄉在景陵时光，有奸民蔡怀玺到院投书，劝允䄉造逆，书上竟称允䄉为皇帝。总兵意欲重办，请他的示，允䄉倒说此又不是大事，要酌量完结，遂把书上大逆的话，尽都剪去。雍正帝点头说知道，暂且接下。

　　却说川陕总督年羹尧奉到密旨，即命中军副将毕五调集人马，出赴甘州。自己等到明谕颁到，也就起行。大将军允禵倒并不抗旨，交卸了印信，率同弘曙进京去了。雍正帝叫他办理妥协，就封年羹尧为三等公，拜为抚远大将军，陕西提督岳钟琪为副将军，征讨青海叛藩罗卜藏丹津。为的是青海藩王罗卜藏丹津兄弟相争，兵连祸结。雍正帝特派侍郎常寿前往宣旨，谕他兄弟罢兵和睦。罗卜藏丹津抗不遵旨，倒把常寿留下了，所以特命年羹尧征讨。

这年羹尧兵法是熟不过，军令是严不过，无论弱将孱兵，到了他手里，顿时会变强悍，并且西北的地势，他又烂熟。因此旗开得胜，马到成功。不过一个月光景，把罗卜藏丹津的母亲阿尔太喀屯、他的妹夫克勒济农藏巴吉查等尽都擒获，并获男女牛羊无数，杀到柴达木地方。罗卜藏丹津带了二百余人，逃窜潜匿，青海部落悉数荡平。

欲知后事如何，且听下回分解。

第十六回

年羹尧深更遭飞贼
何玉凤奉母走他乡

却说抚远大将军年羹尧立了这不世大功，捷报到京，圣旨即封年羹尧为一等公，再赏一精奇尼哈番，并派侍卫十名，到军听候差遣。封年羹尧父亲年遐龄为一等公，加太傅衔，赐缎九十匹。授年羹尧兄弟年希尧为广东巡抚，封岳钟琪为三等公，遂命岳副将军搜剿余党，年大将军仍回川陕总督本任。

此时年大将军功高望重，爵为上公，威镇中外，真是一人之下，万人之上。就不过办事过于严厉，绝不知威信之外，世界上更有恩德。营中自副将军以下，无不栗栗危惧。

一日移营，恰值大雪，推运粮车的兵士手上积雪高有寸许，大将军颇为矜悯，遂命去指，意思是叫他去掉指上的积雪。不意兵士们误会了，一个个拔出佩刀，自把手指截去。

又一夜，大将军拥姬静卧，闻营外柝声朴然，笑向宠姬道："击柝的是某，也是朝廷极品官呢。"遂吟屏息道："而今始识书生贵，卧听元戎击柝声。"宠姬道："怕元戎此刻也拥心上人快卧呢。"大将军立传击柝的入帐，果然是提台派来的替工某参将。次日早晨，某提台与某参将的头，早已高悬营杆上了，一军凛然。

　　大将军有一个中表兄弟，几次来营求差。大将军总不过厚送程仪，不肯留他在营。现在大将军回到川陕总督本任，那人又求得封翁手信，来辕请求录用。大将军道："非我不肯用君，我这里都按着军法行事，倘有误犯，不行法有损威信，行法有损情谊，于尔我两有所损。"那人坚求录用，并自陈谨饬，绝不犯法。大将军就叫他在文案处当差。那人小心谨慎，办了三个多月的事，不曾闹过岔子。一日，辕门上送进一角公文，大将军亲自拆阅，签押房中，只那中表兄弟与大将军两个，那人在大将军对面，才偷张得一张，大将军并不发话，阅毕公文，遂命办酒，请那中表兄弟上座，盛筵款待。那人连问缘故，大将军一味地殷勤劝酒，并无他话。等到席终，才道："我此席是与老表弟饯行的。"那人惊问："大将军辞我馆么？"大将军道："私窥军机，按军法该立斩。适来公文未奉我令，在对面偷窃，老弟已犯军法。"那人大惊，叩头求饶。大将军道："我实爱莫能助。军营中上自主帅，下至小兵，谁敢不遵军法？我若饶你，我自己便就犯了军法。"立把那人推出斩首。

　　年大将军办事，诸如此类，表不胜表。

　　却说一日大将军独自一人在签押房里秉烛观书，忽一阵旋风把窗吹开，大雕似的一个黑影飞入。大将军惊视，却是一个大汉，浑身上下一黑如墨，乃是北京派来的血滴子云中雁。问他何事，云中雁道："奉有密旨，问大将军要件东西。"说着递过旨意。

　　大将军拆开瞧时，见上面写着叫把所有一切御笔谕旨封固，即交来人带回进呈。大将军叫云中雁坐下，立把谕旨点清封固，写了一个折子，交与云中雁。云中雁说一声"我去了"，霎时就不见了。恰值年福进来，大将军就告诉他才有飞客到此的事。

不过半月往来，驿递发回原折，上面有雍正帝御笔朱批，大大地申斥，词句很是严厉。大将军很是不乐，这夜大将军卧室中就失窃了两件要物，一件是鋈金双龙拜盒，本是贮藏谕旨批折的，凡安放拿取，都是大将军亲自经手。一件是大将军常佩的龙泉宝剑。窗门紧闭，椽瓦不动，也不知贼子是从哪里进来的。

大将军告知年福，年福告知署中人员，顿时合署惶然，忙乱要查检。大将军道："本署的人绝没有这个胆，偷去了也没用。不许张扬，免外人得知。"

原来雍正帝叫他封还的是在潜邸时光往来的手翰，都是极机密、极重要之物。大将军却只把寻常谕旨朱批固封进呈。雍正迟疑年羹尧抓住自己短处，要做造反的张本，所以特派血滴子来偷盗，哪里知道偷得的不过是个空盒，这鋈金拜盒大将军原是安放寻常谕旨的呢？

大将军经过这回变故，知道早晚会更有不测的事情，于是传信心腹将弁，密密防备。衙门四周，戎装将士逡巡往返，彻夜不绝。此时毕五已经升做了宁夏总兵，督标中军官姓何，是个副将职衔，这位何副将就是甘凤池的岳丈陈四的爱徒。当下何副将率领督标各将，在辕门上不住地逡巡，弓上弦，剑出鞘，如临大敌。

一夕，大将军秉烛独酌，执着笔自拟一张奏稿，停杯沉思，斟酌字句，非常的费心思。旁边侍立的只有老苍头年福与一个戈什哈，两人见大将军面带愁容，都不敢则声，静听墙外梆铃传呼之声，往来不绝，辕门传点，恰报三更。年福与戈什哈眼注着大将军，大将军眼注着奏稿，正这沉思邈虑当儿，忽闻背后一声怪啸，年福回头，见这戈什哈已经尸横地下，脑袋已经没有了。风起烛灭，大将军的奏稿也被怪风摄了去。大将军大呼有贼，亲兵家将风驰而集，四面搜拿，闹到天色大明，哪里有一点影踪？

大将军见血滴子常来缠绕，知道总难免祸患。闻得中军官何副将生有一位小姐，闺名叫何玉凤，英雄出众，美艳绝人。心想娶得这么一个媳妇，无论祸遭不测，年氏后裔总还可以不致灭绝。长子年富已经娶了亲不必说，次子年兴却还没有对亲。主意已定，就请陕西藩台为媒，向何副将求亲。偏偏这何副将存了个齐大非偶的念头，婉辞拒绝。藩台上辕回复，大将军老大没趣。又央本省抚台去说，譬说百端，何副将坚执如前。大将军怒道："多大的中军！他瞧不起我，叫他候着是了。"

督辕人员见大将军恼了，便到何副将家里，劝他见机。何副将愤道："婚姻大事，须得两相情愿，难不成拿着大将军威势硬压人？我难道为了这副将前程，白叫我可爱的女孩子受一辈子委屈不成？我拼着这个官，拼着这条命，瞧大将军把我怎样！"

俗语说的，不怕官只怕管。何副将当着中军官，大将军是他的顶头上司，结了这么一个怨，果然不到一个月，就吃了一场冤屈官司，革职下狱。在狱中大将军再派人向他求亲，劝他醒悟，何副将咬住牙关，只是不允。可怜一个铜筋铁骨的老英雄，饱尝牢狱滋味，就此瘐毙监中。

那何玉凤小姐原是个女中豪杰，保护了母亲，把何副将殡殓了，寄柩萧寺，痛哭了一场，母女二人便就远走高飞，到他州外府去了。后来《儿女英雄传》中出场的十三妹，就是这位何玉凤。

闲言少叙，却说年大将军生有五子，年富、年兴、年强、年丰、年寿。年富出仕为浙江粮道。年兴兵部郎中，蒙恩随侍陕西，听候差遣。年强官至参将，因为青海开仗，临阵反顾，被大将军正法的。年丰、年寿都还幼小，现请着个西席先生读书呢。

这位西席先生姓王，字涵春，西安人氏。大将军家法森严，待遇家人仆隶，往往军法从事。一日，大将军与涵春共饭，偶见先生饭中挑出了两颗谷粒，立查谁淘的米。霎时家人捧进盘来，盛着血淋淋一颗人头，跪禀淘米家奴已奉命斩讫，西席吓得魂不附体。又一日，馆童捧盆不谨，泼湿了涵春衣服，恰被大将军看见，喝人立把馆童双手斫去。涵春因此很不愿与东家见面，也曾辞过几回馆，怎奈大将军不许。

一日又见大将军斩掉了那中表兄弟，愈益惊怕。面见大将军，力来辞馆。大将军笑道："何必如此要紧，终不然我屈留了先生一辈子？小儿辈正赖春风熏沐呢。"

涵春道："不然，晚生也很愿尽点了绵力，实因大将军秋怒春喜，风雷莫测，晚生是山野鄙夫，不曾见惯，未免有点不寒而栗。"

大将军笑道："羹尧虽然粗鄙，终不会无端开罪先生，尽放心。待儿辈稍有进益，自当备车奉饯。"

涵春无奈，只得留下。过了一年有余，忽一日馆童报称今日大将军传厨房，叫备全席精菜，不知又要请哪个上客呢。涵春听了，并不在意。到上灯时光，忽报大将军到。只见大将军满面春风地进来，笑向涵春道："今日备几肴粗菜，与先生共饭。明日就送先生行也。"

涵春听了，如重犯得逢大赦，欢喜道："大将军又何必这么费事？"

大将军道："也不费什么事，不过淡淡罢了。"遂邀涵春到花厅。见杯箸已陈设定当，让涵春上座，自己主位相陪。承值家人雁翅般站立两旁，斟酒上菜，一点儿声息没有，严肃整齐，宛似行军临敌。大将军词锋很健，谈吐风生，谈的都是春秋战国故事，绝无半语涉及时务。

酒至半酣，忽命老苍头年福引少公子年寿进来，与先生敬酒。涵春起身接杯，大将军笑道："先生尽坐着，小人儿家敬杯酒算什么。先生教诲了他这许多日子，日后倘有进步，都是先生成全他的呢。"

说罢，就喝年寿过来，将他衣袖将起，执住了粉嫩的小臂膊，只一口，咬下了血淋淋一块肉。年寿痛得屏住气，一声儿都不敢哼。大将军挥手道："进去吧。"年福就引着公子退了去。

涵春惊得目瞪口呆，瞧大将军时，谈笑风生，依旧没事人一般，忙问："少君忤逆了大将军么？"

大将军忙道："今夕只可谈风月，这件事请不必问，日后自会知晓。"

涵春愈益惊疑，席散归寝，一夜何曾合眼？次日起身，馆童回车马都已备齐，桌上白银百两，是大将军赠的程仪。

涵春道："我还得大将军前扶持辞行。"一语未了，年福引着少公子进来。

欲知后事如何，且听下回分解。

第十七回

年羹尧被疑获严谴
血滴子中计自相残

却说少公子年寿一见涵春，就请安道："家严因公务牵绊，不能恭送。叫学生致意师父，就叫学生代送出城。"

涵春忙说不敢，又道："我正要尊翁跟前去辞一声儿，你来得巧，就陪我去吧。"

年寿道："师父不必了，家严正有事呢，去了怕也未必见。停会子待学生转禀家严是了。"

涵春道："那么恭敬不如从命，我就不去了。只是你也不必送，有管家们陪着，已经很妥当了呢。"

年寿如何肯依，当下师徒主仆都跨上了马，直送出城十里，方才分别。

王涵春归心如箭，不多几天，就赶到了，却又大吃一惊。江山依旧，景物全非。荜门圭窦的家门，竟变了兽户朱门的甲第。妻子珠团翠绕，家中婢仆如云，健仆争上解装，妻子轻盈笑语，疑是梦境。

他妻子道："自从你去之后，就有人替我们发行房屋，置备田产。又拨了许多老妈子小丫头家人来给我使唤，又月月送银子

231

来，送衣服来，都说是大将军吩咐的。我初时也舍不得使，舍不得穿，后来见月月送来，积得多了，白搁着可惜，也就略使使穿穿了。"

涵春道："真也奇怪，这样的厚待，大将军当面从不曾提起过半个字。只是你我受此深恩，何以报答呢？担了两三年惊吓，有这么的一日，也是万想不到的。"

一夕，夜色苍茫，天才初鼓。忽然门外大声喧闹，涵春正欲出视，家人飞报两个花子敲门打户，指名要见老爷，再也禁阻不住。一个是白发老人，一个是十二三岁的姐儿。涵春听了奇诧，还未开方，又有家人入报，两个花子已经赶进书房。涵春急忙出视，那老花子见了涵春，并不言语，只一把拖住小女花子，捋起她衣袖，露出嫩藕般一弯玉臂，直送到面前，给涵春瞧。只见雪肤上边，红玉似的一块瘢，啮痕宛然。不觉失声道："哎呀，你不就是年公子么？怎么这个样子？"

老花子慌忙摇手道："师爷轻声，防机关泄露呢。"

涵春会意，立叫家人退去，闭上了门，悄问："大将军没事么？"

原来老花子就是老苍头年福改扮的，小女丐就是少公子年寿。当下年福回道："现在没事，只是消息不很好。伴君如伴虎，当今又是世界上第一个多心人。见大将军功高望重，面子上虽然还好，暗里头却十分猜忌，大将军却寒心得很。因师爷为人诚实可靠，才变个法子，密叫老奴伴哥儿这里来。还恳师爷可怜大将军，把我们哥儿当作自己儿子一般看待，就感戴不尽大恩了。将来要是没事，大将军果然重重答报。万一有甚不测，我们哥儿也总不会忘记的。"说着主仆两个一齐跪倒地来。

王涵春还礼不迭道："年公子、老管家，快都起来。我王某受过大将军厚恩，这是分内之事。要是不尽心保护，天也不容我呢。"

从此老苍头年福、少公子年寿就留在王涵春家里，涵春待公子慈爱疼顾，果然与自己儿子一个样子。

你道大将军为甚密遣年寿急急地到王涵春家避难？原来雍正帝与大将军嫌疑愈积愈深，雍正帝以亲笔秘密证据年氏不肯封还，总怀着不轨之志。大将军也虑雍正这听谗信佞，不念前情，密藏了他的把柄，使雍正有所顾忌。君臣之间，都有了心病。这年，四川巡抚蔡珽把所属知府蒋兴仁威逼自尽，大将军拜折纠参，刑部便把蔡抚台拟了个斩罪。雍正帝降旨，因为年羹尧所参，从宽免罪。非但免罪，并立授蔡珽为左都御史。大将军知道大祸即在目前，即把王涵春送了家去，密叫老苍头年福带了少年年寿，改扮作花子，从后门逃往王先生家中避难。果然不到三个月，奉到廷寄，年羹尧着调为杭州将军，其川陕总督印务即着甘肃提督岳钟琪署理，其抚远大将军印即着派员专送来京，年羹尧只得遵旨办理。

哪里知道才抵杭州，严旨又雪片似的下降。一道把年羹尧两个儿子年富、年兴都革了职，交与伊祖年遐龄严行管束，倘仍不悛改，即行正法。一道是削去年羹尧太保职衔；一道是革去一等公世爵；一道是剥去黄马褂、开气袍、四团龙褂，摘去宝石顶，拔去三眼翎；一道是革去杭州将军，降为闲散章京，在杭州效力行走。一夜工夫，连降了十八级，罚他在杭州看守城门。

偏偏议政大臣等不肯放松，狠狠地参了他一本。参的是年羹尧反逆不道，欺罔贪残，罪迹昭彰。弹章交至，并把他的罪案一款一款列陈开来，凡大逆之罪五款，欺罔之罪九款，僭越之罪十六款，专擅之罪六款，贪黩之罪十八款，侵蚀之罪十五款，残忍之罪四款，共计九十二款大罪，奏请把年羹尧立正典刑，以彰国法。

雍正帝下旨，着交步军统领阿齐图，令其自裁。其父年遐龄、其弟年希尧加恩革职，免其治罪。其子年富斩立决，其余十五岁以上之子，发往广西云贵极边烟瘴之地充军。其族中有候补文武官的，俱得革职。其嫡亲子孙将来长至十五岁者，皆陆续照例发遣，遇赦永不赦回，不许为官。有匿养年羹尧子孙者，即照党附叛逆治罪。可怜一个忠心报主的年羹尧，只落得如此结局。

偏偏一班血滴子都是武夫，不知兔死狗烹、鸟尽弓藏的妙理，还拼命地尽力办事。雍正帝有了这一班良佐，愈益风雷不测，喜怒无常。有时传出密旨，把千里外的封疆大臣无端赐死，有时派遣血滴子，把懿戚大臣的脑袋无端摘取。弄得满汉文武百官对着皇帝宛如阎罗天子，人人救过未遑，个个性命莫保，满天下都现出阴沉愁惨的气象。

雍正帝见臣工如此恐惧，衷心不禁怡然，既而转念，这几个血滴子存留在世，终也不很妥当。想出了一个计策，把这一班人扫荡无余。却把云中雁几个人分别秘密召见，先奖励了一番，遂道："现在众人中，我看只有你靠得住，可以算我的心腹人，赤胆忠心替我干事。我从今后便把你另眼相看。但是我施这特恩，只不许你于你我之外再告诉别一个。"那人听了，自然万分欢喜，万分感激。然后再说道："现在有人在我跟前说你的坏话，我听了再不肯相信。我知道说这话的人定然别有意思，先要离间你我君臣。"那人听了，自然要急问说话的人姓名，却向他道："姓名你不必查问，此人本领非你所能敌，知道了也没用。好在我不信就是了。"那人定然再三奏请宣布，然后告诉他，就是血滴子中的人，说出了姓名，那人就要去寻仇，再嘱咐他严守秘密，万勿鲁莽，相机袭杀的法。向甲指乙，向乙说丙，这便是引虎自斗的无上妙策。

此一策一行之后，血滴子几个首领邓起龙、吕翔龙、云中雁、云中鹤顿时都存了意见。就那云中凤、云中鹃、云中鸾、张英、李霸、赵勇、王胜等一班队众，也都互相猜忌起来。猜忌既深，就不免彼此残杀。

云中凤原隶在吕翔龙队中，一夕入宫奏事，雍正帝大大地褒称，说究不愧云家子弟，并许他一俟队长缺出，立即把你拔升。又说吕翔龙近来很是靠不住，我把这事托付了你，你能够除掉了他，我就升你做本队队长。云中凤自然奋勉图功，回到雍和宫。原来雍正登位后，便把原住的雍王府勒改为雍和宫，血滴子人员蒙恩仍得在那里居住。

当下云中凤回到雍和宫，闯入吕翔龙卧室，假说回事，奋刀就刺。吕翔龙冷不防，肩窝上早着了一刀，鲜血直流。云中凤抽刀再斫，吕翔龙一面避让，一面腾起右腿把云中凤一脚，意欲踢他手腕，击掉他的刀。云中凤反转刀背，旋避过了他右腿，取势猛进，用刀背奋击他站地的那左腿，翔龙奋身一跃，云中凤击了个空，两人在室中一来一往地战。吕翔龙虽然受伤，究竟有万夫不当之勇，云中凤仗着一口刀，又欺翔龙是徒手，把刀泼风也似价斫来。

翔龙连连喝问："你疯了么？到底为着何事？老凤！"

云中凤道："我不疯，我要取你命呢。"

吕翔龙大怒，放出本领，飞起一腿，正踢在云中凤环跳穴上。云中凤站身不住，仰面一跌，跌倒在地。吕翔龙一个箭步腾身而上，把云中凤一足踏住，喝问："你这厮为甚要害我？"

云中凤道："不必多问，要杀便杀。"

吕翔龙怒极，就夺他的刀，只一掠，便掠去了脑袋。次日就入宫奏闻，雍正帝道："我早知云氏弟兄不很可靠，叫你防备。现在果然发动了，以后谨防些是了。"

吕翔龙去后，云中雁入宫诉冤，言兄弟云中凤被吕翔龙无端害了性命，奏请申冤。雍正帝道："枫树林三龙，究不脱强盗习气，不然早拔他做官了。现在准你自行报仇，等你报了仇，我就施恩，把云中凤赠官申雪。"

云中雁十分感激，当下就约了云中鹤、云中鹞、云中鸾三个兄弟，来与吕翔龙寻仇。这夜，雍和宫中大开夜战，吕翔龙大大受亏，邓起龙瞧不过，拔刀相助，相杀了一夜。云中鸾、钱强都身负重伤，邓起龙中了暗器，瞎去一目，两边队众死伤了各有三四名。如此大战，连着数夜，吕、邓二人也受了重伤。云中雁报仇心切，飞入吕翔龙卧室，用血滴子摘了他的脑袋。邓起龙伤痛切心，哭奏雍正帝。雍正帝只准他自行报仇。

邓起龙恨极，便就取出从未用过毒药练就的毒药刀来。这毒药刀真是厉害不过，着在人身上，只消些微略见点子血，就没了命，名叫见血封喉，再也没有药解。此刀练的时候，先搜集了各种毒蛇、蜈蚣、蟾蜍、蜘蛛以及鸩鸟之羽、毒蜂之刺，藏在净坛内。再取各种毒草，如南星、巴豆、木鳖、附子、乌头之类，生捣取汁，另藏别器。再把砒石、卤砂、硫黄、水银毒药，加上药性相反之药十二种，浓煮取汁，倾入坛中，与生捣之药汁搅和，然后再把毒蛇等活浸在药汁之中，固封坛口，埋入地中，修合时日，须择五月初五端午正午时。埋藏的地，须择十字路口，有多人出入的。到次年端午日，掘出药坛，预先和旺了一炉火炭，把磨就的快刀上炉烧得红透，开去坛封，塞住了自己鼻管，把红透的刀浸下药水去，哧溜溜的一声，侯没了声息，取起搁上炭火再烧，俟它红透再浸。连烧连浸，连浸连烧，俟到药刀取出，满刀药水，不会再干，那就是药水收不进了，便是药刀成就，可以珍藏待用。那临练时，还有一味药引，与那煎煮时十二种相反之药，都是药方中之胆，最要紧不过的。没有了这两样，就要不灵验。邓起龙此刀，已有十年不用了。

欲知云氏兄弟性命如何，且听下回分解。

第十八回

云中燕回京救同志
吕四娘奉母走飞龙

却说邓起龙取出毒药刀，就灯光下瞧时，精莹无比，冷森森的怕人。遂向空中祝祷道："吕兄弟，望你在暗中助我一臂之力，今晚愚兄替你报仇。"遂执刀在手，直向云中雁卧室扑来。

云中雁尚未卧下，邓起龙瞪着独眼，大呼道："老雁，招家伙！"把药刀直刺过来。云中雁不曾知道是毒药刀，动手来接，邓起龙把刀只一卷，云中雁手上早着了，才哼得一声，跌倒在地，就没命了。邓起龙非常得意，飞步奔出，恰遇赵勇进来，举手只一刺，赵勇也栽倒了。

血滴子自相残杀，不过一月开来，一百多名走脊飞檐的血滴子，死得只剩得十多个人了，却还寻仇不已。

这夜，云中鹤、云中鹍兄弟二人正在商议复仇方法，忽见一阵旋风，双扉顿辟，三条黑影，飞进三个人来，正是云中燕、张人龙、净修。云中鹤大喜，忙着告诉前情。

你道云中燕等如何会出来的？原来自张人龙、净修获住之后，云中燕便多了两个伴侣，在石窟中并不寂寞。净修劝云中燕逃走，云中燕摇头道："如何逃得出？我可没有这个胆。并且主师人极慈悲，绝不会把我们囚禁一辈子的。"

净修没法，只得随着云中燕静坐诵经，做那沉闷的功课。公主有时唤出三人，谆谆教诲，劝他们改恶从善，并言血滴子刁钻刻毒，有伤天地造物之和，造出此器，大大不该。云中燕也深自懊悔。三人在山日久，渐渐地心气和平。日复一日，年复一年，不觉不知，已度过了四五个年头。

一日，公主忽召三人道："你们可以回去了。你们的朋友，中了人家反间计，正在北京自相残杀呢。"

云中燕忙问朋友是谁，公主道："就是你们的血滴子团众。"

云中燕道："怎么会自相残杀？平素都是很义气的。"

公主道："俗语良禽择木而栖，良臣择主而仕。你们择的主是个枭雄之主，枭雄原是要食人的。造此因，收此果，原也不足为怪。"

云中燕道："主师说的主，是指年老爷还是指雍王爷？"

公主道："你们在山中哪里得知，你们的年老爷早被你那雍王爷害死，现在又在摆布你们血滴子了。你那雍王爷和你们要好，图点子什么，你们也该想想。现在他已经谋到皇帝，还要你们这班人做什么？留着倒要提心吊胆，防你们泄露他从前的机密，自然要设法收拾你们了。这使反间计的，就是你那雍王爷，他现在是做了皇帝了。你们快快回去，把那残余的血滴子救了出来，北京是存身不得的。救出了就到我这里来，我自会指示你们平安途径。"

云中燕等听了，半信半疑，叩别了公主，三个人立刻起行。这一回出山，奉有主师法旨，路上绝无留难。行到北京，已闻到雍正皇帝登基，年羹尧被诛消息。

净修道："云大哥，主师的话想来是不错的。"

云中燕道："我也这么想。"

张人龙道："日间咱们不必出面，且等天晚进府里去瞧瞧。"

这夜，云中燕、张人龙、净修三筹好汉，飞入了雍和宫，只向东南隅那所大院子行去。只见静悄悄不像有人居住，屋角蛛丝，庭阶鸟粪，阴出了鬼来。映着朦胧月色，愈益阴森可怖。

净修道："真个杀尽了么？走了许久，人影儿都不见。"

云中燕道："且到老二、老三住处瞧瞧。"

赶到云中雁房，只剩一所空屋子。云中燕道："主师的话确得很。"

再赶到云中鹤住处，恰遇云中鹤、云中鹨正在商议报仇的事。云中鹤惊喜交集，道："你们怎么此刻才回？这里事情不得了呢！"遂把前情告诉一遍。

云中燕跌足道："老弟中了人家暗算了。"

云中鹤不信，净修道："我只问你两件事。一件年老爷现在哪里？一件近日以来，统领派过我们什么事？"

云中鹤道："年老爷早已犯罪被诛。"因把年羹尧的事说了一遍。

净修道："我明白了。"又问近日所派的公事。

云中鹤道："有两个多月没有差遣了。我们也忙着报仇雪恨，不去询问。"

净修道："你还不明白么？没有差遣，就是用不着我们的老大铁证。"

云中燕道："此事很容易查察，只消一问老邓，如何好端端地就会相杀起来。"

张人龙道："我去问他。"

云中燕道："你去很好。"

一时张人龙同了邓起龙进来，云中鹤却还愤愤地道："我们众弟兄都伤在他手里，大哥你给我问他。"

张人龙道："邓大哥，你说给云大哥听吧，咱们都是自己弟兄，总要披肝沥胆，大凡意见，为了彼此隔膜才生出来的。"

邓起龙道："记得那一天，皇上召见，很蒙天语褒奖，说血滴子团中，只有我一个最忠、最可靠，将来还要特旨拔升我做官，叫我好好办事。皇上又说云家弟兄不很可靠，叫我暗里留心防备。果然不多几时，云老凤就行刺起吕三弟来，被吕三弟当场杀死。云老雁竟起了大队来寻仇，我瞧不过，自然动手帮助了。大战数日，彼此各有死伤，哪里知道他们竟用血滴子摘了吕三弟的脑袋去。我入宫诉冤，皇上只准我自行报仇。我没法，才使的毒药刀。"

云中鹤恍然道："皇上向你说的一番话，竟与召见我时光说的一般无二，真个中了人家计也。"

云中燕道："如今你也明白了？"遂把主师的话说了一遍。

净修道："只要瞧年老爷何等出力、何等尽忠，只落得如此的收场结果，咱们又何必论呢？"

张人龙道："主师说过，留在京里，性命难保，叫我们招集团众，赶快到飞龙岭去。"

云中鹤、邓起龙都已醒悟，于是唤了残余的十多个团众，告知他们中计自杀之故，并要即日起身，投奔飞龙岭广慈主师处。云中燕道："不愿去的，各自散伙。"众人都说愿去，于是云中燕、云中鹤、云中鹥、净修、张人龙、邓起龙并残余团众十余人，离了北京，径投飞龙岭来。

雍正帝闻知血滴子脱逃，真心饬下步军统领衙门、五城兵马使、直隶总督、顺天府府尹，一体严拿，并开出姓名、年貌、籍贯，悬有重赏，办得很是严厉。可惜云中燕等都已避入飞龙岭，竟然奈何他不得。

却说云中燕等到得山中，见太阳庵中来了两个女客，主师正与她秘密谈话。云中燕不敢引见，只得等候。

原来湖南郴州永兴县地方，有一个经学先生，姓曾名静，大凡治经学的人，九人中倒有十个中书毒。这曾静便也不能逃这个公例，也于群经治的是公羊春秋，于尊王攘夷之道最为崇信。见雍正所行各政，都是拂民好恶，心下不胜愤愤。这日，又听到雍正把废太子妃嫔尽收入宫，勃然道："这禽兽夷狄，我可再不能耐他了。"遂与心腹门人张熙商议起事。

张熙道："师父，现在的世界，小人道长，君子道消。我们手无寸柄，空言号召，济得甚事？"

曾静道："怕什么？现在有先圣所著的《春秋》，那里头的微言大义，只消一阐发，人心就被激动了。多助之至，天下顺之。有天下的人帮助，我还怕什么？"

张熙道："人心陷溺已深，只靠口舌，怕有点子不妥呢。"

曾静道："我想起一个人来了。此人是大宋岳武穆王二十一世孙，姓岳名钟琪，号容斋。现为川陕总督，统属文武，手掌兵权。你看好不好？"

张熙道："岳钟琪既然做了清朝大臣，如何肯帮助我们？"

曾静道："你不知道，雍正很疑忌他。他自己也很危惧，听说去年雍正帝为岳钟琪权柄太重，迭降谕旨，要削夺他的兵权，杀戮他的性命，岳钟琪吓得不敢进京。雍正想起岳钟琪是大学士朱轼保举的人，遂派朱轼到陕西召他。岳钟琪只得跟随进京，陛见之后，向雍正道：'皇上用人莫疑，疑人莫用。'雍正见他亲身来了，疑已消释，遂道：'朕因念你才召你呢。你在那里办事很好，朕心上很喜欢。你耽搁几天，仍旧回陕西去吧。'岳钟琪道：'总要有人保臣，臣才敢去。'雍正就问朱轼，朱轼不敢保，又问六部九卿，六部九卿都不敢保。雍正道：'他们不敢保，我来保你，你尽管去。'岳钟琪乃谢恩出京。哪知一出京，就有大臣参他，说岳钟琪与朱轼阴结党援，奸谋叵测。皇上屡次钦召，岳钟琪屡次逆命，其目无君上可知。朱轼一去，就翻然就道，两人结为心腹又可知。今日回任陕西，朱轼是原保之人，理应保他，而乃故意推托，这明是朱轼脱身之法。他晓得岳钟琪将来必有变志，所以不肯保。雍正立派朝臣吴荆山飞马往追，务必把岳钟琪追回。吴荆山追着岳钟琪，钟琪不肯回京，吴荆山就在路自刎了。岳钟琪到了任，就拜发一折，说上雍正许多不是。这都是何立忠告诉我的千真万确的事。你想此人如何会心向清朝呢？派人去一说，保可成功了。我已想过，先写一封信，把大义的话向他讲说明白，只是没个有胆的人，到西安投这一封信。"

张熙道："既然如此，门生情愿走一遭。"

曾静道："你竟有这个胆量么？"

欲知后事如何，且听下回分解。

243

第十九回

张敬卿心坚如铁
吕留良身后遭刑

却说张熙见曾静问他有胆没胆，笑道："那也没有什么，不过到他那里投一封信罢了。"

曾静正色道："谈何容易？这一封信关系着圣道的降替、华夷的剖别，总要当面交与岳钟琪。要是落在别个手里，可就坏了事了。再者我们并无利禄的念头，只去献议，不必告诉他里居姓字。"

张熙道："门生知道，师父就请写吧。"

曾静写好了信，双手捧着，向张熙道："老弟，你此行关着天经地义，理合受我一拜。"说着就拜下地去，吓得张熙还礼不迭。

曾静道："我为圣道而拜，我为中国而拜，又何必还礼呢？"

张熙接了书信，收拾行李，即日起行，奔向陕西大道。不则一日，早来到西安省城，投了店，问明总督衙门所在，径往投递。恰值辕期，司道州县镇副参游各文武簇簇的轿马，挤满了辕门内外。张熙全都不管，高视阔步，昂然直闯进去。兵弁拦住问话，张熙道："我有机密大事，面禀制军。"

兵弁索取名帖入内，一时传令进见。张熙跟着，到一间陈设极精雅的所在，一个五十左右年纪的官儿，威风凛凛，坐在那里，七八个当差的雁行般伺候在左右。只见那军官先到那官儿跟前，打千儿回道："张秀才传到。"那官儿只把头略点一点。张熙打拱进见，口称："晚生张熙谨谒。"

岳钟琪道："方才巡捕官说你见我有机密大事，不知是什么事情？"

张熙道："晚生从湖南到此，戴月披星，走了千余里的路，无非为的是天经地义、古圣先贤的道理。"说着，把书信呈上。

岳钟琪拆开一瞧，吓得面如土色，喝令拿下。当差人等不敢急慢，立把张熙拿下。岳钟琪道："把这贼子交给中军，多派兵弁，严行看管。这是谋反大贼，疏忽了我只问他要人。"当差的应了一声，把张熙簇拥而去。

一面叫请巡抚并藩臬两司，会同审问。这个法堂森严厉害，从来不曾见过。向外四个座位，中间是制台抚台，左边是藩台，右边是臬台。两旁刀戈林立，执仗军官排成个雁行样子，齐整得刀斩斧截，阶下列着各项刑具。岳钟琪传令，带上犯人。一时带到，中军官上堂报唱："谋反犯张熙带进！"那两旁军弁差役齐声呼喝，这一般威势，真是吓得煞人。瞧张熙时，从容不迫，依然没事人一般。

岳钟琪喝道："本朝深仁厚泽，八十多年，何曾亏负于你？你这逆贼胆敢到本爵帅跟前，献收逆书，劝本爵谋逆。现在问你，逆党共有几人？姓什么叫什么？巢窟在哪里？到此献书，究竟奉谁的使命？快快讲来。"

张熙道："公言差矣，满夷人入关，到处杀人，到处掳掠，仁在哪里？这几年来，抽粮抽饷，差一点半点，就要革职拿办，

245

也不管官职大小，也不问情罪重轻，泽在哪里？到处惊呼血滴子，梦魂终夜不能安，还说不曾亏负？我公大宋中庸武穆王后裔，令祖为夷而死，我公倒帮着夷人，死心塌地替他办事，背祖事仇，为我公不取。再者出着死力帮夷人，夷人见你情也罢了，我知道非但不见情，倒还要算计你呢。何不幡然变计，自己做一番事业？上观天象，下察人心，这件事成功倒有八九分。"

岳钟琪喝道："该死的逆贼，谁愿听你那种逆话？只快把同党几人、巢穴何处、此番到本爵这里奉谁的差遣供上就是，别的话不用讲。"

张熙听了，只是冷笑，并不答话。岳钟琪喝令用刑，军弁番役答应一声，遂把夹棍砰地掷于面前。一个军弁道："快供了吧，爵帅要用刑了。"

张熙冷笑道："你们爵帅至多能够治死人家，我是不怕死的，任他剑树刀山，拿我怎样呢？"

岳钟琪拍案喝道："快夹！"早走上四五个军弁，鹞鹰抓小鸡似的，把张熙提起离地二尺来高，套上夹棍，只一收，痛入骨骼，其苦无比。

岳钟琪喝问："招不招？"

张熙咬紧牙关，一言一发。

岳钟琪道："不招再收。"

张熙熬痛不住，哎呀一声，晕厥过去。军弁忙用冷水喷醒，岳钟琪问道："谁派你来，可招供了，免得受苦。"

张熙道："我张敬卿只知道舍生取义，不晓得卖友求荣。你要夹尽夹，我拼着一死就完了。"

岳钟琪见如此，料难势逼，遂命退堂。想出了一条妙计，换上一副面孔，把张熙请到里头，延为上客，满口称誉好汉子。张熙见他忽地改腔，心下很是纳罕，遂问："制军何其前倨后恭？"

岳钟琪道："我与先生素昧平生，今日忽蒙下降，叫人怎么不疑？开罪之处，尚祈原宥。"遂命摆酒，与张熙压惊。席间虚衷询问，辞气之间，万分谦抑。张熙心终不释。

岳钟琪因道："我也久有此心，只不敢造次发难。一来兵马缺少，二来没有辅助之人。现在瞧了这一封书，这写信的人我虽没有会过面，却信他是个非常人物，经天纬地的大才，能够聘他来做一个辅助，我的事就成功了。"又说家里也藏着一部《屈温山集》，所发的议论，与这写信的人无不相合。

张熙嘴里随便答应着，心里终不很信。岳钟琪又命当差的立请著名伤科大夫，替张熙医夹棍伤。这夜，亲自陪他宿在书房里，屏去从人，细谈衷曲，披肝露胆，誓日指天，说不尽的诚挚。张熙究竟是个念书人，人情的鬼蜮、世路的崎岖何况知道？见岳钟琪这么对天设誓，泣下沾襟，只道果是真心，不觉把曾静里居、姓氏倾吐了个尽。岳钟琪探出案情，顿时翻过脸，叫把张熙发交首县看管，一面飞章入告，一面移文湖南巡抚拿捕曾静等一干人犯。

你道岳钟琪为甚定欲审出此案？原来他自己也为远嫌地步。岳家此时一门五帅，钟琪做着川陕总督，他的叔父岳超龙做着湖广提督，他的兄弟岳钟璜做着广西提督，他的儿子岳濬做着山东巡抚，侄儿岳含奇做着兖州镇总兵。这么的贵盛，因此四川地方讹言四起，都说岳钟琪不日要谋反。钟琪立把讹言奏闻，雍正帝立降谕旨道：

数年来在朕前谗谮岳钟琪者甚多，不但谤书一匣而已，甚有谓钟琪系岳飞之后，意欲修宋金之报复者，荒

247

谬至此。然此次造言之人，必非无因。着巡抚黄炳等严察。钦此。

黄抚台奉旨之后，就拿住了一个奸民卢宗，奏复正法。岳钟琪因谕旨中"必非无因"一语，心下终觉闷闷。现在恰好张熙来投书，审出了个因来，欢喜异常，随即飞章入告，以为自己从此可以脱然无累了。

雍正帝见了本章，立刻下旨，派了两个钦差大臣，到湖南审问此案。派的是一个刑部侍郎杭奕禄，一个副都统海兰，都是满洲人。两钦差到了湖南，巡抚王国栋已经接到岳钟琪咨文，把曾静拿获多时了。当下两位钦差就与王抚台坐堂会审，详细推问。曾静供出因到州城应试，在书铺购得吕留良评选时文，内有论夷夏之防及井田封建等语，心中大大爱好，后来又与浙江人严鸿逵、沈在宽交为至友，往来投契。严、沈都是吕留良爱徒，称述师说，因此愈益笃信，遂共研讨公羊春秋，致有此番举动。

两钦差便把审得情形，拜折奏京。雍正帝一面下旨叫把曾静、张熙提解来京，一面下旨浙江总督李卫，查看吕留良、严鸿逵、沈在宽三家的家藏书籍，并命将所获书籍并案内人犯，一并拿解赴部。

李制台奉到谕旨，便亲自带兵下乡，把吕晚村先生的住宅团团围住，亲自带弁查抄。此时吕晚村先生已经去世，吕晚村的长子吕葆中正卧病在床，病势本极沉重，经不起遭此一吓，就吓得一瞑不视，挺着腿去了。那严鸿逵、沈在宽两家，李制台就委了藩臬两司去。李制台在吕晚村书房里查出一部晚村在生时的日记，揭开细阅，上面夷呀夏呀有好多叛逆的话头。遂命把吕氏男女人口看守起来，俟本部堂拜折请旨。哪里知道次日查点人名，就少了两个女子，一个是晚村的夫人吕老太，一个是晚村的小姐吕四娘。

看官，这吕四娘是南中八侠之一，在《八大剑侠》中已经表过。她是太阳庵广慈主师的得意门生，有着这么本领，遭着这么变故，她肯安安静静听候官府办理么？她就半夜里背着她母亲，从家中逃出。在吕家奉命看守的军弁人等，但觉眼前一道白光，电一般的迅疾，自内而出，一瞬间就没了。大家还不在意，哪里知道次日就少了两个人。

李制台见逃去要犯眷口，关系着自己前程，不敢奏闻。此时雍正帝已经降旨，吕留良之罪尚在曾静之上，将吕留良及其现在子孙嫡亲弟兄子侄，照何定例治罪之处，着九卿翰詹科道会议。各省督抚、提督两司，秉公各抒己见评核，定议具奏，听候处置。文武百官自然仰承圣旨，没一个人敢奏请轻办的。雍正帝于下旨，命把已死的吕留良、严鸿逵及吕留良之子吕葆中，皆锉尸枭示，其子孙及嫡亲兄弟子侄，俱发极边烟瘴地充军，妇女发与穷披甲为奴。在生的沈在宽凌迟处死，又罚停浙江乡会试，又下了几道很长的上谕，中有"逆贼等以夷狄比于禽兽，未知上天厌弃内地无有德者，方眷命我外夷为内地主。若据逆贼等论，是中国之人皆禽兽之不若矣，又何暇内中国而外夷狄也"等语。又把曾、张两人的口供与皇皇圣谕，汇成了一厚册，名叫《大义觉迷录》，刊行天下，颁发学宫。既正两观之诛，又秉春秋之笔，办得何等严厉！

哪里知道吕四娘奉了老母，早逃入了飞龙岭，叩见广慈主师，诉说遭祸情形，就欲入京报仇，刺杀雍正皇帝。主师劝她从长计较，并备酒替她母女洗尘。正这当儿，云中燕等到了。

欲知后事如何，且听下回分解。

第二十回

云中燕解除血滴子
路民瞻组织剑侠团

却说广慈主师正在款待吕四娘母女，忽报云中燕等到了，在外候见。主师立命叫他们进来。云中燕、云中鹤、云中鹞、净修、张人龙、邓起龙并那十余个团众，鱼贯而入，叩见主师。主师询问京中情形，云中鹤据实告诉。主师叹息不止，遂道："你们这班人真可怜，出力出汗，替人家忙了一辈子，结果只落得白送了性命。现在你们几个人总算是经历过来的人，从今后可铲除利禄的念头，消灭势利的意志，专替世界上无告穷民干点子事了。"

众人都道："我们很知道从前所行的错误，现在懊悔已经不及。"

主师道："能够知道懊悔呢，也还不晚。只是我今日先有几句话，不知你们肯依不肯依？"

众人都道："主师是我们的观世音，主师有法谕，我们无有不依从。"

主师笑道："能够依从就好了。众位的血滴子兵器太觉惨毒，赶快拆除了，以后再不要用。那邓居士的毒药刀更是凄惨刻毒，

250

请交给老衲销毁掉，免得留在世上害人。众位须知，没有这血滴子，雍正再不会来结交众位，雍正没有众位辅佐，就是作恶也绝不至于恶作得如是之大。毒父逼母，杀兄戕弟，就是谋皇篡位，也绝不至于这么容易。众位不认识雍正，又何至于自相残杀？追论起来，这血滴子便是祸魁罪首。众位舍得拆掉它么？"

云中燕道："这都是弟子的罪过，弟子甘愿动手拆掉它。"

主师又问张人龙等可都愿意，众人异口同声，都说情愿拆掉。主师大喜，于是云中鹤、邓起龙等各把血滴子交出，云中燕动手拆卸。造时艰难，拆卸也非容易，足足忙了大半天，方才告竣。

忽报甘凤池、陈美娘、陈四父女翁婿三个到了，候主师法旨。主师忙叫快请。一时，凤池夫妻跟着陈四进来。陈四原是太阳庵护法，凤池夫妻却还是第一回来。

叩见主师之后，陈四道："弟子有一事要禀告主师，闻得张孝子蒙主师传授神剑，已经成功，小婿凤池的师父路民瞻约了周浔、曹仁父、吕元、白泰官几个人，要到主师这里来，开一个剑侠大会，贺贺张孝子。原是要请吕四娘引进的，谁知到了浙江，知道她家遭了文字大狱，闹得家破人亡，因此叫凤池向弟子商量。弟子没法，只得带了他两口子来主师跟前求一个情。"

主师笑道："他们兴致倒好。吕四娘在这里呢。"

陈四回向甘凤池道："主师已允，你去知照你师父吧。"凤池应着自去。

主师道："南中八侠自从了因坏掉之后，剑丧其两，侠失其一，成了六剑七侠。现在福儿剑学成就，他们兴致好，又来贺他，短了一个，因就叫张福儿补入，仍旧凑足八侠之数。可惜短了一口剑，变成个七剑八侠了。"

陈美娘听了，便附着陈四耳朵说了几句话。陈四摇头道："怕不能够么。"

　　主师问："你们说什么？"

　　陈四笑着道："咱们丫头不知轻重，她说愿投拜主师做师父，甘心学习剑术。"

　　主师听说，叫美娘近前，相了一会子，摇头道："可惜了，剑虽小道，非智仁勇兼到的人不能学。即如你温柔聪慧，于仁智两个字都还可以，就那勇字上差一点。你的勇是血勇，不是神勇。血随气升，神不能制，不能学剑也。"

　　陈四道："主师，即如凤池，还可以补练么？"

　　主师道："哪里能够？剑气合一，是外摄日月之精华，内合本身之龙虎，精神贯注，久而始成。一个人能有几许精神，断然不能再练。所以练成的剑，非常珍重，轻易不肯浪使。不比他种兵器，不过是身外之物，坏掉可以更换。"随道："陈护法，本庵现有众多远客，我已叫人把西院斋舍收拾了，你就替我引他们去，代我好生管待着。路居士等来，也叫他那边住吧。"

　　陈四问："是何等上宾，蒙主师如此优待？"

　　主师道："可怜得很。"遂把云中燕等进京援救，血滴子团众避难来山，如何拆卸血滴子，如何立愿改行的话，说了一遍。

　　陈四道："我们进来时光，见一群人在配殿里忙碌着拆一个圆形的皮东西，想来就是血滴子了。"

　　美娘年轻好事，拖着陈四衣袖道："爹，咱们没有见识过，我跟着爹同去瞧瞧。"

　　主师道："你就同去瞧瞧，如果都拆卸了，回来我还留有一个，给你瞧。"

　　陈四父女走到配殿，见拆了一地的皮，云中燕正在收拾倭刀呢。陈四与众人通过姓名，说了几句久仰幸会的通套话，随询问血滴子的作用。云中燕便把内部的构造、皮囊的配制，详细说明。美娘赞叹道："真是巧死人了，可惜太歹毒，不然咱们也造一个玩玩。"

当下陈四引众人到了西院，美娘因主师庵规，女子不能入西院，先行入内，找吕四娘母女谈话。美娘见四娘出落得愈益美丽，两人谈话，异常亲热。叙谈到文字大狱，四娘不胜愤愤，陈美娘道："他的师父为了张孝子学剑已成，约了众剑侠，来此庆贺。且待过了庆贺大会，妹子陪姐姐北京去报仇。"

吕太太问陈小姐青春几何，美娘回二十一岁了。吕太太道："长我们丫头四岁，称她一声妹妹是了。"

正说着话，一侍女进来道："主师请陈小姐、吕小姐。"

陈美娘、吕四娘跟随到大殿，只见主师笑道："请你们来见识见识，这就是血滴子。"

美娘见是斗大的一个皮囊，瘪瘪地在那里。美娘听得讲解过，已经会得开合运用，就走上去，拿起皮囊，把机关只一拨，就拨开了。见里面剪刀似的四柄倭刀，都交叉着，递给吕四娘，并教她开合之法。

主师问："陈小姐本来会的么？"

陈美娘道："就方才听那姓云的讲解，才知道的。"

主师又叫瞧看邓起龙的毒药刀，见也是寻常一口刀，不过色带青点，不很光亮罢了。主师说明见血封喉的缘故。一时陈四进来，主师就叫他把毒药刀取去，掷向山谷里。

这日午饭之后，主师就叫张福儿与吕四娘及陈四父女相见。过不到两日，甘凤池引着一大队人来，是路民瞻、周浔、曹仁父、吕元、白泰官，众人各有贺礼。张福儿拱手称谢，回过主师，把礼收下，又引众人谒见主师。主师异常欢喜，命张福儿献技于众位前辈瞧看。张福儿应诺。此时西院客人云中燕等得着此信，都出来观看。主师叫陈四陪着云中燕等，吕四娘、陈美娘、甘凤池陪着众前辈，主师带着张福儿，庵中侍女都跟随着，齐向庵前广场而来。

一时行到，见十余亩大小一片广场，四周都是青葱树木，靠南一带却是竹林。张福儿站在场中，向众人拱了一拱手，凝神息气了一会子，只听得他一声长啸，匹练似的一道白光从张福儿口中直奔出来，满场飞绕，疾如激电。那四周的树林顷刻籁籁作响，宛如兜着疾风似的，不住摇摆。一时白光绕近树杪，顿时嫩枝青叶纷纷下坠。忽见白光向南，在竹林中绕得一绕，那臂膊粗细的翠竹，就断下十余根。云中燕等都齐声喝彩，路民瞻等也不住点头赞叹。一时只见他收回剑锋，一瞬眼，剑光重又放出，匹练凌空，接着一个黑影，跟着剑光流星似的飞了去，瞧张福儿时，早不知哪里去了。众人正在惊讶，剑光与黑影仍由天空飞下，仍是谦恭和气的张福儿，向众人拱手说献丑。

路民瞻喜道："真是能手。"

当下主师办了极丰盛的四席酒，宴请众人。男女剑侠与甘凤池夫妇坐了两席，陈四与云中燕等也坐了两席。席间路民瞻创议："南中原有八大剑侠，现在张福弟剑术新成，我想邀请他入团，依然完足八人之数。就不过甘凤池没剑，可以称作七剑八侠。此后我们八人互相援助，有患则互恤，有祸则互救，众位看是如何？"

众人齐声称好，只张福儿起身谦让了几句。众人都道："都是自家人，不必客气。"当下就请主师证盟，组织了个剑侠团，重新入席欢饮。

终席之后，吕四娘就向众人道："我吕四娘身负不共戴天大仇，拟即日进京，为先父、先兄报仇雪恨。众位对于此举，意想如何？"

路民瞻道："四娘的仇人就是我们的仇人，照旧盟，照新盟，我们均该相助。四娘定了日子，我们立即同行。"众人也齐声愿去。

吕四娘大喜，回过主师。主师道："同去报仇很好，你老太太留在我这里是了。"

云中燕等也辞着要去，主师道："且慢，我还有事相烦呢。"

当下吕四娘、陈美娘、甘凤池、路民瞻、周浔、曹仁父、吕元、白泰官、张福儿，七剑八侠，共是九人，拜辞主师，出山而去。临行，主师向张福儿道："你回来时，我还有几句话嘱咐你，且慢宿州去。"福儿应诺。

八侠去后，主师又向云中燕道："我要烦你们替我访两个人，一个就是年大将军的师父顾紫顾肯堂顾老先生，再者年大将军的儿子没有被难的到底还有几个，隐居在哪里，烦你们替我去访了来。"云中燕应诺，辞着去了。

众英雄既与本书作别，本书也只好就此收束。因为本书名叫《血滴子》，血滴子既经拆卸，本书便无话可说。至于吕四娘入京报仇、顾肯堂来山访道、吕四娘择婿、顾肯堂为媒等各种事情，都在《七剑八侠》书中。且待编了出来，再行奉献。

附 录：

陆 士 谔 年 谱

（1878—1944）

田若虹

1878 年（清光绪四年 戊寅）一岁

是年，先生出生于江苏青浦珠街阁镇（今上海市青浦区朱家角镇）。先生名守先，字云翔，号士谔，别署云间龙、沁梅子、云间天赘生、儒林医隐等。

《云间珠溪陆氏世系考》曰：

> 考吾陆，自元侯通食采于齐之陆乡，始受姓为陆氏。自康公失国，宗人逼于田氏，南奔楚，始为楚人。入汉而后，代有名贤，遂为江东大族。自元侯通六十三传而文伯卜居松江郡城德丰里，吾宗始为松人。自文伯九传而笏田公避明末乱，迁居青浦珠街阁镇，而吾族始有珠街阁支。

清代诗人蔡珑《珠街阁散步》述曰：

> 行过长桥复短桥，爱寻曲径避尘嚣。
> 隔堤一叶轻如驶，人指吴船趁早潮。
> 胜地曾经几度过，千家烟火酿熙和。

朱家角古镇水木清华，文儒辈出。仅在清代，就出了举人、进士三十余名。文人雅士创作的诗词、编著的文集，及专家撰写的医书、农书等各类著作达一百二十余种，名医、名儒、名家，层出不穷。

祖父传：寿铦（1815—1878），字仁生，号稼夫，捐附贡生，直隶候补，府经历敕受修。生嘉庆乙亥十一月初四申时，殁光绪戊寅十一月二十二日午时，享年六十四岁。葬青县十一图，月字圩长春河人和里主穴。配沈氏，子三：世淮、世湘、世沣。

祖母传：沈氏（1814—1889），享年七十六岁。

《云间珠溪陆氏谱牒》曰：

> 洪杨乱起，遍地兵氛兮，相挈仓皇避乱。乱事定而故居半成瓦砾，于是艰苦经营，省衣节食，以维持家业，及今已逾二代尤未复归。观然守先等得以有今日，则沈儒人维持之力也。

父传：世沣（1854—1913），字景平，号兰垞，邑禀生，生咸丰甲寅十一月二十日寅时，殁民癸丑二月二十七日戌时，享年六十岁。配徐氏，子三：守先（嗣世淮）、守经、守坚。《云间珠溪谱牒·世系考》记曰："吾父兰垞公讳世沣，字景平，号兰垞，邑禀生。聘温氏，生咸丰甲寅十一月二十四日寅时，殁同治癸酉六月十三日。配徐氏，生咸丰乙卯八月三十日。"

守先谨按：徐孺人系名医山涛徐公之女。性温恭，行勤俭，兰垞公家贫力学，仰事俯育悉孺人是赖，得以无内顾之忧。一志于学，成一邑名儒，寒窗宵静，公之读声与孺人之牙尺、剪声，每相呼应，往往鸡唱始息。今年逾七十，勤俭不异少时。常戒子孙毋习时尚，染奢侈俗，可法也。

兰垞公生子三人：守先居长；次即大弟守经，字达权；三即小弟守坚，字保权。

守先谨按：公性孝友，事母敬兄家庭温暖如春。母沈孺人病，亲侍汤药，衣不解带，旬日未尝有惰；容兄竹君公殁，出私财经纪其丧，抚其子如己子。艰苦力学，文名著一邑。于制艺尤精。应课书院，辄冠其曹而屡困。秋闱荐而未售，新学乍兴，科会犹未罢，即命儿辈入校肆业，其见识之明达如此。其次子，守先之弟守经，清华学堂毕业，留学美国政治学博士，司法部主事、厦门公审会堂堂长、江苏地方审判厅厅长、淞沪护军使秘书长；其幼子守坚，毕业于南洋公学铁路专科，沪杭铁路沪嘉段长。"皆驰声军政界，为世所重。"兰垞公为其后代定辈名为："世""守""清""贞"。

嗣父传：世淮（1850—1890），字同元，号清士，同治癸酉举人，大挑教谕，内阁中书。生道光庚戌七月二十一日，殁光绪庚寅十月初十日，得年四十一岁。

《陆氏谱牒·河南世系》记载："寿铨长子世淮，字同元，号清士，同治癸酉举人，大挑教渝，内阁中书。生道光庚戌七月二十一日，殁光绪庚寅十月初十日，得年四十有一。"

《青浦县续志》卷十六（人物二·文苑传）曰："钱炯福，字少怀，居珠里。为文拗折，喜学半山。同治庚午副贡。癸酉与同里陆世淮同领乡荐。世淮字清士，亦工文。"

《云间珠溪陆氏谱牒》曰：

　　公刚正不阿，任事不避劳怨，终身未尝二色。应礼部试，过沪江，同年某公邀公同游曲院，公秉烛危坐，观书达旦，竟无所染。角里路灯，系公所发起，行人至今便之。市河淤塞，公聚金开浚，今已越四十年，执政者无复计议及此。

嗣母传：石氏（1851—1914），生咸丰辛亥八月十一日亥时，殁于民国三年旧历甲寅三月十七日卯时，享年六十四岁。子三，守仁、守义、守礼，俱殇。

1881 年（清光绪七年　辛巳）三岁

其弟守经（1881—1946）诞生。守经，字鼎生，号达权。守经曾先后赴日、美留学。后历任厦门公审会堂堂长、江苏及上海审判厅厅长等职，亦曾任清华、燕京、南京等大学教授。

1883 年（清光绪九年　癸未）五岁

其妹陆灵素（1883—1957）诞生。陆灵素，原名守民（一作秀民），字恢权，号灵素，别署繁霜。南社社友。自幼聪慧好学，喜吟咏，善儒曲。陆灵素在黄炎培所办广明师范毕业后，于光绪三十二年（1906）去安徽芜湖皖江女校任教，与同校任教的苏曼殊、陈独秀相识。宣统二年（1910）与上海华泾刘季平（刘三）结婚。季平在北京大学任教时，灵素亦在北京，与陈独秀、沈尹默等有来往；季平在南京任教时，灵素也与黄炎培、柳亚子有往返。民国二十七年（1938）秋刘季平病逝，陆灵素悉心整理遗著，辑为《黄叶楼诗稿尺牍》。寄柳亚子校正，不幸遗失于战火，直至民国三十五年（1946）才以副本油印分赠亲友。新中国成立前夕，柳亚子在北京写诗怀旧："交谊生平难说尽，人才眼底敢较量。刘三不作繁霜老，影事当年忆皖江。"①

陆灵素是个女诗人，擅昆曲。每逢宴客，季平吹箫，陆唱曲，人皆比之为赵明诚与李清照。1903 年，邹容从日本回国，因撰写《革命军》号召推翻满清统治，建立中华共和国，被捕入狱，于

---

① 参见《上海妇女志·人物》。

262

1905 年瘐死狱中。季平为之葬于华泾自己家宅的附近。章太炎在《邹容墓志》中云："……于是海内无不知义士刘三其人。"

1887 年（清光绪十三年 丁亥）九岁

是年，先生从朱家角名医唐纯斋学医，先后共五年。世居江苏省的青浦。

唐纯斋曾以"同学兄唐念勋纯斋氏"为之《医学南针》初集和二集写序，极力赞其"好学深思""积学富""学尤粹""每发前人所未发""青邑望族代有闻人，而以医学名世则自君始"。并赞曰："角里地灵人杰，王述庵以经著名，陈莲舫以医术行世。惜莲舫之道行未有述，述庵之学之博而未曾知医。君今以经生之笔，释仲景之书，明经络之分治，导后学以准绳，湖山增色。"

1890 年（清光绪十六年 庚寅）十二岁

10 月 10 日，嗣父世淮殁。

是年，弟守坚（1890—1950.10）诞生。守坚，字禄生，号保权。毕业于南洋公学铁路专科。毕业后，又赴美国旧金山大学留学，专攻土木学，回国后，任沪杭铁路沪嘉段段长等职。

1892 年（清光绪十八年 壬辰）十四岁

是年，先生到上海谋生：

> 在下十四岁到上海，十七岁回青浦，二十岁再到上海，到如今又是十多年了。①

---

① 陆士谔：《新上海》第一回。

263

少年时曾为典当学徒，不久辞退回里。

1894 年（清光绪二十年　甲午）十六岁

8 月 1 日，中日甲午战争爆发。这一史实，在其历史小说《孽海花续编》中作了详尽而深刻的描述：

> 却说中国国势虽然软弱，甲午以前纸老虎还没有戳破，还可虚张声势。自从甲午战败而后，无能的状态尽行宣布了出来，差不多登了个大广告，几乎野心国不免就跃跃欲试……究竟都立了约，都定了租期。我为鱼肉，人为刀俎，国势不强，真也无可奈何的事。①

1895 年（清光绪二十一年　乙未）十七岁

4 月，本县始有机动船航班，载运客货通往外埠。

是年，先生回青浦。在青浦行医的同时，亦在家阅读了大量的稗官野史和医书。

1898 年（清光绪二十四年　戊戌）二十岁

是年，先生再次来到上海。先是以默默无闻的穷小子悬壶做医生。弃医改业图书出租，"收入尚还不差"，继而又潜心钻研小说，渐悟其中要领。大胆投稿，竟获刊登，由短篇而中篇，由中篇而长篇。那时还有几家书局收购了他好几种小说稿刊成单行本，风行一时。先生走上小说创作道路，与孙玉声先生很有关

---

① 陆士谔：《孽海花续编》第三十六回。

系。陆士谔来上海后认识了世界书局的经理沈知方，以及孙玉声。孙玉声这时在福州路麦家圈口开设上海图书馆，知道陆士谔学过医，就劝他一方面写小说，一方面行医，且允许他在上海图书馆设一诊所。在创作小说的同时，先生亦从事租书业务。

是年，青浦青龙镇十九世中医陈秉钧（莲舫），经两广总督刘坤一等保荐，从是年起，先后五次受召进京为光绪帝、孝钦后治病。

1899 年（清光绪二十五年 己亥）二十一岁

娶浙江镇海茶叶商人之女李友琴为妻。夫妻感情甚笃。李友琴曾多次为其小说写序、跋及总评，如《新孽海花》《新上海》《新水浒》《新野叟曝言》等。

《云间珠溪陆氏谱牒》记载：先生配李氏，镇海李兰孙次女；继李氏，泗泾李凤楼长女。

1900 年（清光绪二十六年 庚子）二十二岁

是年，先生长女敏吟（1900—1991）诞生。其与丈夫张远斋一起创办了华龙小学和山河书店。张远斋任校长，敏吟任教员。

1902 年（清光绪二十八年 壬寅）二十四岁

是年，先生次女陆清曼（1902—1992）诞生。其丈夫徐祖同（1901—1993），青浦镇人。

1904 年（清光绪三十年 甲辰）二十六岁

刘三与《警钟日报》主编陈去病在沪创办《世纪大舞台》杂志，提倡戏剧改良。同年，又与堂兄刘东海等于家乡华泾宅院西楼创办丽泽学院，并购置图书一万五千余册。在该院任教的有陆守经、朱少屏、黄炎培、费公直、钱葆权等。

1906年（清光绪三十二年　丙午）二十八岁

是年，先生作《精禽填海记》发表，署"沁梅子"，由愈愚书社刊行。阿英《晚清小说史》提及此书，并称其为"水平线上的著作"。

8月，作《卫生小说》，后改为《医界镜》，由同源祥书庄发行。吴云江活版印刷再版时，先生以"儒林医隐"之笔名在书前小引中曰：

> 此书原名《卫生小说》，前年已印过一千部。某公见之，谓其于某医有碍，特与鄙人商酌给刊资，将一千部购去，故未曾发行。某公爰于前年八月下旬用鄙人出名，将缘由登在《中外日报·申报论》前各三天（某公广告，鄙人所著《卫生小说》已印就一千部，因中有未尽善之处，尚欲酌改，暂不发行。如有他人私自印行及改头换面发行者，定当禀究云云），是版权仍在鄙人也。今遵某公前年登报之命，已将未尽善及有碍某医之处全行改去。因急于需用，现将版权出售。

儒林医隐主人谨志

在《医界镜》中，先生曾论述过中西医孰长的问题，他指出：

西人全体之学，自谓独精，不知中国古时之书已早具精要。不过于藏府之体间有考核，未精详之处，在西书未到中华以前，虽未尽合机宜，而考验全体之功，其精核之处自不可没也。

是年，作《滔天浪》，古今小说本。先生用笔名"沁梅子"。阿英提及此书曰：

沁梅子著，光绪丙午年俞愚书社刊。

又道：

沁梅子不知何许人，据可考者，彼尚有《滔天浪》一种，亦是历史小说。唯纪实性较弱，是如他自己所说，凭自己高兴张长李短地混说。①

是年，作《初学论说新范》共四卷，由文盛书局出版发行。该书由末代状元张謇题写书名。

1907 年（清光绪三十三年　丁未）二十九岁

先生所著之《新补天石》《滑头世界》《滑头补义》及《上海滑头》写成。在《新上海》中，陆士谔借主人公梅伯之口提及其书：

---

① 阿英：《晚清小说史》第十二章。

梅伯道："你这《新中国》说得中国怎样强、怎样富，人格怎样高尚，器物怎样的精良，不是同从前编的什么《新补天石》一般的用意吗？"我道："一是纠正其过去，一是希望其未来，这里头稍有不同。"梅伯道："同是快文快事，我还记得你《新补天石》几个回目是'杀骊姬申生复位，破匈奴李广封侯''经邦奠国贾谊施才，金马玉堂刘濞及第''奉特诏淮阴遇赦，悟良言文种出亡''霸江东项王重建国，诛永乐惠帝再临朝''岳武穆黄龙痛饮，文山南郡兴师''精忠贯日少保再相英宗，至诚格天崇祯帝力平闯贼'。"一帆道："我这几天没事拿小说来消遣。翻着一册《滑头世界》里头载着金表社的事，他的标题叫《滑头金表社》，你何不回去作一篇《滑头补义》？"我道："不劳费心，我已作过的了，停日出了版，送给你瞧就是了。"①

是年，在《神州日报》上发表了《清史演义》一、二集。先生所撰《清史演义》始披露于《神州日报》，陆续登载。发刊未久，阅者争购，报价因之一增。有目共赏，数月以来，风行日远，尤有引人入胜之妙，而爱读诸君经以未窥全貌为憾。或索观全集，或购定预卷，无不介绍于神州报社，冀速遂其先睹之。社友于是商之，陆君即将一、二集先付剞劂，其余稿本修定遂加校雠，不久可陆续出版。

是年，江剑秋先生于《鬼世界》（1907）序中提及先生所作另外几部小说：《东西伟人传》《文明花》《鸳鸯剑》等。上述几

---

① 陆士谔：《新上海》第四十二回。

种应为先生 1907 年之前所作。

1908 年（清光绪三十四年　戊申）三十岁

元月，作《公治短》，载《月月小说》十三号，署名"沁梅子"，为短篇寓言故事。译《英雄之肝胆》，标"法国乌伊奇脱由刚著，青浦云翔氏陆士谔"译。亦作《官场真面目》《新三角》《日俄战史》三种。

《新孽海花》序录李友琴与陆士谔关于《官场真面目》等书之问答云：

> 今秋复以《新孽海花》稿相示。余读云翔书，此为第十八种矣。评竟问之曰：君前所著，意多在惩恶；此书意独在劝善，然乎？云翔笑曰：唯，子何由知之？余曰：君前著之《官场真面目》《风流道台》等，其中无一完人，嬉笑怒骂，几无不至。[①]

夏，作《残明余影》，李友琴女士于《新孽海花》载宣统元年（1909）冬十月序中曰：

> 友人以陆君云翔所著之《残明余影》稿示余，余亦视为寻常小说未之奇也，乃展卷细读，见字里行间皆有情义，而笔情细致，口吻如生，古今小说界实鲜其匹，循环默诵，弗胜心折。九月重阳，《医界镜》修改后再次出版发行。吴云记活版部印，同源祥书庄出版。

———————

① 陆士谔：《新孽海花》序。

1909 年（宣统元年　己酉）三十一岁

是年，作《新水浒》《新野叟曝言》《风流道台》《改良济公传》《军界风流史》《骗术翻新》《绿林变相》《女嫖客》《女界风流史》《绘图新上海》《新孽海花》《苏州现形记》和《新三国》十三种。

2 月，作《风流道台》，此书在《新上海》及《晚清小说史》中均提到：

当下梅伯到我书房里坐下，见了案上的两部小说稿子《风流道台》《新孽海花》，略一翻阅笑道："笔阵纵横，到处生灵遭荼毒。云翔，你这孽也作得不浅呢！"我道："现在的人面皮厚得很，恁你怎样冷嘲热讽、毒讽狂讥，他总是不瞅不睬。不要说是我，就使孔子再生，重运他如椽大笔，笔则笔，削则削，褒贬与夺，再作起一部现世《春秋》来，也没中用呢。"

梅伯抽了两袋烟问我道："你的新著《风流道台》笔墨很是生动，我给你题一个跋语如何？"我道："那我求之不得，你就题吧。"……只见他题的是：《风流道台》，以军界之统帅效英皇之韵事，未始非官界中佳话。第以惜玉怜香之故，竟至拔刀操戈，殊怪其太煞风景。乃未会巫山云雨，顿兴宦海风波。于以叹红颜未得，功名以误，峨眉白简旋登，声望全归狼籍，可恨亦可怜矣。①

_____

① 陆士谔：《新上海》第一回。

270

阿英《晚清小说史》亦云：

> 陆士谔著，六回，宣统元年（1909）改良小说
> 社刊。

是年，作《新野叟曝言》，为国内最早之科学幻想小说，谈文素臣全家至月球事。全书共六册，约四十万字，宣统元年五月初版，同年同月发行，由上海小说进步社印行。此书亦另有磊珂山房主人撰的《新野叟曝言》一种。

7月，作《鬼国史》，改良小说社刊行，阿英评曰：

> 维新运动是失败了，立宪运动不过是一种欺骗，各地的革命潮，在如火如荼地起来。中国的前途将必然地走向怎样的路呢？这是不需要加以任何解释就能以知道的。把握得这社会的阴影，是更易于了解晚清小说。其他类此的作品尚多，或不完，或不足称，只能从略。就所见有报癖《新舞台鸿雪记》、石儳山民《新乾坤》、抽斧《新鼠史》……陆士谔《新中国》……也有用鬼话写的，如陆士谔《鬼国史》（改良小说社，1909年）……专写某一地方的，也有陆士谔《新上海》、佚名《断肠草》（一名《苏州现形记》）等。①

阿英《晚清小说目录》称：

---

① 郑逸梅：《艺林散叶续篇》。

《女嫖客》，陆士谔著，五回，宣统年刊本。

陆士谔《龙华会之怪现状》中谈及《女界风流史》：

秋星道，你也是个笨伯了，书是人，人就是书，有了人才有书呢。即如《女界风流史》何尝不是书。试翻开瞧瞧，你我的相好怕不有好多在里头么。穷形极相，描写得什么似的……这符姨太小报上曾载过，她是磨镜党首领呢，像《女界风流史》上也有着她的事情。①

11 月，李友琴为其《新上海》序于上海之春风学馆，序中进行了评述：

盖云翔之用笔与他小说异，他小说多用渲染笔墨，虽尽力铺张扬厉，观之终漠然无情；云翔独用白描笔墨。写一人必尽一人之体态、一人之口吻，且必描出其性情，描出其行景。生龙活虎，跳脱而出，此其所以事事必真，言之尽当也。云翔在小说界推倒群侪，独标巨帜。有以夫，余读云翔新著二十三种矣，而用笔尖冷峭隽，无过此编。云翔告余曰，与其狂肆毒詈，取憎于人，孰若冷讥隐刺之犹存忠厚也。故此编于上海之社会、上海之风俗、上海之新事业、上海之新人物以及大人先生之种种举动，虽竭力描写淋漓尽致，而曾无片词只语褒贬其间，俾读者自于音外得悟其意。此即史公

---

① 阿英：《晚清小说史》。

《项羽本纪》《高祖本记》《淮阴列传》诸篇遗意欤。

第六十回，镇海李友琴女士评曰：

书中描摹上海各社会种种状态，无不惟妙惟肖，铸鼎像奸、燃犀烛怪，使五虫万怪，无所遁影。平淡无奇之事一运以妙笔，率足以令人捧腹，是真文字之光芒而世道之功臣也。若夫词隐而意彰，言简而味永，按而不断，弦外有声，《儒林外史》外鲜足匹矣。

是年5月4日至次年3月6日，作《也是西游记》（注：十七期上署名"陆士谔"），在《华商联合报》连载。后又结集出版。

1910年（宣统二年　庚戌）三十二岁

是年，长子清洁（1910.6—1959.12）诞生。1927—1937年间，清洁悬壶杭州。十七岁起在杭州创办医报《清洁报》，并历任浙江省国医馆顾问、中医院院长、疗养院院长等职。1937年抗日战争全面爆发后回沪，先于白克路行医，后又迁往吕班路。1944年先生病逝后，又迁回汕头路82号行医，直至1958年。清洁先生亦著有多种医书，如：《备急千金方疏证》十二册、《金匮类方疏证》三册、《伤寒卒病论疏证》三册、《伤寒类方疏证》二册、《评注王孟英医案》二册、《评注本草纲目疏证》七册等。

是年，其妹守民与刘三相识，经南社诗人苏曼殊撮合而结为伉俪。

是年，作《乌龟变相》《新中国》《最近官场秘密史》《六路财神》《逍遥魂》《玉楼春》《最近上海秘密史》七种。

3月，作《官场新笑柄》，在《华商联合报》连载。

腊月，《六路财神》刊行，版底云：

> 大小说家陆士谔先生健著十一种。先生著书不下五
> 十余种，此十一种均系本社出版者：《新上海》《新鬼话
> 连篇》《新三国》《风流道台》《新水浒》《六路财神》
> 《新野叟曝言》《骗术翻新》《新中国》《改良济公传》
> 《新孽海花》。

是年，在《新上海》中，他曾借主人公之口评述《逍魂窟》
和《玉楼春》两种：

> 我道："这月里通只编得两三种，一种《新中国》，
> 一种《逍魂窟》，一种《玉楼春》，稿子幸都在这里。"
> 说着，把稿本检了出来。梅伯逐一翻阅，他是一目十行
> 的，何消片刻，全都瞧毕。指着《逍魂窟》《玉楼春》
> 两种道："这两种笔墨过于香艳，未免有伤大雅。"①

1911年（宣统三年　辛亥）三十三岁

是年，先生弟守经被录取在美国威斯康新大学学习政治。与
之同往的还有竺可桢、胡适、李平等。

是年，作《龙华会之怪现状》《女子骗述奇谈》《商界现形
记》《官场怪现状》《官场艳史》《官场新笑柄》《十尾龟》《血

---

① 陆士谔：《新上海》第五十九回。

泪黄花》八种。

4月，作《商界现形记》，由上海商业会社印行。

《商界现形记》共二集（上下卷），十六回。于宣统三年三月付印，宣统三年四月发行。著作者百业公，编辑者云间天赘生，校字者湖上寄耕氏。在《商界现形记》初集上卷，书前署曰："作者真实姓名和生平事迹，则无从考察。"此书与姬文的《市声》、吴趼人的《发财秘诀》及托名大桥式羽著的《胡雪岩外传》皆为晚清反映商界活动的力作。阿英均收入《晚清小说丛抄·卷四》。现据本人考，该书为陆士谔先生所撰。①

长篇小说《十尾龟》共四十回，由上海新新小说社印行。

是月，《龙华会之怪现状》标时事小说。上海时事小说社发行，共六回。

《女子骗术奇谈》二册共八回，古今小说图书社刊行。"是指摘当时所谓新女子的作品，对撷拾一二新名词即胡作非为的女子加以讽刺，间有一、二宣扬之作。所见到的有吕侠《中国女侦探》……陆士谔《女子骗术奇谈》。"②

9月，《绘图官场怪现状》大声小说社版，初集十回。

在《最近上海秘密史》中，陆士谔借书中人物之口，介绍他的另外几部小说时道："他的小说像《官场艳史》《官场新笑柄》《官场真面目》都是阐发官场的病源。《商界现形记》就阐发商界病源了，《新上海》《上海滑头》等就阐发一般社会病源了。我读了他三十一种小说，偏颇的话倒一句没有见过。"

10月10日，晚九时，武昌新军起义，辛亥革命爆发。11月，

---

① 可参见田若虹《陆士谔小说考论》第六章第一节：《〈商界现形记〉著者探佚》。

② 阿英：《晚清小说史》第九章。

275

起义军攻陷总督衙门，占领武昌全城。革命党人成立中华民国湖北军政府，推新军协统黎元洪为都督。12 日，革命军占领汉口，湖北军政府通电全国，宣告武昌光复。

11 月，先生创作讴歌武昌起义的《血泪黄花》，又名《鄂州血》。这部小说出版于 1911 年 11 月，距武昌起义仅一个月。作者满腔热情地歌颂辛亥革命，描写了起义军民的英勇奋战，表达了他对旧民主主义革命的向往之情。

1912 年（民国元年　壬子）三十四岁

是年，《孽海花续编》由上海启新图书局、国民小说社、大声图书局出版，续编共有二十一至六十一回。在《十日新》封底的小说广告中登有陆士谔所出小说数种：

> 《历代才鬼史》二册（洋八角）、《清史演义》（初集）四册、《清史演义》（二集）四册、《清史演义》（三集）四册、《清史演义》（四集）四册、《孽海花》（初集）各一册、《孽海花》（续编）四册、《女界风流史》二册、《女嫖客》二册、《末代老爷大笑话》二册、《也是西游记》二册、《雍正剑侠》（奇案）三册、《血泪黄花》二册。

1913 年（民国二年　癸丑）三十五岁

8 月，先生次子陆清廉（1913.8—1958.8）诞生。陆清廉，字凤翔，号介人。

《青浦县志·人物》记曰：

陆凤翔原名清廉，朱家角镇人，中国共产党员，革命烈士，陆士谔次子。1958年8月20日，在北京开会返宁途中，因飞机失事不幸遇难，时年四十五岁。后经江苏省人民委员会追认为革命烈士。

《青浦文史》亦记曰：

陆凤翔（1913—1958），原名清廉，青浦朱家角人，为通俗小说家、名医陆士谔次子。早年毕业于苏州高中，后在胡绳等的影响下，接受共产主义思想，创办社会科学研究会。1936年9月加入中国共产党①。

是年，创作《宫闱秘辛》、《朝野珍闻》、《清史演义》第一部、《清朝演义》第二部四种。

8月，《清史演义》第一部由大声局发行，标历史小说。

民国二年至十三年（1913—1924），陆士谔完成了《清史演义》一至四部的撰写：

余撰《清史演义》，此为第四部。第一部大声局之《清史演义》，第二部江东书局之《清史演义》，第三部世界书局之《清史演义》。第大声本书有一百四十回，长至七十万言。而江东本只三十万言，世界本只二十万言。

---

① 《青浦文史》第五期。政协青浦委员会、文史资料委员会编，1990年10月。

277

同时，他阐明了"演义"之缘由：

> 夫小说之长，全在表演。何为表？叙述治乱兴衰及典章文物、一切制度。何为演？将书中人之性情、谈吐、举动逐细描写，绘形绘声，呼之欲出。故旧著三书，唯大声本尽意发挥，或可当包罗万象；江东本与世界本为篇幅所限，未免蹈表而不演之弊。然而一代之功勋以开国为最伟大，一代之人物以开国为最英雄。与其歌咏升平，浪费无荣无辱之笔墨，孰若记载据乱，发为可歌可泣之文章。此开国演义所由作也。

10月10日，先生生父世沣殁，得年四十有一。

1914年（民国三年 甲寅）三十六岁

元月，《清史演义》三集共四册出版。

是月，《十日新》第一至四期连载言情小说《泖湖双艳记》。

2月，《孽海花续编》再版，大声图书局出版。又，上海民国第一图书馆版本，标历史小说。本书从第二十一回写起，至六十二回止。回目全用曾朴、金松岑原拟。

10月，《清史演义》四集初版，继而出版五集。

是月，《也是西游记》题"铁沙奚冕周起发，青浦陆士谔编述"。在第八回回末，先生述曰：

> 《也是西游记》八回，奚冕周先生遗著也。笔飞墨舞，飘飘欲仙，士谔驽下，奚敢续貂。第主人谲谏，旨在醒迷，涉笔诙谐，岂徒骂世。既有意激扬，吾又何妨

278

游戏。魂而有灵，默为呵者欤！

己酉十月青浦陆士谔识

在上海望平街改良新小说社广告中登有特约发行所改良新小说社启：

> 新出《也是西游记》，是书系铁沙奂冕周、青浦陆士谔合著。登华商联合会月报，海内外函索全书纷纷如雪片，盖不仅妙词逸意、文彩动人，而远大之眼光、华严之健笔，实足振颓风、挽末俗。或病其文过艳冶、意近诲淫，则失作者救世苦心矣。

12 月 10 日，在《十日新》第一期发表短篇小说《德宗大婚记》《新娘！恭献！哈哈》《贼知府》《泖湖双艳记》①。

是月 20 日，在《十日新》第二期发表逸事短篇小说《赵南洲》。

是月 30 日，在《十日新》第三期发表滑稽短篇小说《花圈》《徐凤萧》《英雄得路》。

是年，其文言笔记《蕉窗雨话》由上海时务图书馆出版。《蕉窗雨话》（共九种），记乾隆间吏部郎中郝云士诣事和珅事，记杜文秀踞大理事，记石达开老鸦被擒异闻，记董琬欲从张申伯不果事，记张申伯为太平天国朝解元事，记王渔洋宋牧仲逸事，

———————————

① 陆士谔：《泖湖双艳记》第一至四期连载，标艳情小说。

记说降洪承畴事，记岳大将军平青海事，记准噶尔与俄人战事①。

1915 年（民国四年　乙卯）三十七岁

是年，先生妻李友琴病故，终年三十五岁。先生悲痛不已。常以医术不精、未能挽爱妻为憾，遂更发奋钻研医学。又创作几种笔记体文言短篇小说，如《顺娘》《冯婉贞》《陈锦心》《顾珏》等，皆散刊于上海《申报》。

3月14日，作笔记小说《顺娘》，在《申报》"自由谈"、"红树山庄笔记"栏目发表。

3月15日，继续连载《顺娘》。《顺娘》以庚子事变之后"罢科举"，选派留学生到西方留学的这段历史为背景。其中又穿插了男女主人公雁秋和顺娘悲欢离合的故事。故事虽未脱俗套，但情节曲折，人物个性鲜明，其中不无对世俗的道德观和封建习俗的批判。

3月19日，作笔记小说《冯婉贞》，在《申报》"自由谈"、"爱国丛谈"栏目发表，亦见于《虞初广记》。写咸丰十年英法联军火烧圆明园时事，当时有圆明园附近的平民女子冯婉贞率少年数十人以近战博击的战法，避开敌人的枪炮，击溃了敌军数百人，杀死百余人。文章的结尾陆士谔曰："救亡之道，舍武力又有奚策？谢庄一区区小村落，婉贞一纤纤弱女子，投袂起，而抗欧洲两大雄狮，竟得无恙，引什百于谢庄，什百于婉贞者乎？呜呼！可以兴矣！"② 其书在1916年被徐珂收编入《清稗类钞》，修改了原文。亦被列入中学范文读本。

---

① 收于《清代野史丛书》。
② 陆士谔：《冯婉贞》，《申报·自由谈》1915年。

4月，《清史演义》五集再版。

8月，作《顺治太后外纪》，由上海进步书局出版。1928年2月五版。

提要曰："是书叙顺治太后一生事实。夫有清以朔方，夷族入住中原，论者多归之天而不知兴亡盛衰之故乃操之于一女子手。盖佐太宗之侵掠，说洪氏之投降与有力焉，然而深宫秘事史官既讳而不书，远代茫然罔识，是编记载最为尽，诚足广异闻而资谈助也。"

1916年（民国五年　丙辰）三十八岁

4月7日，作笔记小说《顾珏》在《申报·自由谈》发表。

《顾钰》刻画了一位身怀绝技、武力超群，而又恃强踞傲、强不能而为之的"勇"者形象。顾钰，亭林先生八世孙。其躯干彪伟，孔武有力，一乡推为健士。他夜不卧床榻，巨竹两端而剖其中，"卧则以两臂撑之。竹席如弓，身卧其内。醒则疾跃而出，竹合如故"。"稍迟延，臂竹猛夹裂颅破脑，巨竹之张合，常在百斤左右"，其两臂之力可谓巨矣。然山外有山，人外有人，顾终因"耻受人嘲"而不自量力，在比斗中惨败。

4月10日，作笔记小说《陈锦心》，在《申报·自由谈》发表。《陈锦心》以"义和团运动，洋兵入京"之时代为背景，描写了男女主人公国华和锦心的悲欢离合。国华就读于武备学校，他与锦心约"俟武校毕业始结婚"。不料被"匪"掳，"迫为司帐"。荡析流离，积二年之久，始得归。而锦心虽误以其为死，却"死生不渝"，"矢志柏舟"。小说终为大团圆之结局。作者将国华与锦心之婚姻悲剧归罪于"红巾"之乱，无疑体现了其封建思想之局限性，但小说中又通过叙事主人公的视角简要地描述了庚子事变联军入京后之情况：

> 国华被匪掳去，迫为司帐，不一月而大沽失守，洋
> 兵入京，匪众分队四散。国华被众拥出山海关迁流至奉
> 天，又至黑龙江，积二年之久，始得归。

这篇笔记小说，与吴趼人的《恨海》和忧患余生的《邻女语》皆为反映庚子事变之题材。虽不能与之媲美，但亦有异曲同工之妙。

是年，作《帐中语》，上海进步书局印行，署"云间龙撰"，标家庭小说。首语云："留作世间荡子的当头棒喝。"

提要曰："夜半私语恒于帐中为多，此书叙夫妇二人帐中问答。语言温柔旖旎，有时为诙谐之谈笑，有时为正当之箴规，亦风流亦蕴藉，是小说别开生面之作。"

是年秋，作《初学论说新范》，张謇题书名。弁首编辑大意共八条，如第一、二条阐明编辑题旨："本书论说各题皆自初等教科书中选来，即文中曲引泛论用典、用句均不越教科书范围。""本书条文词句务求浅近，立意务取明晰、务期初学易于开悟。"

1917 年（民国六年　丁巳）三十九岁

是年，娶松江泗泾李氏素贞为续室。

6 月，作《八大剑仙》，一名《清雍正朝八大剑仙传》。共十九回，约七万余字。现存民国六年（1917）六月，上海交通图书馆铅印本一册。该本至民国十二年（1923）十月，已出至十版。

是年，作《剑声花影》。1926 年 3 月，五版。其提要曰：

女中豪杰载清史籍者，令人阅之心深向往。本书所述杀身成仁之侠女韩宝英，更属巾帼中所罕见者。宝英本桂阳士人女，逊清洪杨之役为贼所掳，几至辱身。幸遇翼王石达开援救脱险，并为杀贼报仇扶为义女。宝英感恩知遇，卒以死报，脱翼王于难。全书自始至终叙事曲折详尽，文笔亦简明雅洁，堪称有声有色、可歌可泣之作。

1918 年（民国七年　戊午）四十岁

是年，"岁戊午，挟术游松江"。① 在松江西门外阔街悬壶。行医中将十多年来对医学研究的心得，写成医书十余种。

7 月，先生作《中国黑幕大观·政界之黑幕》共一百零一则，由上海博物院路 8 号鲁威洋行发行。编辑者路滨生，发行者葡商马也，由蔡元培等人作序。陆士谔所写"政界之黑幕"有别于当时鸳鸯蝴蝶派小报所津津乐道的秘事丑闻，与其社会小说宗旨一致。他的此类小品文皆以社会现实和时事新闻为描写题材，广泛而深入地触及当时社会、经济、军事、文化、外交、政治的各个层面，其揭露和讽刺之深刻与时代的节奏深相吻合。其文或庄或谐，或正或奇，嬉笑怒骂皆成文章。

其中《民国两现大皇帝》调侃了政体之变更竟同儿戏；《五百金租一翎项》写民国以来，红顶花翎已抛去不用了，不意复辟之举突如其来，某司长知翎项为必需之物，遍搜箱匣，竟无所获，遂租一优伶之花翎代之；《闽神之门联》描写了张勋复辟后之民俗；《二本新审刺客》写民国二年三月，前农林总长宋教仁，

---

① 陆士谔：《医学南针》自序。

拟由上海搭火车北上，方欲上车，突被刺客击中腰部，越再日逝世之事件；《新南北剧之黑幕》《新南北剧之第一幕》揭露了袁项城篡位总统和北洋军权之丑闻；《洪述祖之大枪花一》述中法和约告成，刘遣洪诣法军；《杜撰之灾祸与谶语》叙蔡锷起师护国，北军屡北，不得已取消帝制；《失败之大原公子》写洪宪帝既颁称帝之令，乃亟兴土木。在《疑而集诗》中，陆士谔曰：

政界之黑幕不外吹牛、拍马、利诱、威逼种种伎俩。此四者尽之……不意自民国以来，政治界幕中偏又添新色料，一曰阴谋，一曰暗杀。如总统之突然称作皇帝，浙江之忽然伪号独立，此均属于暗杀者。人心愈变愈阴，国势愈变愈弱。

10 月，作《薛生白医案》，神州医学社新编，上海世界书局出版，1923 年 8 月三版。序曰：

薛生白君，名雪，字生白，自号一瓢子。生白因母文夫人多病，始究心医术。其医与叶香严齐名，当时号称叶、薛。吾国医学，自明季以来，学者大半沉醉于薛院，使张景岳之说，喜用温补，所误甚多，独生白与香严大声疾呼，发明温热治法，民到如今受其赐……薛氏医案如凤毛麟角，弥见珍贵。临证之暇，特将先生医案分类校订，并附录香严案以资对照，使读薛案者得于薛案外，更有所益也。

民国八年十月后学珠街阁陆士谔谨序于松江医寓

284

1919 年（民国八年　己未）四十一岁

从 1919—1924 年间，陆士谔在松江医寓先后写了十多种医书。至 1941 年止，先生共创作医著、医文四十多种：《叶天士幼科医案》、《陆评王氏医案》、《薛生白医案》、《叶天士手集秘方》、《医学南针初集》、《医学南针二集》、《王孟英医案》、《丸散膏丹自制法》、《增注古方新解》、《温热新解》、《奇疟》、《国医新话》、《士谔医话》、《叶香严外感温热病篇》、《李士材医宗必读》、《邹注伤寒论》、《陆评王氏医案》、《陆评温病条辨》、《医经节要》、《诊余随笔》、《基本医书集成》（主编）、《家庭医术》、《增注徐洄溪古方新解》、《内经伤寒》、《新注汤头歌诀》、《寒窗医话》、《医药顾问大全》、《论医》、《国医与西医之评议》、《中西医评议》、《小闲话》。医学论文多在《金刚钻》报发表。

元月，先生幼子清源（1919—1981）诞生，笔名海岑。毕业于立达学院。清源幼承庭训，博闻强识，其医学和文学皆颇有造诣。抗战期间，他辗转于福建长汀、泉洲、永安各地从事翻译、教学、编辑及行医等工作。并以行医所得创办了《十日谈》出版社，印行了不少文艺书籍，如德国苏特曼的戏剧集《戴亚王》（施蛰存译）等，行销于东南五省。抗战胜利后，清源回沪。其时陆士谔去世不久，他继承父业，挂起了"陆士谔授男清源医寓"的招牌，正式悬壶行医。新中国成立后，清源曾先后任平明出版社、新文艺出版社和上海文艺出版社编辑，从事英、俄文学翻译。主要译著有屠格涅夫的《三肖像》《两朋友》《多余人日记》、卡拉维洛夫的《归日的保加利亚人》、米克沙特的《英雄们》等。1979 年，他与施蛰存合作，根据西方独幕剧的发展历史编了一套《外国独幕剧选》（六册）。由于精通俄语，他负责选编苏联及东欧诸国的剧本。当第一集于1981年6月出版时，清源已于同年4月病故，未能见到此书的出版。

元月，作《叶天士幼科医案》，上海世界书局出版。陆士谔序曰：

> 叶香严先生，幼科专家也。而其名反为大方所掩。世之攻幼科者，鲜有读其书，是何异为方圆而不由规矩、为曲直而不从准绳。吴江徐洄溪，素好讥评，而独于先生之幼科，崇拜以至于极。一则特之曰名家，再则曰不仅名家而且大家。敬佩之情溢于言表。今观其方案，圆机活泼，细腻清灵，夫岂死执发表攻裹之板法者，所得同年而语耶？《冷庐医话》载先生始为幼科，虚心求学，身历十七师而学始大进，则如灵秘术其来固有自也。

民国八年十月后学珠街阁陆士谔谨序于松江医寓

是年，作《叶天士女科医案》。

1920年（民国九年　庚申）四十二岁

元月，作《增注徐洄溪古方新解》共八卷。上海世界书局石印本1922年6月再版。

2月，《叶天士手集秘方》，上海世界书局出版。陆士谔序曰：

> 秘方者师徒相授，从未著之简策者也。顾未著之简策，后之人从何纂集成书？曰，秘方之源，非人不授，非时不授，故名之曰秘。岁月既久，私家各本所传各自

记述。然方之秘难泄，而纂秘方者，大都不知医之人，所以秘方之书虽多，而合用者甚鲜也。叶天士为清名医，其手集秘方，大抵本诸平日之心得，较之《验方新编》等自可同年而得。顾其书虽善，体例已颇可议……因系先辈手译，未便擅自更张；方有重出者，亦未敢留就删节致损本来面目。唯逐细校雠，勘明豕亥，使穷乡僻壤有不便延医者按书救治，不致谬误，是则校者之苦心也。

7月，作《医学南针》初集，上海世界书局石印本。1931年七版。其师唐念勋纯斋氏序曰：

陆士谔，好学深思之士也。其于《灵》《素》《伤寒》《金匮》等书极深研几，历十余年如一日。昼之所思，夜竟成梦。夜有所得，旦即手录，专致之勤，不啻张隐庵氏之注《伤寒》也。顾积学虽富，性太刚直。每值庸工论治，谓金元四大家之方药重难用，叶香严、王潜斋之方药轻易使，陆子辄面呵其谬，斥为外道之言。夫病重药轻，无补治道；病轻药重，诛伐无辜。论药不论证，斥之诚是。然此辈碌碌，何能受教，徒费意气，结怨群小，在陆子亦甚不值也。余尝以此规陆子，而劝其出所学，以撰一便于初学之书，俾后之学者。得由此阶而进读《灵》《素》《伤寒》，得造成为中工以上之士，则子之功也。夫医工之力，不过能治病人之病；医书之力，则能治医工之病，于其勉之，陆子深韪余言，操笔撰述，及一载而书始成。其网罗之富，选才之精，立论之透，初学之书所未有也。较之《必读》《心悟》

287

等，相去奚啻霄壤。余因名之曰《医学南针》，陆子谦让未遑。余曰，无谦也，子之书不偏一人，不阿一人，唯求适用，大中至正，实无愧为吾道之南针也，因草数言弁之于首。

民国九年庚申夏历二月唐念勋纯斋氏序于珠溪医室

是年夏，作《孽海情波》，由上海沈鹤记书局出版。

1921 年（民国十年　辛酉）四十三岁

4 月，作《增评温病条辨》，（清）吴塘原著，先生增评。
5 月，作《王孟英医案》，上海世界书局出版。哈守梅序曰：

青浦陆君士谔，名医也。其治症，闻声望色，察脉问证，洞见藏府，烛照弥遗。就诊者无不叹为神技，而不知君固苦心得之也。余以善病喜读医籍，去年冬，购得《医学南针》，读之大好，因想见陆君之为人。与君畅谈医学并及近代名流，君于王孟英氏最为推服……因出其自编之孟英医案，分类排比，眉目朗然，余不禁狂喜，劝之发刊。君曰，孟英原案，犹《资治通鉴》，余此编，犹纪事本末，不过自备检查尔，何足问世。余曰初学得此，因证检方得见孟英之手眼，未始非君之功也。陆君颇题余言，余因草其缘起，即为之序。

民国十年五月金陵哈守梅拜序

陆士谔自序曰：

《王孟英医案》有初编、续编、三编之分，编者不一其人，而《归砚录》则孟英自编者也。余性钝，读古人书，苦难记忆，而原书编年纪录检查又甚感不便，因于诊余之暇，分类于录，籍与同学讲解。外感统属六淫故，风温、湿温间有编入外感门者。夫孟英之学得力于枢机气化，故其为方于升降出入，手眼颇有独到；而治伏气诸病，从里外逗，尤为特长。大抵用轻清流动之品，疏动其气要，微助其升降，而邪已解矣。其法虽宗香严叶氏，而灵巧锐捷，竟有叶氏所未逮者。余尝谓孟英于仲夏伤寒论、小柴胡汤、麻黄附子细、辛汤诸方必极深穷研，深有所得。故师其意不泥其迹，投无不效。捷若桴鼓，读者须识其认证之确、立方之巧，勿徒赏其用药之轻，庶有获乎！

民国十年五月青浦陆士谔序于松江医室

农历六月，作《丸散膏丹自制法》。1932 年 5 月再版，由陆士谔审订。先生自序曰：

客有问此书何为而作也，告之曰，神农辨药，黄帝制方，圣王创制为拯万民疾苦。伊尹、仲景后先继起，孙邈有《千金》之著，王涛有《外台》之集，《圣济》《圣惠》各方选出，无非本斯旨而发未发光大之。自世风日下，业此者唯知鸢利，罔识济人，辄以己意擅改古方药名，虽是药性全非。医师循名用辄有误，良可慨也，本书之作意在使制药之辈知药方定自古贤，药品之配合分量之轻重、制法之精粗，丝毫不能移易。各弃家技一秉成规，庶几中国有统一制药之一日，按病撰药无不利药病有桴鼓应之，斯民尽仁寿之堂，是所愿也。有同道者盍兴乎，来客悦而退，因讹笔记之以叙本书。

民国十年夏历六月陆士谔序

全书分为内科门四十一类、女科门九类、幼科门十一类、外科门十类、眼科门六类、喉科门七类、伤科门、医药酒门……

是年，增补重编《叶天士医案》，上海世界书局出版。

是年，作武侠小说《血滴子》，又名《清室暗杀团》，二十回，六万多字。现存民国十年（1921）六月上海时还书局铅印本一册。卷首有民国十五年（1926）长沙张慕机序。此书在当时尤为风行，还改编成京剧在沪上演。

1922 年（民国十一年　壬戌）四十四岁

元月，《绣像清史演义》序，写于松江医寓。

是月，《七剑三奇》，上海中华新教育社出版，共四十回。现存民国十一年（1922）上海中华新教育社平装铅印本二册，二万多字，首有作者序，卷后有李惠珍识语。

6 月，编《增注古方新解》。

约是年，撰侠义小说《七剑八侠》，共二十四回，由上海时还书局出版发行。第二十四回中写道："种种热闹节目都在续编之中，俟稍停时日，当再与看官们相会。《七剑八侠》正篇终，编辑者陆士谔告别。"

1923 年（民国十二年　癸亥）四十五岁

10 月，《薛生白医案》第三版。

是月，《八大剑仙》第十版。

是月，《金刚钻》报创刊，陆士谔曾协助孙玉声编撰《小金刚钻》报。

1924 年（民国十三年　甲子）四十六岁

4 月，作《医学南针》二集，上海世界书局出版。首有先生自序题："民国十三年甲子夏历四月青浦陆守先士谔甫序于松江医寓"；亦有唐纯斋序曰：

陆君士谔名守先，医之行以字不以名，故名反为字掩。而君于著述自著，辄字而不名，故君之名，舍亲戚故旧外，鲜有知者。角里陆氏系名医陆文定公嫡系，为青邑望族，代有闻人。而以医学名世者，则自君始。君为午邑名儒兰坨先生哲嗣。先生学问经济名重一邑，而屡困场屋，以一明经终，未得施展于世。有子三人，俱著名当世。君其伯也，仲守经，字达权；季守坚，字保权，均驰声军政界，为世所重。而君之学尤粹。君以预防为主医学，极深研几，每发前人所未发，于五运六气、司天在泉，则悟地绕日晹。以新说释古义，语透而理确；于伤寒温热、古方今方，则以经病络病，一语解前贤之纠纷。盖君喜与经生家友，每借经生之释经以自课所学，故所见回绝恒蹊也。角里在松郡之西，青溪环绕，九峰远拥，地灵人杰。王述庵以经著名，陈莲舫以医术行世，惜莲舫之道、之行而未有著述；述庵之学、之博而未曾知医。君今以经生之笔，释仲景之书，明经络之分治，导后学以准绳，湖山增色。吾闻君之《医学南针》共有四集，此其第二集也。以辨证用药读法为三大纲，较之初集进一步矣。其三集则专以外感内伤立论，四集则专释伤寒金匮，甚望其早日杀青也，是为序。

是月，清明节，刘绣、刘曼君、刘缙、刘尨《先父刘三收葬邹容遗骸的史迹》一文中曰：

> 1924年清明节，章太炎、于右任、张溥泉、章士钊、李印泉、马君武、冯自由、赵铁桥诸先生来华泾祭扫先烈邹容茔墓时，吾父权作主人，于黄叶楼设宴招待。章太炎先生与吾父所吟今尚能背诵。太炎先生诗云："落泊江湖久不归，故人生死总相违。至今重过戚丹墓，尚伴刘三醉一回。"吾父缅怀亡友，追念往事，悲慨遥深地吟曰："杂花生树乱莺飞，又是江南春暮时。生死不渝盟誓在，几人寻冢哭要离。"

7月，《女皇秘史》由时还书局出版。此为《清史演义》之第四部。作者自序称于民国十三年（1924）七月，青浦陆士谔甫序于松江医寓。是月24日，江苏督军齐燮元、浙江督军卢永祥为争夺上海地盘酝酿战争。本县局势紧张。驻松浙军封船百余艘供军用，居民纷纷避迁。县议会及各法团电致北京及江浙当局，呼吁和平。

是月中旬，先生先遣其妻避上海，与长子清洁看守家门。

是月 29 日，先生避难第二次来沪。

9 月 30 日，江浙战争爆发，史称齐卢之战。县城学校停学，商店多半歇业。

10 月 12 日，浙江督军卢永祥兵败下野，江浙战争结束。松江防守司令王宾等弃城潜逃。先生第三次赴沪。在《战血余腥录》中先生叙述了他第三次来沪悬壶之情形。

先生避难来沪后，聊假书局应诊。民国十四年（1925）六月，他先是在英界四马路画锦里口老紫阳观融壁上海图书馆行医，民国十四年十一月十二日，后又迁移到英租界跑马厅汕头路 23 号新层；民国二十二年（1933）九月，他再次迁移到公共租界中央区，汕头路 82 号。

一日，有广东富商路过上海图书馆，恰巧看到士谔正为病家诊脉开方，就上去攀谈。一交谈，就觉得陆士谔精通医学，请陆出诊，为其妻治病。士谔在病榻边坐下，一看病人骨瘦如柴，气若游丝。原来已卧床一月有余，遍请名家诊治，奈何无灵。病情日见沉重，饮食不思，气息奄奄。富商请陆士谔来看病，也是"死马当活马医"。诊脉后，士谔开好药方说："先吃一帖。"第二天，富商又到诊所邀请，说病人服药后就安然熟睡，醒来要吃粥了。这样经过半个月的诊治，病人霍然而愈。富商感激不尽，登报鸣谢一月，陆士谔的医名由此大振。不久就定居于汕头路 82 号挂牌行医，每日门诊一百号。

12 月 27 日，在《金刚钻》报"诊余随笔"，先生撰文谈小儿虚脱症及其疗法。

是年，先生修《云间珠溪陆氏谱牒》（不分卷），署"陆守

293

先修"，其侄陆纯熙在《云间珠溪陆氏谱牒》中曰："士谔叔父就珠街阁近支先行编纂校雠，即竣，付诸石印，分给同宗俾珠街阁近支世系。已可按世稽查。"

关于《云间珠溪陆氏世系考》陆纯熙述曰：

> 守先谨按：吾宗谱牒世甚少，刊本相沿至今，即抄本亦复罕购，浸久散佚，世系将未由稽考，滋可惧也。此百数十年中急需修入者不知凡几。屡拟评加修订，而宗支散处，调查綦难，因商之，士谔叔父就珠街阁近支先行编撰。校竣，即付之石印，分给同宗，俾珠街阁近支世系已可按世稽查。

中华民国十三年十一月十八日纯熙谨识

1925年（民国十四年　乙丑）四十七岁

1—6月，《金刚钻》报连载其短篇小说《环游人身记》。

在其科幻短篇小说《寒魔自述记》和《环游人身记》中，作者通篇运用了生动贴切的比拟和比喻来说明病毒侵入人体之途径。如《寒魔自述记》叙述了"途"之六兄弟：风魔、寒魔、暑魔、湿魔、燥魔、火魔漫游人体之经历，从而感受到"此为世界风景之最"。在《环游人身记》中则记述了"余"挟暑风二伴"登女郎玉体"分道从"寒府"，人之汗毛孔和"樱唇"通过咽窍（食管）、喉窍、颃颡舌本、脾脏（少阴脉）、肾脏（阳阴脉）、胃府进入人之膏粱之体，它们环游人身一周。文中穿插了"余"与暑伴等之对话，辛辣地讽刺了那种不学无术的庸医，同时倍加推崇名医之医术医德。上述两篇，皆具有较强的故事性和情节化的特点，语言亦幽默风趣，读来引人入胜。

是年，作《今古义侠奇观》，该书演历代十四位男女义侠的故事。出版广告启曰："当行出色撰著武侠说部之老手陆士谔君，收集古今英雄侠义之事迹，仿今古奇观之体例，编成《今古义侠奇观》一书，以为配世化俗之工具。情节离奇，文笔紧凑，聚数千年来之侠义于一堂，汇数十百件之佳话为一编，前后合串，热闹异常……写英雄之除暴，则威风凛凛；写义侠之诛奸，则杀气腾腾，可以寒奸人之胆，可以摄强徒之魂……洵足以励末俗，而挽颓风。"①

在《留学生现形记》封底，亦将其列为最新出版之小说名著：

    吴趼人：《二十年目睹之怪现状》《九命奇冤》《电术奇谈》

    李涵秋：《近十年目睹之怪现状》《自由花》

    海上说梦人：《歇浦潮》《新歇浦潮》

    徐卓呆：《人肉市场》

    不肖生：《江湖义侠传》

    陆士谔：《今古义侠奇观》《剑声花影》

    以及名家译著：《十五小豪杰》等共二十二种

是年，作《续小剑侠》，由上海时还书局出版。

4月，作《小闲话》连载。另有医学杂论《治病之事》《治病日记》。

---

① 见于《红玫瑰》杂志第三十二期广告。

8—12月，作《义友记》，连载于《金刚钻》报。

是年，《金刚钻》报登载《内科陆士谔诊例》一个月。

3月，《金刚钻》报记曰：

世界书局管门巡捕某甲，于正月二十一日晨正洗脸间，忽然仆倒，就此一蹶不醒，不及医治而死。及后该局经理沈知方叙之于先生，并研究其致死之由。先生曰，此则唯有"脱"与"闭"两症。"脱"则原气溃散，"闭"由经络闭塞，闭则有害其生，脱则虽有神丹，难挽回也。沈君曰，死者全身青紫。越日，两医解剖其尸，则肺脏已经失去其半。先生曰，该捕平日必酷嗜辛辣而好之饮烧酒，不然肺何得烂，然其致死之因，虽由肺烂，而致死之果，实系气闭。因仆侧肺之烂叶遮住气管，呼吸不通，故遂死也。询之果然。

是月，《金刚钻》报载有一病人家属严寿铭感谢他的信曰："舍亲俞幼甫谈及避难来申之陆士谔，姑往一试，至四马路画锦里口上海图书馆陆寓，延之来诊。不意药甫下咽，胸闷既解，囊缩即宽。二诊而唇焦去、身热退。三诊而能饮半汤，四诊而粥知饥矣。"

是月，先生著《温热新解》。先是《金刚钻》报发表，1933年9月又在《金刚钻月刊》重版。

5月，先生在《金刚钻》报"读书之法"中曰：

先父兰垞公以余喜涉猎古史，训之曰，读书贵精不贵博，汝日尽数卷书，聊记事迹耳，其实了无所得。因出《纲鉴正史》曰，何如……余遂以刘三（小学家）读经之法，读秦汉唐各医书，而学始大进。辨论撰方，自谓稍易着手，未始非读书之益也。

5月27日，先生曰："余自《医学南针》出版而后，虚声日著。远客搭车来松者，旬必有数起，均系久来杂病，费尽心机，效否仅得其余。及避难来沪，沪地交通便利，百倍松江。囊时远客，仅沿沪杭线各城镇，今则有由海道来者，有由沪宁线各站来者。"

6月12日，《金刚钻》报《陆士谔名医诊例》：

所治科目：伤寒、湿热、咳嗽、妇科、产后、调经各种杂病。

时间：上午十时至下午三时门诊，午后三时出诊。

地址：英界四马路画锦里口上海图书馆。

11月12日，先生迁移到英租界跑马厅汕头路23号新层。

1926年（民国十五年　丙寅）四十八岁

3月，《剑声花影》第五版刊行。

是月31日，在《金刚钻》报上登载《修谱余沈》曰：

今吾家新谱告成，自元侯通至士谔凡七十九世……原原本本，一脉相承，各支宗贤亦均分载明白。扬洲别驾分类，为吾二十六世祖，娄王逊为吾五十八世祖……

4月14日，先生作《寒魔自述记》连载于《金刚钻》报。

12月，《家庭医术》初版，上海文明书局印行。1930年再版，署"辑选者陆士谔"。

1928年（民国十七年　戊辰）五十岁

2月，《顺治太后外纪》五版，由上海进步书局印行。

4月，《绘图新上海》五版。

4月，由范剑啸著、先生参与润文的小说《双蝶怨》由上海大声图书局出版。

9月，《古今百侠英雄传》由上海时还书局出版发行，标绘图古今侠义小说。先生自序曰：

> 余嗜小说，尤喜小说之剑侠类者。所读既多，未免技痒。缘于诊病之余，摇笔舒纸，作剑侠小说。在当时不过偶尔动兴，聊以自遣，不意出版之后，竟尔风行，实出余意料之外。意者下里巴人，属和遍国中耶？
>
> 中华民国十七年八月十五日
> 青浦陆士谔序于上海汕头路医寓

是年，出版《北派剑侠全书》与《南派剑侠全书》。在《古今百侠英雄传》之末页，附南北两派剑侠全书总目：

北派：《红侠》、《黑侠》、《白侠》、《三剑客》（二册）。

南派：《八大剑侠传》、《血滴子》、《七剑八侠》

（二册）、《七剑三奇》（二册）、《小剑侠》（二册）、《新剑侠》（二册）。

10月，作《新红楼梦》，由上海亚华书局出版。

是年，《金刚钻》报登载《内科陆士谔诊例》一个月。

1929年（民国十八年　己巳）五十一岁

元月，作短篇《记平湖之游》①，作者于冬至日作平湖之游，其记曰：

> 平湖多陆氏古迹，此行得与二千年前同祖之宗人相聚，意颇得也……盖平湖支为唐宰相宣公系。宣公系三国东吴华亭候补丞相逊之后，而吾宗为选尚书王昌之后，王昌与逊在当时已为同曾祖姜昆，故吾宗与平湖陆氏，为二千年前一家。考诸家乘，信而有征也。此次邀余往诊者，为平湖巨绅陆纪宣君。甲子秋，余避难来沪，纪宣亦携眷来沪。其夫人患病颇剧，邀余往诊，遂相认识。由是通信，如旧识焉。

是年，作武侠长篇小说《江湖剑侠》，共四十回，由国华书局出版。回目前写有"陆士谔著、蔡陆仙评"。并有云间吴晚香之序言，写于上海。其序文称：

> 青浦陆士谔先生精"活人术"，复长于写武侠小说。

---

① 于1929年1月6—12日连载于《金刚钻》报。

形其形状，其状惟妙惟肖，可骇可惊。历次所作，阅者无不击节。盖先生于乱世触目伤心、愤激之余，发为奇文，非以投世俗之所好也，聊以鸣方寸之不平耳。

蔡陆仙先生第一回评曰：

叙武侠本旨如水清石出，历历可见。所谓探骊得珠，已白占足身份，况描写官吏之嚚顽、社会之黑暗、胥吏之残酷，无不细心若发，洞若观火，笔墨酣畅，尤有单刀直入之妙。

1930 年（民国十九年　庚午）五十二岁

2 月，作《龙套心语》，共三册，书末标社会小说。以龙公名义发表。由上海竞智图书馆出版。此书先是在《时报》连载，现上海图书馆存有《时报》版剪贴本和竞智图书版本两种。书前有龙公自序、答邮人书（代序），又有马二先生序。序曰：

《龙套心语》著者署名"龙公"，不知其何许人也。全书二十四回。著者自云"记载南方掌故，网罗江左佚文"。语虽自负，正复非虚。

篇末曰：

著者必为文章识见绝人之士，而沉沦于末寮者，故能巨细靡遗，滔滔不尽，若数家珍。虽曰诙谐以出之，而言外余音，固含有无限感慨，殆所谓伤心人别有怀抱者耶？

1984 年，文化艺术出版社在"中国史料丛书"中再版推出此书，更名为"江左十年目睹记"，并认为本书的作者是姚鹓雏，首页为柳亚子题序，1954 年 7 月 20 日写于首都。（是年 6 月 25 日姚鹓雏先生卒。）又增加了出版说明和常任侠序，并将其置于马二先生原序之前，同时亦保留了龙公自序。书后附吴次藩、杨纪璋增补的《龙套心语·人名证略》。《龙》书首页及封底皆为云间龙在空中飞舞，与陆士谔之《商界现形记》同。其书之目录"一士谔谔有闻必录"，作者自己充当书中之人物，亦与其小说风格一致。故据本人考证，此书作者应为陆士谔。[①]

3 月，陆清洁编辑、陆士谔校订的《万病险方大全》由上海国医学社印行，国医学社出版，中央书店发行。次年 7 月再版。夏绍庭序曰：

> 青浦陆士谔先生邃于医学，莅沪行道有年，囊尝闻其声欬。审知为医学士，平生撰述甚富。著有《医学南针》一书，精确明晰，足为后学津梁。今其哲嗣清洁英台秉性聪慧，为后起秀。既承家学之渊源，又竭毕生之心力，广摭博采，罗致历年经验良方汇成一书。

民国十有九年暮春之初夏绍庭序于九芝山馆

陆清洁自序：

---

① 可参见田若虹《陆士谔小说考论》第六章第二节：《〈江左十年目睹记〉著者考》。

智者千虑，必有一失。愚者千虑，必有一得。故名医之处方，有时而穷，村妪之单方，适当则效，非偶然矣。谚称"单方一味，气死名医"。夫单方非能气死名医也，必单方神效，如鼓应桴始足当之无愧。本书各方，苦心搜访，南及闽粤，北至燕晋，风雨晦明，十易寒暑。而异僧奇士，秘而不宣人之方药，必有百计以求之。一方之得，必先自试用，试而有验，珍同拱璧。有历数月不得一方，有一日间连获数方。积之既久，乃编为十有三种。包罗有系，或谓余篇有仲景之验、千金之富、外台之博，则余岂敢。余编是篇，聊供乡僻之处，医士寥落、药铺未计所需耳。初无意问世也，平君襟亚热情殷殷，坚请付印，盛情难却，始从其议。然自审所编，挂一漏万，在所不免，知我罪我，唯在博雅君子。

中华民国十九年三月陆清洁序于沪寓

4月15—30日，《小闲话》中以王孟英医书为题，论及当时医林之风尚：

海宁王孟英，为清咸同间名医。近世医者多宗医说，喜以凉药撰方，或谓近日医家之弊，孟英创之也，欲振兴古学，非废孟英书不可。余颇不然之。孟英当日大声疾呼，立说著书，无非为救弊补偏之计。源当时医者不认病症，不究病源，唯以温补药为立方不二法门，故孟英不得已而有作也。试观孟英医案，救逆之法为多，亦可见当时医林风尚之一斑。

1924—1936 年，先生在《新闻夜报》副刊《国医周刊》上主笔介绍医药知识，亦公开为病家咨询。

6 月，先生《家庭医术》再版。

是年，先生在如皋医学报五周汇选撰《中西医评议》，就中西医之汇通问题与余云岫展开论辩，双方交锋数月。先生认为："中西医学说，大判天渊。中医主张六气，西医倡言微菌；一持经验为武器，一仗科学为壁垒，旗帜鲜明，各不首屈。"然而两相比较，则"形式上比较，西医为优；治疗上比较，中医为优。器械中比较，西医为胜；药效上比较，中医为胜。为迎合世界潮流，应用西医；为配合国人体质，应用中医"。

是年，《金刚钻》报登载《内科陆士谔诊例》一个月。

1931 年（民国二十年　辛未）五十三岁

是年，清廉考入江苏省苏州中学高中部。"九一八"时，他积极参加请愿团宣传抗日，并与同学胡绳一起创办了社会科学研究会，宣传马列主义。

先生仍在上海行医，又任华龙小学校董。先生女婿张远斋任校长，女儿敏吟和清婉皆任教员。先生之剑侠小说约写于 1916—1931 年间，大多由时还书局出版。其历史小说以历史事件为基础，而根据稗官野史、民间传闻加以敷衍虚构而成，故曰："书中事迹大半皆有根据，向壁虚造，自信绝无仅有。"当时他曾摘诸家笔记中剑侠百人，别录成册，以备异时兴至，推演成书。后老友郑君彝梅见之，劝之付梓，先生辞不获，因草其摘取之。其剑侠小说为《英雄得路》、《顾珏》、《红侠》、《黑侠》、《白侠》、《七剑八侠》、《七剑三奇》、《雍正游侠传》、《剑侠》、《新剑侠》、《今古义侠奇观》、《小剑侠》、《江湖剑侠》、《古今百侠英雄传》、《新三国义侠》、《新梁山英雄传》、《八剑十六侠》、《剑声花影》、《飞行剑侠》、《八大剑仙》（又名《八大剑侠传》）、《三剑客》、《血滴子》、《北派剑侠全书》、《南派剑侠全书》二十四种。此外有评点《双雏记》和《明宫十六朝演义》两种。

11月，先生在《金刚钻》报撰《说部杂谈》曰：

　　他人作小说，而我为之评注，非易事也。下笔之初，必先研究作者之布局如何、用意如何，首尾如何呼应，前后如何贯穿，何为伏笔，何为补笔，何为明笔，何为暗笔，探微索隐，真知灼见，而后其评注乃不悖于本义。圣叹评《水浒》《西厢》，虽未都尽餍人意，要其心思之缜密，笔锋之犀利，能发人所未发，则似亦不可没也。仆才不逮圣叹万一，更乌评注当代名小说家之杰作，而平江向恺然先生，即别署不肖生者，著《近代侠义英雄传》说部，乃由老友济群以函来嘱余为评，辞意颖颖，弗能却也。谬以己意为之评注，漏疏忽略无当大雅，固于《侦探世界》之辑余赘墨中，言之数矣。

是年，借《侦探世界》半月刊，在其杂文《说部杂谈》中提及：

　　他人作小说，而我为之评注，非易事……固于《侦探世界》之辑余赘墨中，言之数矣。

是年，《金刚钻》报登载《内科陆士谔诊例》一个月。

1932 年（民国二十一年　壬申）五十四岁

5 月，其医书《丸散膏丹自制法》再版。

是年，《金刚钻》报登载《内科陆士谔诊例》一个月。

1933 年（民国二十二年　癸酉）五十五岁

元月，作杂文《说小说》曰："近年小说之辈出，提及姓名妇孺皆知者，意有十余人之多。革新以来，各界均叹才难，只小说界人才独盛，此其中一个极大之原因在……"指出了小说之所以不同于诗赋等文学体裁之五种原因。

是月，作散文《雪夜》。作者在风雪之夜，斗室寂居，颇有感慨：

> 斗室之中，有一寂然之我也。由既往以识将来，百阅百年，此间更不知成何景象。是否变为崇楼杰阁、灯红酒绿之场，荒烟衰草、鬼泣鸦鸣之地，虽尚未能预测，而此日此时此地，未必恰有此风雪，可以决定，即使百年后之此日此时此地，未必恰有此风雪，无论如何，此斗室总已不复存在，此斗室中之我总已不复存在，可断言也。夫然则我之为我，原属甚暂，夫我之为我，即属甚暂，则此甚暂之我，对此甚暂之时光，何等宝贵①。

是月，作散文《快之问题》，慨叹时光之流逝曰："吾诚惧

---

① 《金刚钻》报 1933 年 1 月 2 日。

者，老死而犹未闻道，未免始终有失此时光耳。"

是月，在"民众医学常识"栏目谈医说药。从 2 月至 8 月连载。

2 月，另作小品文《白话教本》《新文学》二种。

是月，作散文《春意》曰："春风嘘佛，春气融和，春色碧色，春水绿波，春花之开如笑，春鸟之鸣似歌，凡此种种，风也，气也，草也，水也，花也，鸟也，皆可名之曰春意……"①

是月，《金刚钻》报"全年订户之利益"栏目（二）推介《金刚钻小说集》一册曰：

> 小说集中所刊字文，俱戞戞独造之作。短篇数十种各有精彩，长篇三种尤为名贵。长篇一，程瞻庐之《说海蠡测》、海上漱石生之《退醒庐著书谈》……短篇，漱六山房《西征笔记》、陆士谔《猫之自序》……

3 月，在"医紧商榷""春病之危机"栏目连载医文。

4 月，作《温病之治法》《我之读书一得》《洄溪书质疑》等医学小品文。其曰："辨药唯求实用，读书唯在求知，知之为知之，不知为不知，如武进、邹闰盦之疏证，斯为得矣。"②

是月，"月刊启事"栏目编者曰："某人略谙医药，便自诩神仙。陆君擅歧黄术，将医药常识尽量贡献，神仙之道，完全拆穿；养生之道，十得八九。是医生应该多读读，可以祛病延年；不是医生也可以增进学识。"③

---

① 《金刚钻》报 1933 年 2 月 14 日。
② 《洄溪书质疑》，《金刚钻》报 1933 年 4 月 15 日。
③ 《诊余随笔》，《金刚钻》报 1933 年 4 月 24 日。

5月，作《清郎中门槛》《医海观潮》《钟馗嫁妹》等小品文。

9月，谈"人参之功用""脚湿气方"，在"医经节要""答言"栏目谈医说药。

是月，作小品文《马桶》《四库全书》《僵先生（二）》等。

是月，编辑《青浦医史》。

是月，迁移到公共租界中央区汕头路82号。

10月，先生续汪仲贤的小品文《僵先生》第一集，载于《金刚钻月刊》。全书共三集：其一《僵先生》汪仲贤著；其二《僵先生打开僵局》陆士谔续；其三《僵先生一僵再僵》汪仲贤著。

11月，先生连载在《金刚钻》报上的短篇小说《寒魔自述记》与《环游人身记》结集重版于《金刚钻报月刊》。

是月，作笔记体小品文《鉴古》。

是年，《绣像清史演义》五版。撰医书《奇虐》等。

是年，《金刚钻》报登载《内科陆士谔诊例》一个月。

1934 年（民国二十三年　甲戌）五十六岁

是年，作《国医新话》，并继续在公共租界英法租界出诊。

公共租界：中央区西至卡德路、同孚路，东至黄浦滩，北至苏州路，南至洋泾浜。

法租界：西至白尔部路、横林山路、方浜桥路，南至民国路，北至洋泾浜，东至黄浦滩。在"陆士谔论医"栏目中提及《国医新话》及其所著有关医书：

丞曰：士翁先生通鉴，久仰鸿名，恨未瞻韩，晚滥

307

芋商途，公余，常求医学。然以才短理奥，毫无所得。数年前得大著《医学南针》，指示之深如获至宝。余力诵读，只得一知半解，先贤入门之作，均无此中明显，初学宝筏真为稀有。三、四两集屡询津中世界书局分局，出书无期，去岁秋得公著《国医新话》及《医话》，理论精微，断诊明确，并指示种种法门，开医药之问答，能于百忙之中行此人所难能者。仁心济世，景慕益殷，夫邪说乱政，自古已然，海通以还，西术东来，尤甚于古。当此国人遭医劫之秋、后学失南针之日，吾公雄才大辩，融会今古，绍先圣之正脉，开启后进；障邪说之狂流，挽救生民，天心仁爱，降大衍公也……而敬读尊著，几无一日可离，然除得见者外，如《钻》报之发行所《医经节要》《邹注伤寒论》《新注汤头歌诀》《寒窗医话》未知何家代印发行，统希赐示，俾得购读，使自学得明真理。

民国二十六年五月十九日

是年至次年，由陆清洁编辑、陆士谔校订的《医药顾问大全》（共十六册），由上海世界书局陆续印行。

此书有八篇他序（夏序、丁序、戴序、贺序、蔡序、汪序、杨序、俞序）和一篇作者自序。

俞序曰：

陆君清洁，性谨厚，工厚文。其尊翁士谔先生，为青浦珠街阁名医，精岐黄术。为人治病，常切中病情十全八九，又擅长文学。所著《医学南针》，传诵医林，实天土灵胎第一人也。清洁幼承庭训，学有渊源，而于医学造诣尤深。处方论病，广博精湛，深得其尊翁医学之精髓。

是年，组织中医友声社，在电台轮值演讲中医常识，先生主讲"医学顾问大全"。

3月，在"谈谈医经""小言"栏目谈医说药。

10月，谈中医研究院问题曰：

缘眼前医界，有伪学者，有真学者。所谓伪学者，乃是说嘴郎中，全无根底，摇笔弄墨，居然千言立就，反复盘问则瞠目不能答一语，此等人何能与之群？此一难也。真学者中又有内经派、伤寒派之分……①

是年，先生于《杏林医学月报》发表《国医与西医之评议》，此文针对当时中医改良思潮而发。

是年，先生发表《国医之历史》《释郎中》两种医书。

是年，《金刚钻》报登载《内科陆士谔诊例》一个月。

1935年（民国二十四年　乙亥）五十七岁

《金刚钻月刊》记曰：

青浦陆士谔先生，来沪已有十载，凡伤寒、温热、

---

① 《金刚钻》报1934年10月9日。

妇科各症，经先生治愈者，不知凡几。且素抱宏志，开拓吾学，治愈之各种奇症。自撰医话，刊布《钻》报，方案原原本本，足供《医学南针》。唯手撰医书十种在世界书局出版者，均系十年前旧作。近来因忙于酬应，反无暇著书，未竟之稿，未能继续，徒劳读者责问耳。先生常寓公共租界中央区汕头路82号，门牌、电话九一八一一。①

该期还刊登了先生《著作界之今昔观》。此文揭露和抨击了古今那种喜出风头，贯于剽窃成文、据为己有，或以本人名微，辄托前代名人"学者"之不正文风。

元月，先生的《七剑八侠》续编十三版，由上海时还书局出版发行。正、续编二册，定价二元六角，续编共二十回。

4月，先生的《八大剑侠传》亦由上海时还书局出版发行。第二十一版篇末曰："是书草创之始，原拟撰稿二十回，不意撰述至此，文义已完。增书一字，便成蛇足。陡然终止，阅者谅之。"

1936年（民国二十五年　丙子）五十八岁

1—10月，先生在《金刚钻》报连载《按王孟英医案》。

2月26—27日，先生在《金刚钻》报"医林"栏目发表《论藏结》上、下篇。

4月28—30日，陆清源在《金刚钻》报发表《伤寒结胸与痞之研究》一至三篇。

---

① 《金刚钻月刊》第二卷第一集。

7月，作《士谔医话》曰："自撰医话，刊布《钻》报，方案原原本本，足供《医学南针》。"由世界书局发行。在1924—1936年间，先生常在《金刚钻》报的"诊余随笔"及"管见录"上撰文。《金刚钻》报编辑济公（施济群）曰："陆士谔先生在本报撰'诊余随笔'颇得读者欢迎，后因诊务日忙而轰，近先生复以'管见录'见贻，发挥心得，足为后学津梁。"①

7月8—15日，先生在"医药问答"栏目解疑答难。

7月19—20日，作《黑热病中医亦有治法吗》，发表于《金刚钻》报。

8月20—21日，作医学论文《微菌》上、下篇，发表于《金刚钻》报。

8月31日—9月1日，先生在《金刚钻》报发表《论学术之出发点》上、下篇。

10月，《清史演义》第四部《女皇秘史》重版。

《清史演义·题词》丹徒左酉山曰："金匮前朝尚未修，鸿篇海内已传流。编年一隼温公体，杂说原非野乘侔。笔挟霜天柱下握，版同地编枕中收。吾家曾作《春秋》传，愿附先生文选楼。"

10月1—6日，先生长子陆清洁发表《驳章太炎先生伤寒论讲词》1—7篇。

10月2—7日，在《金刚钻》报"医林"栏目发表《江西热疫之讨论》1—6篇。

1936年11月13日—1937年1月19日，作杂文《南窗随笔》一、二、三、四集。

11月15日，在《金刚钻》报"医林"栏目发表《经验》

① 《金刚钻》报1925年5月18日。

上、下篇。

12月1—2日，作杂文《南窗随笔》上、下篇。

12月13日，先生之子陆清源在《金刚钻》报登载启事：

> 清源秉承庭训研读伤寒，一得之愚，未敢自信，刊诸"医林"，广求磋切。正在学务之年，未届开诊之日，辱荷厚爱，有愧知音。自当奋勉研攻，以期不负知我，图报之日，请俟他年。现在，尊处贵恙，期驾临汕头路82号诊室就治可也。

12月17日，在《金刚钻》报发表《中西医之辨证法（一）》。

1936年12月—1937年1月27日，陆清源在《金刚钻》报连载《伤寒小柴胡汤之研究》。

12月20—23日，在《金刚钻》报发表《再论辨证》谈中医问题。

1937年（民国二十六年　丁丑）五十九岁

1月11—12日，在《金刚钻》报发表论文《落叶下胎辨》上、下集。

1月13日，在《金刚钻》报"医林"栏目发表医学论文《中医之学术》道："做了三十年来中医，看过百数十种医书，觉得中医的短处，就在理论的话头太多。虽然中医书也有不少罗列证据的，拿它归纳比较，终觉理论占据到十分之六七，证据只有十分之三四，断断争辩，公说公有理，婆说婆有理……究其实在，有何用处？"

1月15—16日，在《金刚钻》报发表医学论文《研读叶氏温热篇》上、下集。

1月18日，在《金刚钻》报发表中医理论文章《辨证》。

1月19日，在《金刚钻》报发表短文《邹氏书之销数》。

1月—3月24日，先生在《金刚钻》报连载《叶香严温热病篇》。

1月23—24日，先生作杂文《中医要自力更生》曰：

> 要知道自己的长，先要知道自己的短。中医的短处就好似古代传流的理论，叫作医者意也，讲的都是空话。说长道短，口若悬河，嘴唇两爿皮，遇到病症，便如云中捉月、雾里看花地胡猜乱道，一个病都用医者意也的法子诊治。……中医的长处，也就是古代传流的辨证法，叫作症者证也……

1月26—28日，先生作杂文《医者意也之谬》在《金刚钻》报连载。

2—3月，陆清源在《金刚钻》报连载《伤寒阐疑》。

3月，由陆清洁编辑、陆士谔校订的《大众万病顾问》，于是年三月初版。民国三十五年（1946）十一月新三版，编者自云："是书也，四易其稿，历三寒暑。约二十万言，以疗治虽不言尽美，然比较完备，可断言也。……民国二十四年（1935）六月，青浦陆清洁序于杭州板桥路医庐。"

戴达夫为其序曰：

> 陆君守先，青邑人也。为明文定公嫡裔。博通经

籍，妙用刀圭。二十四番风遍栽杏树，八千里余纸抄录奇书。女子亦识韩康，士夫群推秦缓。哲嗣清洁，毓灵毓秀，肯构肯堂，飘飘乎横海之鱼龙，乎缑山之鸾鹤。况能志勤学道，训禀经畲，勉受青囊。精言白石，待膳侍寝之暇，博极群书。闻诗礼之余，耽窥奥衍。餐花梦里，贮锦胸中。摇虎毫而成文，不愧云间才调。喜龟蒙之继德，依然郁石清风。爰著万病验方大全，而丐序于余……

岁次上章敦牂春莫馀干戴达夫序于上海医学会

汪寄严先生序：

清洁同志，英敏多才，国医先进陆士谔先生哲嗣也。幼承庭训，家学渊源，宜乎头角峥嵘，矫然特异。其编撰是书，都二百万言，阅十寒暑始成。浸馈功深，洵巨制也。伏而读之，内外兼备，妇幼不遗。其于病理之叙述推阐縻遗，而于诊断治疗，则多发人所未发。骎骎乎摩仲圣之垒，驾诸家而上之。附方分解，以明方药效能，绝非掇拾者所可比。特开辟调养一门，俾病者于新愈时，知所避忌。其努力以发挥国医功效，谶微备至，是开医学之新纪元，尤足为本书生色。国医当此存亡绝续之交，得是书而振起之。同道可精作他山石，后进得奉为指南针，岂仅社会群众之顾问而已哉。

民国二十三年十月新安汪寄严寄于沪江医寓

4月1—31日，先生在公共租界（中央区西至卡德路、同孚

314

路，东至黄浦滩，北至苏州路，南至洋泾浜）、法租界（西至白尔部路、横林山路、方浜桥路，南至民国路，北至洋泾浜，东至黄浦滩一带）出诊行医。时间：下午二时至六时。每日上午在上海英租界跑马厅，汕头路 82 号寓所看门诊，时间上午十时至下午二时。

《金刚钻》报继续登载《内科陆士谔诊例》一个月。

4 月 20 日，在"医书疑问"栏目中，病友王道存君提出疑问数点，请陆先生解答。先生次子陆清洁先生一一代为解答。

4 月 22—23 日，上海医界春秋社请杭州光圭君回答"疬节痛风"之疑问，沈君转请陆清洁君回答。

4 月 26 日，湖南湘潭李佩吾君，为其夫人之病函曰：

> 先生出版《国医新话》《医学南针》，指明应读各种方书，佩吾皆一一购备……感将贱内病状敬为先生详陈之。

4 月 29—30 日，作《叶香严外感温热病篇》，刊载于《金刚钻》报。

5 月 4—24 日，《小金刚钻》继续报载《内科陆士谔诊例》。

5 月 19 日，在"论医"栏目，天津景晨君曰："敬读尊著，几无一日可离。然除得见者外，如《金刚钻》报之发行所《医经节要》《新注伤寒论》《新注汤头歌诀》《寒窗医话》，未知何家代印发行，统希示，俾得读。"

5 月 21 日，先生在《南窗随笔》中谈读书体会曰：

> 读古人书须要放出自己眼光，不可盲从，始能得

益。倘心无主宰，听了公公说，就认为公有理；听了婆婆说，就认为婆有理，纵读破万卷书，绝无用处。如柯韵伯之为伤寒大家、吴鞠通之为温热大家，任何人不能否认，但柯韵伯心为太阳之说，吴鞠通温邪处在于太阴经之说，不可盲从也。

5月25日，在"论病"栏目答李佩吾君第二次求医信。

5月28—29日，继续在"论医"栏目中答医解难。

5月30日，在"论医"中提到："南针三、四集，现方在撰述中。"

是月，先生主编《李士材医宗必读》，由上海世界书局出版。

6月1日，先生在《小金刚钻·南窗随笔》撰文，为捍卫祖国医学不遗余力。

6月3—30日，继续在《金刚钻》报登载《内科陆士谔诊例》。

6月8日，在"南窗随笔"中先生阐明中西医之所长曰：

中医重的是形，形易见而神难知，此世俗所以称西医为实在欤。

7月2—30日，在《金刚钻》报继续刊登《内科陆士谔诊例》。

7月16日，先生三子清源在《金刚钻·国医三话》自序中曰：

清源待诊以来，亲承庭训，研读古书，每遇一方，必究其组织之法。为开为合，疗治之道，为正为反。趋时者则笑源为守旧。源亦知假借他人门阀，足以增光蓬荜……所以守草庐，不愿阀阅，奉久命编辑《国医三话》毕，因述其意为述。

7月20—22日，先生在《金刚钻报·论病》中答李佩吾君第三次来函。

7月25日，先生在《中医教育之我见》中谈中医教育曰：

中医之学术，重实验，不重理论；中医之教育，现代都有两途：一是各别教育，一是集团教育。中医学校是集团教育，师徒授受是个别教育。个别教育重在实验，集团教育重在理论。

7月26日，续曰："据余之经验，中医之教育，以个别为适，集团为不适，敢贡献于主持中医教育者。"

8月1日，陆清源在《金刚钻》报上写《国医三话》后序。

8月3日，先生在"论病"栏目中答程君、宝君致函求医。

8月9—13日，陆清源以《桂枝人参汤》为题谈医说药。

1938年（民国二十七年　戊寅）六十岁

秋，刘三病故。陆灵素整理刘三遗稿编成《黄叶楼诗稿尺牍》多卷，交给柳亚子校正刊印，不料太平洋战争爆发，文稿遗失于战火。灵素在痛惜之余，又以惊人毅力收集残稿，刊印出油印本分赠亲友。

是年，撰《内经伤寒》。

1938—1943年，先生悉心行医，整理医学著作。以其医术精湛，医德高尚，而被誉为上海十大名医之一。

1939 年（民国二十八年　己卯）六十一岁

1—10 月，先生次子清廉任中共晋城县委书记。发动群众减租、减息，组织反扫荡，完成扩军任务。

1940 年（民国二十九年　庚辰）六十二岁

3 月，清廉下太行山开展平原游击战争。至冀鲁豫区留在党委机关工作，后又担任地委宣传部长、清风县委书记、地委书记、区党委副秘书长等职。1949 年，随刘邓大军南下，8 月任西南服务团第一支队队长……1955 年 8 月，在中央高级党校学习，结业后任冶金工业部华东矿山管理局局长。1958 年 8 月 20 日，在北京开会返宁途中，因飞机失事不幸遇难，时年四十五岁。后经江苏省人民委员会追认为革命烈士。①

1941 年（民国三十年　辛巳）六十三岁

是年，《金刚钻》报主编施济群编辑《医药年刊》，在其中"中医改进论"栏目中有先生两篇医学论文：《病名宜浅显说》《陆氏谈医》。后者包括：《病家最忌性急》《说病与认证》《中医之药方》《中医之用药》《膜原之病》《脑膜炎》《小白菜戒白面瘾》《鼠疫治法之贡献》《睡眠病之研究》《黑死病之探讨》。在《医药年刊》之"国医名录"中记载：

陆士谔：内科，跑马厅汕头路82号，（电话）九一八一一。

陆清洁：内科，吕班路蒲柏坊35号，（电话）八六

① 参见《青浦县志·人物》第三十四篇。

318

一四二（杭州迁沪）。

1943 年（民国三十二年 癸未）六十五岁

是年冬，先生中风。

1944 年（民国三十三年 甲申）六十六岁

3 月，先生因中风卒于汕头路 82 号寓所。据传先生中风当日，全家人正共进晚餐，忽闻汕头路 82 号（先生诊所）起火，并见其西厢房上空红光闪烁，原来并非起火，而是一颗陨石坠落。先生亦于是时中风。其长子清洁为其致"哀启"，所叙述的都是关于医药方面之事，于历年来所撰小说只字不提。《金刚钻》报副总编辑朱大可先生为陆士谔写挽词赞曰：

> 堂堂是翁，吾乡之雄。气吞湖海，节劲柏松。稗史
> 风人，医经济世。抵掌高谈，便便腹笥。仆也不敏，忝
> 在忘年。式瞻造像，曷禁泫然。

先生在中医学上的卓越贡献和在通俗小说创作方面的建树不可磨灭，树立了发愤图强的样板，并以"稗史风人，医经济世"为后人所崇敬。

图书在版编目(CIP)数据

八大剑侠传·血滴子 / 陆士谔著. — 北京：中国
文史出版社，2019.3
（民国武侠小说典藏文库·陆士谔卷）
ISBN 978 - 7 - 5205 - 0959 - 6

Ⅰ．①八… Ⅱ．①陆… Ⅲ．①侠义小说 - 小说集 - 中
国 - 现代 Ⅳ．①I246.5

中国版本图书馆 CIP 数据核字（2018）第 276227 号

点　　校：袁　元
责任编辑：薛媛媛

出版发行：**中国文史出版社**
社　　址：北京市海淀区西八里庄 69 号院　　邮编：100142
电　　话：010 - 81136606　　81136602　　81136603（发行部）
传　　真：010 - 81136655
印　　装：廊坊市海涛印刷有限公司
经　　销：全国新华书店
开　　本：720 × 1020　1/16
印　　张：21　　　　字数：232 千字
版　　次：2019 年 3 月第 1 版
印　　次：2019 年 3 月第 1 次印刷
定　　价：69.80 元